논개

논개

성 지 혜 장편소설

문이당

작가의 말

참 많이도 기다렸다.

기다리고 기다려 이제야 『논개』를 바깥으로 내뿜었다. 언젠가는 기록하리라 다짐하고도 다짐했는데.

나의 유년 시절, 논개는 나를 사로잡던 동무였다. 논개라 부르면 논개가 다가와 나의 동무가 되었다. 아니, 진주 시민이라면 그리 느낄 법했다. 논개는 숨진 지 오래 됐는데도 시퍼렇게 살아 시민들의 가슴에 핀 불멸의 꽃이었다.

나는 열 살 때 글쟁이가 되리란 꿈을 꾸었다.

나의 첫 작품은 『남강』이었다.

'강물은 나를 비춘 거울입니다. 나는 강물에 머리를 감고 얼굴도 씻고 강물에 비친 나를 바라보았습니다. 강에 뱃놀이 나가면 아버님은 『심청전』, 『장화홍련전』, 『삼국지』, 『논개』 등, 옛 이야기를 들려 주셨습니다. 아씨 빨래를 삶아주는 곳을 꼭짓집이라 부릅니다. 딱딱, 방망이 소리에 하얀 새, 해오래비가 훨훨 날았

습니다.'

초등학교 3학년 때 쓴 일기 내용이었다.

담임선생님은 해오래비 글씨 위에 붉은색 만년필로 가위표를 치시고 그 옆에 두루미라 고쳐 쓰셨다. 그러면서 해오래비는 사투리고 해오라기가 정답이라던 그 서늘한 깨우침, 뒤이어《새의 도감》을 펼쳐 보이시며 두루미를 백조라고도 부른다. 날개가 얼룩덜룩하며 통통한 게 해오라기임을 일깨워 주셨다.

날이 갈수록 그날의 일기는 길어졌다. 나의 일기장을 살핀 아버님은 이웃 마을에 사는 화공을 시켜 그림을 그리게 하고 단으로 묶어 주셨다. 그게 나의 첫 장편소설이었다.

남강을 떠올리면 논개는 저절로 따라붙는 접착제였다.

임진왜란 당시, 왜장을 촉석루 앞 의암바위로 유인해 목을 끌어안고 강물에 뛰어내려 숨진 충정은 만인의 가슴을 적신 통쾌함이었다.

남강 둑을 지나 촉석루와 의암바위를 거쳐 의기사義妓祀에 들리면 이당 김은호 선생의 논개 초상화가 선뜻 다가왔다. 그 초상

화에 담긴 논개는 연둣빛 삼회장저고리에 쪽빛치마를 입고 오른
손은 아래로 내리고 왼손은 뒤로 슬쩍 숨긴 자태로 선 모습이었
다. 반듯하게 쪽진 머리에 옆 두상이 기러기 나는 듯한 고운 선,
갸름한 얼굴, 초생달 눈썹에 눈빛은 무얼 그린 듯, 무얼 호소한
듯, 슬픔을 가슴에 품은 듯 했다. 코는 뭉긋하고 입술은 얇으면
서도 꼭 다문, 그러면서도 금세 무얼 속삭이려는 듯, 가슴에 품은
한을 토하려는 듯, 애잔하면서도 나무랄 데 없던 곱고도 고은, 조
선의 미인이었다.

'에나 논개는 새첩고도 새첩은 기라.'

그 초상화를 본 진주 시민들의 칭송이었다.

'에나'는 '정말'이며 '진짜'라는 진주 지방의 고유 사투리고, '새
첩다'도 '어리고 새삼 곱다'라는 뜻이었다.

장수의 논개 초상화도 이당 선생의 작품이었다. 치마를 슬쩍
끌어올린 자세에서 왼손을 가슴께로 향해야만 앳되다는 걸 염파
簾波가 들려주었다. 염파는 퇴기인데, 논개 초상화의 모델이었
다. 그 사실을 이당 선생에게 들었다고 했다. 과연 장수의 논개
초상화도 그러했다. 손놀림을 어떻게 그리느냐에 따라 앳됨과 세
련미가 돋보임을 알게 되었달까.

염파는 '만화당 한약방'을 경영하신 아버님의 단골 고객이었다. 가슴앓이에 시달린 염파가 아버님이 지은 한약을 먹고 그 고질병이 낫자, 아버님을 오라버니라 부르며 따랐다. 염파의 가슴앓이 병은 일제 당시 하얼빈의 독립군들에게 군자금을 전달한 연인이 왜군의 총격에 맞아 숨진 데서 비롯되었다.

엄마도 염파를 따뜻이 영접했다. 염파가 예사 기생 아닌 독립군의 연인이었다는 게 엄마의 가슴을 데운 연유였다. 엄마 부친 안위상 선생이 독립군이었으며, 큰 조부가 독립지사 수파 안효제 安孝濟 선생이었다. 독립군의 집안에서 자란 엄마는 염파의 아픔을 이해하고 다독이며 보살폈다. 그런 연유로 나는 논개 초상화의 탄생을 알게 되었고, 더욱 논개가 동무로 선하게 다가 왔다.

강물은 오늘도 변함없이 흐르고
짙푸른 물결 위로 허연 얼굴
달빛에 은빛으로 솟아오른다

창칼보다 더 무서운 오랏줄
가락지를 열 손가락마다 채우고

웬수의 목을 양팔로 껴안았다
함께 숨진 왜장은 뼈도 못 추렸는데
밤마다 논개 시신은 수면 위로 떠올라
목에선 피멍이 꽃으로 피어나고
자궁에선 월경이 콸콸 쏟아져
해마다 음력 유월이면
강물을 핏빛으로 물들인다

지금은 동네방네 요란하던 방망이 소리는
온 데 간 데 없고
밤이면 끼우룩 울어쌓는 백조의 날갯짓에
달빛 타고 흐른 물결이 의암바위에 부딪혀
피리소리를 낸다

오늘도 남강은 여전히
논개의 머리카락을 빗질하며 흐른다

위의 시는 내가 스무 살, 대학 시절에 쓴 「진혼곡」이란 제목의 기록이다. 논개의 기제사는 음력 유월 그믐이었다. 동무들과 뱃놀이 하며 강물에 머리 감고 촉석루를 바라보며 고개 숙인 그날의 기억이 새롭다.

'강물을 핏빛으로 물들인다'는 해마다 논개의 기제사 날이 다가오면 청년이 강물에 빠져 숨졌다. 그 청년들의 원인 모를 죽음을 호사가들은 '논개가 음이 세어 그 원혼이 훤한 청년들을 꼬신다'고 입담에 올렸다.

『논개』를 기록하며 일본 장군 사야가沙也可의 내력이 매력덩이로 다가왔다. 20세의 나이에 가토 기요마사의 좌선봉장으로 조선 땅에 발을 디디고선 조선의 백성이 되기 위한 간절한 소망은 나를 사로잡고도 남았다. 선조에 의해 김충선金忠善으로 명명돼 조선 장군으로 새로이 탄생 된 거짓 아닌 진실은 감동이었다. 때로는 세상사의 진실이 거짓보다 더 감동을 주기에 나의 필력이 살아 움직였달지.

나의 유년을 사로잡은 논개를 이제야 기록한 건 나의 필력이 둔해서였다. 조금 더 좀 더, 세월을 물레질하며 더 이상 나이 타지 않아야 할 칠순에 이르러 용기를 냈다.

나는 글쟁인데, 더욱이 진주 출신인데, 논개를 기록하지 않고서 어찌 소설가의 반열에 오르겠느냐. 무슨 대단한 발견인 양 가슴이 옥죄어 왔다. 그만큼 논개는 진주 시민들에겐 이웃이고 내겐 동무였다.

내가 『논개』를 기록해야 할 연유는 박경리 선생의 배려도 보탬되었다. 선생은 나의 진주여고 선배였다. 내가 진주여고 2학년 시월, 그분을 처음 뵌 자리에서, 저도 장래 선배님처럼 소설가가 되고 싶다고 아뢰었다. 선배님은 소설가가 되려면 '나를 이겨야 한다' 하시며 용기를 북돋우셨다. 그날 이후 가끔 뵈었는데, 진주 출신인데 반드시 『논개』를 기록하라고 격려해 주셨다.

탄핵 바람으로 정국이 심히 어지럽다. 궁핍과 혼란의 시대에 논개의 충정이 새삼 그립다.

2025년 4월
성 지 혜

차례

작가의 말

촉석루 연회

강물은 예나 지금이나 도도히 흐른다.

실핏줄처럼 흐르다가도 파도처럼 출렁인다. 날씨가 해맑거나 바람이 불고 눈발이 휘날려도 멈추지 않는다. 흐르고 흘러 나날을 길쌈한다. 물결은 새악시 볼을 쓰다듬는 남정네의 손길이다. 더러는 베틀에 바디를 놀린 직녀의 바지런함이다. 아니, 어느 순간, 광풍을 시우쇠에 달군 야쟁이의 기교일 게다.

하늘을 품은 강물에 백조가 비친다. 강물은 진객을 맞이한 양 영접한다. 놈들의 날갯짓은 일기예보다. 날갯짓이 힘차면 날씨가 해맑고, 흐늘흐늘하면 날씨가 흐리다. 놈들의 날갯죽지가 꺾이면 태풍이 몰아친다. 백성들은 놈들의 행동거지를 보고 날씨를 점쳤다.

강 건너엔 뽕나무들과 왕대들이 바람에 키질한다. 뽕나무들은 실하게 자란다. 덩달아 여인들은 누에 치고 물레에 잦은 옷감들을 물들여 강물에 헹군다. 그 옷감들이 선명해 눈부시다고 널리 알려졌다. 길게 뻗은 대숲의 왕대들은 강변을 거쳐 강물에 비친다. 윙윙 울림이 강에서 숨진 원혼들을 일깨운다.

촉석루에 삼장사 모여
강물 가리키며 한잔 술에 씁쓸한 웃음
강물은 도도히 흐르나니
그 물결처럼 불사의 혼은 마르지 않으리

삼장사는 김천일, 고종후, 그리고 최경회 님이었지요. 님은 그분들과 더불어 임진왜란 때 혁혁한 공을 세운 명장입니다.

님은 그 시를 읊조리곤 그분들과 더불어 강물에 뛰어들었습니다.

왜군이 진주성을 포위하자, 헤어날 길 없음을 헤아린 결단이었지요. 북쪽을 향해 임금님께 읍을 하곤.

그 소식을 전한 건 나졸입니다. 보원은 님의 애마를 보살핀 말 몰이꾼이었지요. 님이 그 애마를 천리마라 부른 건 천리 길도 쏜살같이 달린 용맹스럽고도 충성스러워서입니다. 보원이 그 시를 친히 입으로 제게 전한 게 아닙니다. 왜놈들의 창칼을 피해, 님이 적은 시 쪽지를 천리마의 갈기에 묶어서였지요. 저는 헐레벌떡 달려온 천리마를 쓰다듬었습니다.

그분은?

16

천리마는 눈물을 흘렸습니다. 주인을 향한 경애에 저는 님의 순절을 가늠했고요. 보원도 천리마를 제게 보내고는 적군에게 숨겼음을 애마의 눈빛으로 헤아렸습니다.

촉석루에 연회가 열렸다.

북이 둥둥 울리고 장구 치는 가락에 기생들은 춤을 추었다.

옥잠화가 부채를 흔들며 가운데로 나아가자, 기생들은 원을 그리며 빙 둘러섰다. 난간마다 설치된 횃불은 활활 타오르고 불빛 따라 단청은 무지갯빛으로 어룽졌다. 옥잠화가 부채를 접었다 펴면 기생들도 덩달아 부채를 접고 펴는 동작이 벽에 드리웠다.

"옥잠화여, 이 밤에 그대의 잠자리 수청은 누구인고?"

왜장의 목소리가 쩌렁 울렸다. 한껏 거드름 피운 본새였다. 옥잠화가 춤을 멈추고 왜장 곁으로 다가가선 속삭였다.

"누군 누구겠습니까? 바로 게야무로 로구스케毛谷村六助 장군 아닌지예."

불길은 촉석루 아래 너럭바위를 지나 강물에 투영돼 물결 따라 한들거렸다. 왜장은 여색에 침을 삼키며 촉석루 현판을 곁눈질했다.

"이 정자 이름이 촉석루라니?"

"강물 가운데 바위가 비죽 솟아 그리 불린대요."

옥잠화가 로구스케 곁에서 시중들며 답했다.

부하의 통역에 왜장의 눈빛이 호기롭게 변했다. 왜장은 그 통역이 아니더라도 조선말을 익혀 기생과의 대화쯤은 그 뜻을 꿰었다. 타국을 정복하기 위해선 그 나라 언어를 익힌 게 왜장들의 책무였다.

"어딨어, 그 바위들이?"

로구스케가 양손을 챙으로 이마에 대곤 강물을 내려다보았다.

"며칠 전, 장마가 져서 강물이 엄청 불어나 안 보이지만 날씨가 가물면 드러나죠. 더구나 지금은 밤이 깊어 어두운데."

"내가 헤엄을 잘 치는데 그 뾰족 바위를 보기 위해 그래 볼까나."

"어머, 멋져라. 정말 그러고 싶으십니까?"

"아무렴. 우리 일본은 섬나라라 헤엄 잘 치는 걸 사내대장부의 최우선으로 꼽거든. 근데 장마가 졌다면 물이 탁할 텐데."

"아녜요. 벌써 닷새가 지났는데 물이 면경알처럼 해맑지예. 물빛 좋기로는 조선에서 제일로 손꼽는 게 저 물빛이랍니다. 물들인 옷감도 저 물에 헹구면 눈부신 비단이 되고요."

"네가 입은 옷들도 저 강물에서 헹군 거냐?"

"그렇다니까요. 이 치마 색깔은 쪽빛인데 남색이라 부르지예. 저 강물을 닮은. 쪽빛이라 하는 건 쪽에서 얻은 거니까요. 길가에 흔한 잡초처럼 여긴 쪽에서 이런 색깔이 나온 건 저 강물이 효자 노릇해서랍니다."

"우리 일본 여인들이 입은 기모노 옷감보다 더한 매력덩이로 군."

"그럼요. 이 저고리는 치자열매에서 따 온 걸 물들인 겁니다. 노란 색깔이 어찌 병아리가 삐악삐악 노래 부르며 품에 안길 것 같지 않습니까."

"지금 당장 내 품에 안겨 보렴. 진짜 병아리가 삐악삐악 찬가를 부르는지."

옥잠화는 왜장의 품에 안기며 더욱 나긋하게 속삭였다.

청출어람靑出於藍이란 고사성어가 쪽에서 나온 거지만.

왜장은 옥잠화의 설명을 자르고 흥을 돋웠다.

그 뜻은 '쪽보다 더 푸르다'이지. 스승에게 배운 제자의 학문이나 실력이 스승을 능가한다는 뜻이잖아.

우리 장군님은 너무 너무 멋져.

옥잠화의 거듭 칭송에 왜장의 용기가 팽배해졌다.

저 물을 마시면 몸에 약발도 된대요. 어디 저 강의 물결이 골골한 샌님이랍디까. 창창한 청년의 기백이라 흐린 물결을 해맑게 한 요술쟁인데요.

옳거니. 몸이 근질근질한데 멱을 감는다면 나쁠 리 없겠군.

왜장이 손바람으로 얼굴에 부채질하자, 옥잠화가 얼른 곁에 놓인 부채로 바람을 일으켰다.

그럼요. 오늘이 칠월 칠석 아닙니까. 저 하늘에 뜬 견우별과 직녀별도 강물에 뜬다니까요. 우리 이 밤에 장군님은 견우, 전 직녀가 되어 보자고요.

아무렴, 견우직녀 전설은 언제 들어도 가슴이 먹먹하거든.

장군님은 근육이 울퉁불퉁해 멋들어진 체격을 지니셨는데, 스모는?

옥잠화도 입술을 실룩이며 눈을 가늘게 떴다.

그깟 씨름 장사 상대쯤이야 내 새끼손가락에 얹어 종달새마냥 날려버릴 텐데. 내가 스모 대회에 나가 특상을 받았다고.

장하시고 멋들어진 우리 장군님, 근데 백로는?

놈들은 낮엔 강변에서 노닥거리며 하늘을 날고 밤이면 잠자기 위해 대숲으로 숨어들었다. 대숲은 놈들의 보금자리였다. 그래도 두어 마리가 강 위를 돌고 돌았다. 촉석루에서 횃불이 타오른 걸 목격하고 웬 잔치냐 싶은지 낮은 비행을 계속했다.

놈들은 마음대로 다루지 못할 품위를 지녔거든.

품위라뇨?

고귀한 품성이랄지.

사람 생명보다 더한 고귀함이 이 세상에 존재할까요?

옥잠화는 늬들이 전쟁을 일으켜 조선 백성들을 파리 목숨처럼 경홀히 여겨 몰사시켰다는 항변이었다. 시체들이 겹쳐 저 강물에 떠내려갔다는 걸 상기시켰다.

로구스케의 표정이 얼룩졌다. 옥잠화는 얼른 왜장의 귀에 대고 속삭였다.

오늘밤 신방은 어디에?

그야 임자 맘이지. 이곳인들 어떠리.

촉석루 아래 기둥 사이는 꽤나 넓어 왜장들이 기생들을 껴안고 뒹굴었다. 만일 상전이 기생과 교접하면 그 자리를 뜰 것인 양 부하들도 분위기를 살폈다.

지금 술잔치가 벌어졌지만, 여긴 외국 사신들을 모신 장소였고요. 선비들이 과거를 치른 고사장이며, 시인들이 시를 읊조린 곳이죠.

옥잠화는 이런 성스러운 장소에서 남녀 짝짜꿍은 얼토당토않은 모순이라 들먹였다. 그러고선 입술에 힘을 실었다.

이보다 더한 안식처는 얻다 두게요.

어디지 그곳이?

저 너럭바위로 내려가면 끄트머리에 알토란이 우리를 기다린답니다.

그게 뭔데?

너럭바위가 낳은 신생아, 그 아기는 보통 영악한 게 아니거든예.

가만가만, 도통 감을 못 잡으니.

새끼 바위가 영물이니 위암危岩이라 불린답니다.

자그마한 게 영물이며 위암이라니?

나라가 위태로우면 그걸 경고하기 위해 너럭바위와의 거리가 점점 멀어져 사람이 건널 수 없게 된대요. 반대로 그 바위와 딱 붙으면 난이 터진다나요. 물살을 일으켜 어미 젖 달란 시늉으로 휑하니 너럭바위에 달라붙는답니다.

참으로 요상한 짓거리네,

물살이 얼마나 센지 그 바위에서 숨진 용사들이 썼고도 썼다니까요.

그곳에 신방을 치르다니?

몸짓은 거부반응을 일으켜도 왜장의 눈빛이 팡팡 빛을 품었다.

장군님도 참, 지금 옥체가 땀에 젖어 얼룩덜룩하니 저랑 몸을 씻고 위암 위에 서로 몸을 겹쳐 누우면, 천지가 수중 궁궐일 텐데.

그래? 참 기발한 신방이로고.

왜장이 군침을 삼키자, 옥잠화는 더욱 그의 가슴에 불을 질렀다.

우리 함께 견우직녀가 되어 헤엄치며 뾰족 바위를 찾도록 해요. 그 바위 봉우리에 입 맞추면 천하 영걸이 된답디다. 머잖아 대일본을 이끌 영도자가 바로 로구스케 장군 아닌지예.

둥둥 울린 북소리는 멀어지고 로구스케와 부하들의 희희낙락도 들리지 않았습니다. 저는 치맛자락을 팔랑거리며 뒤따른 로구스케에게 눈을 번득였습니다. 덩달아 강아지를 부른 손짓 마냥 간들거렸습니다. 저의 손짓과 눈짓 따라 왜장은 뒤뚱거리며 너럭바위를 지나 위암에 이르렀습니다. 로구스케는 겉옷을 벗고 알몸을 드러냈습니다. 스모와 수영으로 단련된 체구가 횃불의 불빛에 어룽거렸습니다. 뒤이어 저의 치맛자락을 제쳤습니다. 비녀 꽂은 저의 긴 머리채가 풀려 찰랑거리며 남색치마가 미끄럼 타듯 흘러내렸습니다. 저는 속곳치마를 거머쥐었습니다. 왜장에게 저의 알몸을 보여선 아니 되겠기에.

아직 이르잖습니까.

도리질 하곤 저의 속곳치마 자락을 위로 올려 왜장의 목을 감았습니다. 미리감치 저의 속곳치마를 네 자락으로 잘랐거든요. 그러곤 양팔로 로구스케를 껴안았습니다. 왜장이 코를 컹컹거리며 저의 하체를 쓰다듬었습니다.

위암을 감싸고도는 물결이 철렁철렁 거렸습니다.

장군님, 우리 뾰족 바위 봉우리에 입 맞추고 오자고요

마침내 저는 더욱 양팔에 힘을 가해 로구스케의 목을 껴안곤 강물 속으로 뛰어들었습니다. 깍지 낀 양손가락의 가락지가 맞물려 왜장은 꿈쩍도 못했지요. 더욱이 저의 속곳 자락으로 왜장의 목을 감았잖습니까.

목이 아프니 얼른 그 양손을 풀어. 그래야만 헤엄을 치잖아.

로구스케가 버둥거렸습니다.

좀 참으세요.

이게 뭐냐. 천하장군이 아녀자의 치맛자락에 목이 감겼다니.

조금 쪼끔만 더.

저는 더욱 양손가락에 힘을 가했습니다.

물결이 파도마냥 휘몰아치자, 왜장은 비로소 사태의 위급함을 감지했습니다.

에푸에푸 커억 컥. 숨도 못 쉬잖아. 얼른 내 목에 감긴 걸 풀라니까.

저는 더욱 양손으로 왜장의 목을 조였습니다. 왜장은 홧김에 두상으로 저의 얼굴을 때렸습니다. 발짓으로 저의 하체도 때렸습니다. 저의 코피가 펑펑 쏟아졌습니다. 입술에선 피가 흘러내렸습니다. 양다리는 뼈 마디마디가 저려 들었습니다.

로구스케는 커억커억, 엣취, 컹컹거리더니 혼신을 다해 저의 양손에서 벗어나려고 몸부림쳤습니다.

장군님, 제가 누군 줄 아세요?

오오옥자잠화, 아니 노노노온개개개.

참하고 장하기도 하셔라.

저는 목청을 높였습니다.

네놈이 독화살을 쏜 조선 대장군의 내연녀란다.

저도 엣치 엣치, 코를 컹컹거렸습니다. 저의 코피가 왜장의 얼굴에 끼얹었습니다. 호각 소리가 요란하게 들리며 왜병 서너 명이 달려오는 게 보였습니다.

네네에 이녀언.

로구스케는 마지막 악을 내뱉고 몸부림치더니 저의 품안에서 숨졌습니다. 저의 입술에선 피멍이 방울방울 쏟아졌습니다.

제가 양손가락에 낀 건 구리가락지입니다. 그 가락지들을 양손에 끼었으니 힘 센 왜장도 저의 품안을 벗어나진 못했지요. 더욱이 저의 속곳자락으로 왜장의 목도 감았잖습니까.

저는 호호호 하하하 핫핫핫 웃었습니다. 님의 원수를 갚았으니 이에 더한 통쾌함이 있으리까. 더불어 숨질 때 웃으면 꽃으로 피어난대요. 이 세상을 환히 밝힐 꽃으로요.

하륜 정승 촉석루기 矗石樓記

누각을 잘 보존하고 관리하는 일은 관할 정치인들의 업무다. 허나 그 누각이 잘 유지 되거나 훼손된 것을 보면 그 시대의 인심과 형편을 헤아린다. 그러니 어찌 하찮은 일이라 함부로 여기겠는가.

내가 이런 말을 한 지 오래였는데, 지금 우리 고을 촉석루를 보며 더욱 확신하게 되었다. 누각은 용두사龍頭寺 남쪽 돌벼랑 위에 우뚝 솟아, 내가 소년 시절 여러 번 올랐던 곳이다. 누각의 규모는 크고 높으며 앞은 강물이 흘러 확 트였다. 저 멀리 밖에는 산봉우리가 연이어 우뚝하고 마을의 뽕나무와 대나무가 강물 속에 은은히 비친다. 푸른 석벽에 긴 모래톱과 비옥한 땅이 잇닿았다.

사람들의 기풍은 맑고 풍속은 매우 두텁다. 노인들은 편안해 보이고 젊은이들은 순종한다. 농부와 누에치는 아낙네는 부지런하다. 아들과 손주는 효도에 정성을 쏟는다. 효자들과 인자한 며느리들은 합심해 어버이를 봉양하며 방아타령이 온 누리에 울려 퍼진다. 내려다보니 고기잡이 뱃노래는 장단 따라 언덕으로 올라간다. 무성한 숲에선 새들이 울고 날며, 물고기와 자라가 헤엄치고 자맥질하는 것도 볼 만하다. 더구나 짙푸른 녹음과 달 밝은 밤엔 바람마저 시원하다. 더불어 만물이 시절 따라 알맞게 조화롭다. 성장하면 소멸하고 꽉 차면 비워진 게 인생살이다. 어두워지면 다시 밝고, 구름이 껴 그늘지면 또 개인 변화가 서로 교대로 쉬지 않고 이어지니, 그 즐거움은 끝이 없도다.

누각 이름을 지은 뜻에 대해, 담암談庵(백문보, 고려 후기 문신)선생은 '강 가운데 돌이 뾰족 솟아 누각 이름을 촉석이라 한다'고 기록했다. 그 누각은 김공金公(김지대, 고려 후기 진주 목사)이 짓기 시작하고, 안상헌安常軒이 뒤이어 완성했다. 그분들은 과거에 장원했기에 그 누각을 장원루壯元樓라고도 불린다. 누각의 시詩는 면재 정 선생의 배율육운排律六韻과 상헌 안 선생의 장구사운, 경은 설 선생의 육절귀가 돋보인다. 그 운을 화답해 이은 분이 급암 민 선생, 우곡 정 선생, 이재 허 선생이다. 그분들의 시가 모두 빼어나니 선배들의 풍류와 문채를 상상해 본다.

불행하게도 고려 말엽에 온갖 제도가 황폐하고 변방의 경비가 허술해 바다 도둑들이 침입해 백성들이 도탄에 빠지고 누각도 불탔다.

하늘이 나라를 새로 세우게 하니, 백성들은 임금님을 받들어

정치가 안정되고, 그분의 은혜가 나라 안에 고루 퍼지며 위엄이 해외까지 떨쳤다. 그러므로 바다 도둑들이 항복해 빼앗은 재물들을 바쳤다. 더불어 바닷가의 토지가 날로 개간 되고 인가가 많아졌다. 홀아비와 홀어미들이 웃음 짓고 노인들은 서로 경하해 술잔을 주고받았다.

오늘 우리 눈으로 태평세월 볼 줄을 생각이나 했는가.

새 왕조의 선정을 경축한다.

그래도 임금은 교지를 내려 백성들의 노역을 엄금하신다.

나의 다스림이 아직 흡족하지 못하다.

수령들은 농사와 학교에 관한 일 외엔 감히 역사를 마음대로 일으킬 수 없었다. 그러므로 고을의 나이 많은 어른인 전 판사 강순姜順, 전 사간 최복린崔卜麟 등이 노인들과 의논했다.

용두사는 진주 읍이 생길 때부터 제자리에 있었고 그 맞은 곳에 촉석루가 세워져, 명승지가 되었다. 그 시절 백성들은 사신들과 손님들을 이곳에서 맞이해 그들을 즐겁게 접대해 그 혜택이 고을 백성들에게 안겨졌다. 그러한 촉석루가 황폐한 지 오래지만 중건하지 못했다. 이는 우리 고을 사람들의 책임이라며 누각 중건을 제안하기에 이르렀다.

이에 각자 재물을 추렴하고 용두사 주지 단영端永에게 그 일을 주관하게 했다. 내가 그 일들을 임금께 아뢰니 그리 하란 분부가 내려졌다.

때는 임진년, 조선 태종 12년 12월에 판목사 권충공權衷公이 부임해 판관 박시혈朴施絜과 함께 여러 어른의 뜻을 채택해 이듬해 봄 2월에 강의 제방을 축조했다. 이어 백성들은 대오隊伍를 만들었다. 한 대오가 방천 둑을 나누어 하나씩 맡아 쌓게 했다. 그 일이 열흘 안에 끝나자, 논밭과 마을에 대한 여러 해 동안의 근심을 없앴다.

판목사 유담柳淡과 판관 양시권梁施權이 후임으로 와서 누각을 단장했다. 그러고는 농사짓는데 물을 대어 줄 것을 꾀해 수차를 만들고 제방을 쌓아 백성들에게 이익을 안겨주었다.

어른들은 내게 청하기를,

강둑을 쌓고 촉석루를 짓게 한 것은 모두 그대의 지시와 계획으로 이루어졌다. 더구나 우리 진주 고을이 임금님의 특지特旨까지 입어 영예가 찬란하게 빛났다. 그러므로 군자들이 백성들을 위한 염려가 기특하다 할 만 하다. 그 뜻이 없어지지 않도록 촉석루 기문을 지어 후세에게 전하도록 하지 않겠느냐, 했다.

내가 아뢰었다.

이 모든 게 어르신들의 보살핌으로 된 것이지 제게 무슨 공이 있겠습니까.

그리하여 인심과 세상 형편이 잘 된 걸 기쁨으로 삼고 어른들의 뜻과 느낀 바를 삼가 기록한다.

이 누각에 오른 사람은 개울가에 풀이 싹튼 걸 보고 천지가 만물을 생각나게 하는 마음을 알아서 어질지 못하고 참혹한 일로 백성들을 해롭게 하지 말아야 한다. 밭곡식이 자란 걸 보고 천지가 만물을 성장시킨 걸 기억해 급하지 않은 일로 백성들을 동원해 농사시기를 놓치게 할 일은 털끝만치도 생각하지 말아야 한다. 과수원에서 나무가 열매를 맺는 걸 보고 천지가 만물을 성숙시키니, 옳지 아니한 욕심으로 백성들의 이익을 침해한 일도 생각지 말아야 한다. 마당에 타작한 곡식이 쌓인 걸 보고 천지가 만물을 기른 마음을 알아서 불법으로 세금을 거두어 백성들의 재물을 빼앗을 생각을 조금이라도 하지 말아야 한다.

이러한 뜻을 미루어 감히 혼자만 즐기려 하지 말고 반드시 백성들과 함께 해야 한다. 그리하여 백성들이 세상을 올바르게 다스린 도리에 따라 모두가 화평함과 인심의 즐거움이 진실로 임금님의 깊고 두터운 덕에서 근원이 됨을 깨닫게 된다. 남들이 잘 됨을 축복하는 데서 각자가 바란 바가 이루어진다는 걸 알게 될 것이다.

그러므로 여러 어른이 보살피고 또 보살펴 주시니 누각을 다시 짓게 되었다. 이것이 어찌 우연한 일이겠는가.

나도 벼슬을 그만둘 날이 가깝다. 그러니 필마로 고향에 돌아와 여러 마을 노인들과 함께 좋은 시절 좋은 날에 이 누각에서 술잔을 들고 시를 읊조리고 함께 즐기면서 여생을 마치고자 하니, 노인들은 기다려 주시기 바라옵니다.

헌능獻陵(태종 능호陵號) 계사癸巳 1413년 9월

晉山 河崙 지음

배율육운排律六韻

황학루는 한 때 이름난 누각인데
최공이 좋아해 시를 남겼지
올라보니 경치는 변함없건마는
제영題咏의 풍류는 성쇠가 보이누나
고기 낚고 소 메던 곳 가을 풀은 시들고
백로 수리 놀던 물가 석양은 더디 지네
사방의 푸른 산은 갓 그려낸 그림이요
세 줄로 선 기생들은 옛 노래 부르네
옥 술잔 높이 드니 산에 달은 올라오고
주렴을 걷으니 고갯마루엔 구름이 드리웠네
난간 잡고 둘러보매 천지도 작아 보이니
우리 고을 특출한 줄 이제 믿게 되누나

                    - 정을보(본관 진주, 고려 후기 문신)

하륜은 1347년, 고려 충목왕 때 진주성에서 태어났다. 본관은
진주 하 씨다. 그는 목은 이색의 문하생으로 19세 때 문과에 급
제했다. 권력을 향한 노력이 끈질겨 당시 세도가 집안인 성주 이
씨와 혼인했다. 뜻을 품으면 뒤로 물러서지 않은 불퇴진의 믿음
을 지녔다. 태조가 계룡산으로 천도하려는데 반대파에 속해 그

뜻을 이루지 못하게끔 앞장섰다. 관상에도 일가견을 지녔다. 이 방원을 보고 장래 큰 인물이 될 것임을 예견했다. 그는 이방원의 장인 민제를 만나 그 뜻을 전했다.

하륜은 두 차례 '왕자의 난'을 통해 이방석을 왕으로 세우려던 정도전을 몰아냈다. 정도전은 이태조를 도와 조선을 세운 개국공신이며 세도가였다. 하륜은 이방원을 왕위에 오르게 한 일등공신이었다. 두 공신의 권력 다툼은 하륜의 승리로 막을 내렸다. 태종의 신임을 받은 그는 여러 관직을 거쳐 영의정에 올라 권력을 강화한 영걸이었다. 정사를 의논한 기관인 의정부를 세우고, 백성들의 억울함을 들어준 신문고 등 정책을 펼쳤다. 일흔 살까지 장수를 누렸다. 더불어 애향심이 두텁고 숨진 뒤에 진주성 근처에 안장 되었다.

진주 풍광이 신선의 고향이라네

진주는 한반도 남부 명산 지리산을 중심으로 동쪽은 함안, 서쪽은 하동, 남쪽은 고성, 북쪽은 산청과 의령에 접한 천년 고도였다. 구석기부터 사람들이 살았다. 가야시대는 고령가야, 삼국시대는 백제 영역에 속했으나 신라의 삼국 통일로 신라에 병합 되었다.

고려시대는 진주목이 설치되고 충숙왕 때는 경상도로 불리웠다. 우왕 때는 진주성이 건축 되었다. 조선의 중종 때는 경상도를 좌우도로 나누고 진주목은 경상우도에 속했다.

진주 중앙엔 남강이 흐르고 주위는 나무들이 숲을 이뤄 청청해 풍광이 아름다웠다. 지역이 빼어난 경관엔 명신이 나기 마련이란 호사가들의 덕담에 힘입어 진주에도 이름난 인재들이 많았다.

고려 문하시랑으로 덕망이 높은 하공진, 거란의 십만 대군을 물리친 강민첨, 여진족을 두만강 너머로 몰아내고 함경도의 국경을 다진 하경복이 있었다. 영창대군이 피살되자, 부당하다고 상소를 올려 광해군에 의해 제주도로 귀양간, 절의를 지킨 대사헌 정온, 단종을 보위하다 순절한 우의정 정분, 청백 재상으로 이름난 하연, 태종 때 영의정을 지낸 하륜, 선조 때 사서칠경에 능하고 부사정을 설립해 후학들을 가르친 성여신 등이었다.

촉석루는 1241년 고려 고종 28년, 진주 목사 김지대에 의해 창건되었다. 그는 청도 김 씨 시조이며 신라 경순왕 후손이었다.
인물이 준수하고 문무를 겸한 명신으로 백성들에게 존중 받았다.
김지대는 진주목사 재임 중에 벗인 상주목사 최자에게 시를 지어 보냈다. 그 시가 우정 어린 통신문으로 진주를 노래한 최초의 시였다.

기상주목백최학사자奇尙州牧伯崔學士滋

작년에는 강루에서 진주로 떠나는
나를 배웅하더니
금년에는 그대도 역시 목사가 되었구려
전에는 그대의 얼굴이 옥 같이 고왔지
상주의 산천이 좋은 줄로 알지만은

그래도 진주의 풍광이 신선의 고향이라네
두 고을은 길이 멀어 만나기 어려우니
한 번 헤어지면 이별의 아쉬움이 오래 가지
거문고 책 뒤져 좋은 옛 노래 찾아가며
가을엔 염막에서 놀아봄이 어떠랴
안타깝게도 추석에 만나자는 약속은 어겨졌으니
이번 중앙절에 국향주를 마시러 다시 약속하세

포은 정몽주도 고려 공민왕 당시 경상도 안렴사로 부임해 민심을 살피러 진주에 들렀다. 그의 나이 불혹을 앞둔 나이였다. 안렴사는 고을 수령들의 동태를 살피고 백성들의 어려움을 조정에 보고하는, 암행어사와 다름 아니었다. 그는 대봉산 대봉루에 올라 시를 읊었다.

대봉산 앞에는 대봉루 있고
누각에 잠든 객 한가롭게 꿈꾸네
산천 좋고 인물 걸출하니 강·하·정이로구나
그 명성 긴 강물처럼 영원히 흐르리

위의 시로 인해 진주성씨 강·하·정이 유명세를 타서, 진주의 강 씨, 하 씨, 정 씨가 널리 알려졌다.

기생들도 진주 풍광에 젖어 남강에 뱃놀이 하며 창을 불렀다.

남쪽은 망경산이 어서 오라 손짓하고
북쪽은 대봉산이 나 여기 둥지 쳤다 뽐내면
동쪽 선학산이 눈 흘기며 화답한다
충신이 한성 향해 읍한다 하여 망경산이고
봉황이 난다하여 대봉산이면
학이 신선같이 노닌다고 선학산이라
강물을 가르마 탄 배다리가 남북으로 뻗었고
배다리 멀리 동쪽의 도동 과수원엔
애젊은 아녀자들의 도화색 애교에
남정네들이 침 흘리며 매달린다
그 사이 뒤벼리 모퉁이가 절경이라
강태공이 삼척 잉어를 건져 올리네
배다리 서쪽 진주성에 둘러싸인 촉석루에선
선비들이 모여 시를 읊조린다네
서장대 아랜 신안과 평거라 알곡이 풍요롭고
너우니 백사장이 새색시 볼처럼 정겨워라

아래 사건들도 진주의 풍광이 얼마나 아름다운지를 증명하는
내용이었다.

이태조가 조선을 건국하고 난 뒤였다. 그는 무학대사를 시켜 진주 지리를 살피란 엄명을 내렸다. 진주에 영웅호걸이 많이 난 걸 알고 자신의 위치가 위태로움을 방지하기 위한 계책이었다.

태조의 뜻을 꿴 무학대사는 한성을 떠나 진주에 이르렀다.

대봉산 쪽을 살피니 과연 인재가 많이 날 명당이었다. 대봉산은 '큰 봉황이 나는 뫼'란 뜻이었다. 무학대사는 대봉산 지맥을 끊고 그 산을 비봉산이라 불렀다. 봉황이 날아가 정기가 빠진 산이란 뜻이었다. 더욱이 무학대사는 '비봉산 아래 봉이 산다' 라는 뜻인 서봉지棲鳳池란 못도 없애려 했다. 그러자니 그 못이 크고 깊어 공사를 하면 소문 날 게 두려웠다. 조선이란 새 왕조가 들어섰으므로 민심의 동요도 예사로 넘길 게 아니었다. 그리하여 '가마못'이란 이름으로 바꾸었다. 가마솥처럼 펄펄 끓는 물에 봉을 삶는다는 뜻이었다.

무학대사는 다시금 지세를 살폈더니 비봉루 옆에 향교도 자리 잡아 그 향교도 명당자리라 없애려 했다. 하지만 학문의 전당을 없앤다면 문사들의 반대에 휘말릴 게 마련이었다. 그리하여 향교를 새로 단장하고 넓히기 위해서란 소문을 퍼뜨리며 옮겼다. 또 하나 골칫거리가 무학대사를 곤란에 빠트렸다. 남강 하류 새벼리 고개 밑의 바위가 튀어나왔는데 마치 용이 꿈틀거린 모양새였다. 무학대사는 인부를 시켜 그 석용도 깨트렸다. 그 떨어져 나온 돌 하나하나가 용비늘 같았고 그것이 땅에 떨어지자, 붉은 피가 흘러 그 핏줄기가 의령까지 흘러갔다는 것이다. 그런 뒤숭숭한 사건 탓인지, 진주 강 씨 집안에선 인재가 태어나지 않았다. 대봉산 아래 살던 강 씨들은 그게 대봉산의 지맥을 끊은 탓이라 여겼다. 그들은 옛날의 영화를 되찾기 위해선 봉황을 다시 불러와야 한다며, 비봉산 아래 길지에다 봉의 둥지인 '봉알자리'를 마련했다. 봉이 그 자리에 날아 와 알을 낳아 새끼를 쳐서 봉들이 훨훨 날면, 예전처럼 영웅호걸이 많이 태어날 거란 염원이었다. 그 길지 둘레를 흙벽으로 쌓아올리고 중앙에 움푹 팬 곳에 봉의 둥지처럼 단장한 게 봉알자리였다.

진주 강 씨들의 염원은 세월이 흘러도 변함없어 해마다 정월 초하루엔 그 봉알자리로 가서 제를 지냈다.

사갑술이니 영웅의 탄생이로다

1574년 선조 7년.

전라도 장수현 임내면 대곡리 주촌마을에 갓난아이의 울음이 울려 퍼졌다.

첫 울음은 귀청을 울린 쇳소리였다.

피부는 붉고 목소리는 짱짱하니 장군의 기상이로다.

산파의 기함이 터졌다.

옥동자 탄생이라니.

산모는 귀가 솔깃해 누운 자리에서 일어나 앉았다.

다음은 댕그랑댕그랑 울린 종소리였다.

뒤이은 산파의 목소리가 은밀해졌다.

종소리가 은은히 울려 퍼지니 만백성의 귀녀로다.

산모는 맥없이 드러누웠다.

사랑채에서 산파의 귀띔을 받은 남편이 안방으로 들어왔다.

남편은 눈물 흘린 부인의 등을 감싸며 위무했다.

"딸이래도 자식 농사를 잘 지으면 되잖소."

"아들을 못 낳아 신안 주 씨 집안에 대를 못 잇게 되었으니."

부인은 말끝을 맺지 못했다.

아들이려니 여기고 악성 임신을 견디며 지내온 나날들이었다. 장안사로 가서 백일기도를 몇 번이나 했던가. 장안사는 주촌마을 가까운 절이었다. 나이도 불혹을 넘겨 난산이라 더 이상 아이를 낳을 수 없음을 박 씨는 알아차렸다.

"아들 복이 없다 여기고 딸이래도 잘 키웁시다."

갓난이 증조부는 진사를 지낸 선비였다. 그 손주 주달문은 서당 훈장으로 밀양 박 씨 사이에 첫 아들을 두었지만 열다섯 살에 급체로 숨졌다.

"아닙니다. 얼른 새장가 드셔서 후손을 잇도록 해요."

주달문은 단호히 밝혔다.

"난 전연 그럴 생각이 없소. 만일 아들을 낳았다 해도 또 요절하면 그런 날벼락으로 상처만 받을 테니."

사랑채로 나온 주달문은 《주역》과 《만세력》을 펼쳤다. 딸의 사주를 보던 주달문의 입에선 탄성이 터졌다.

올해가 갑술년이잖아. 이번 달이 구월이라 개의 달, 오늘이 초사흘이니 개의 날, 지금은 초저녁이라 갑술시가 아닌가.

사갑술四甲戌이라니. 특이하고도 귀한 사주라 고추 달고 나왔다면 좀 좋으리.

예사 조짐이 아니었다. 그 사주는 팔자가 드세다던데. 하지만 사내대장부처럼 일세를 풍미할 팔자라면 딸이래도 괜찮아. 이름도 개라고 지어야지. 우리 대곡면 주촌마을은 낳는다를 놓는다고 하니, 주논개朱論介라 부름이 마땅하거늘. 마을 이름을 주촌이라 부름은 신안 주 씨들이 많이 살아 그리 불리었다.

"논개? 세상에 여식아 이름을 개라고 불러야 하다뇨?"

주달문은 아내의 의문에 주를 달았다.

"개가 넷이면 영웅의 탄생이라오. 천한 이름일수록 명이 길다잖소. 첫 아들을 대룡大龍이라 지었으니, 너무 큰 이름이라 지신이 노해 된서리 맞았잖소."

그 해는 기근이 들어 사흘을 굶었다. 주민들이 산야의 초근목피까지 캐어 먹을 게 없었다. 주달문은 인근의 백암 마을로 가서 흰 흙을 캐 왔다. 흙이라도 그 흰 흙은 약발이 된다고 저마다 입에 풀칠하기에 이르렀다. 박 씨는 그걸 쑥과 밀가루에 반죽해 시루에 얹어 떡을 쪘다. 흙떡을 먹고 보니 찰지고 든든했다. 이튿날 아침, 식구는 배를 싸안고 뒹굴었다. 도리없이 그들 부부는 서로 나뭇가지를 항문에 들이밀어 강똥을 퍼냈다. 그 후유증으로 대룡이 숨졌다.

그로부터 태기가 없어 그들 부부는 장안사로 가서 백일기도 등 온갖 정성을 기울였다. 마침내 박 씨가 마흔을 넘어 여아를 낳았다. 옥동자가 아니어도 귀하고 귀한 딸이었다.

남편의 말이라면 그대로 따른 게 박 씨의 마음가짐이었다.

"그럼요. 우리 딸은 귀히 대접받을 테니 참하게 길러야죠. 하지만 아명은 옥이라고 불러요. 이웃들이 진짜백이 개를 곁에 두고 손가락질로 우리 귀한 딸내미를 개개개 논개라고 놀림이 되면 어쩌렵니까. 그런 부끄러움을 당하는 것도 자라는 아이에겐 수치며 성가실 테니까요."

주달문은 부친의 뒤를 이어 사랑채 서당에서 학동들을 가르쳤다. 남아들만 드나드는데 옥은 부친의 권유로 그들과 어울리며 글공부를 배웠다.

"우리 옥이 착하지. 글공부를 배워야만 앞날이 훤히 트인단다."

"저도 신바람 나는 걸요."

옥도 거절하지 않고 배웠다.

다섯 살에 천자문을 익혔다. 뒤쳐진 남아들이 시샘 냈다.

"가시나가 뭣 땜새 글을 배우노?"

"머슴아라고 까부니 지기 싫어 그렇다."

"니 치마 밑에 고추를 달지 그래."

남아들은 고추를 드러내 옥 앞에서 오줌을 지렸다. 옥은 울음을 터뜨렸다.

"우지 마라. 그깐 일로 우는 게 아니란다."

주달문은 딸을 위로했다.

"그럼 언제 울어야 합니까?"

"내가 저 세상에 가면 우는 게야."

옥이 여섯 살 되자, 부친이 숨졌다. 허약한 체질에 해수병으로 몸져누워서였다.

"네가 사서삼경에 눈 밝아질 무렵인데, 내가 눈 감게 되었으니. 무슨 일이 닥치더라도 참고 견뎌라. '인내는 쓰나 열매는 달다'란 성인들의 말씀을 항상 기억해라."

부친의 유언이었다.

옥은 부친의 장례를 치를 때까지 울음을 토했다.

"제발 울음을 그쳐라. 울보라고 소문나면 어쩔래."

박 씨는 딸을 달랬다.

부친이 훈장으로 지낸 동안은 학동들에게 강미를 받아 근근이 생계를 유지했다. 부친이 숨지자, 그마저 끊겼다. 옥은 모친과 더불어 삼촌의 보호를 받으며 그날그날을 넘겼다.

그런 어느 날, 이웃 마을에 사는 김풍헌이 주달무에게 은밀히 제안했다.

"자네 질녀가 참해 보이니 내가 민며느리로 삼고 싶네."

김풍헌은 토지를 많이 지닌 부자였다. 부를 짱짱 울리니 세도가로 입김이 셌다. 그래도 김풍헌의 외아들이 삼십을 넘겨도 바깥출입 못하고 벙어리에 백치인 배냇병신이었다. 자산이 많은 게 빛을 못 본다고 이웃들이 쑥덕였다.

그 사실을 알고 주달무는 머뭇거렸다.

42

"저야 환영할 경사지만 제 마음대로 승낙할 순 없거든요."

김풍헌은 주달무에게 거절 못할 미끼를 던졌다.

"논 닷 마지기 값을 줌세."

주달무의 노르께한 눈빛이 생생해졌다. 논 닷 마지기라면 엄청 큰 재산이었다. 그래도 질녀를 배냇병신에게 팔 순 없었다.

민며느리는 겉으론 멀쩡해 보여도 종년 노릇과 다름없이 푸대접 받는 경우가 흔했다. 뼈 빠지게 고생 시키고 수틀리면 내쫓았다.

주달무의 옹고집이 반쯤 열린 걸 눈치 채고 김풍헌은 다시 미끼를 던졌다.

"자네 노름 빚도 갚아줌세."

술주정뱅이에 노름꾼이라 날마다 빚쟁이들에게 시달리던 주달무에게 그 미끼는 거절 못할 호재였다.

며칠 지나 김풍헌은 주달무를 다시 만났다.

"이것도 자네에게 안겨주겠네."

김풍헌은 엽전꾸러미를 달랑 흔들었다.

그로부터 며칠 지나, 주달무는 박 씨에게 권했다.

"형수님, 우리집에서 같이 지냅시다."

"우리 모녀가 짐이 될 텐데요."

"두 집 살림을 합치면 농사와 바깥일은 내가 하고 형수님은 저 그 어미랑 집안 살림이나 돌봐 주면 됩니다."

박 씨는 여러 날을 고민했지만 달리 뾰족한 수가 없었다. 시동생의 뜻을 고맙게 받아들였다. 집은 그대로 살고 한솥밥을 먹으며 호적은 시동생 식구 아래에 실었다.

작은댁과 합가하고 나자, 박 씨는 마음이 편치 못했다. 주달무도 겨우 끼니를 때울 정도였다. 더욱이 술주정뱅이에 노름빚까지 져서 형수 모녀를 책임질 여력이 부족했다. 아내까지 폭행해 상처투성이였다. 그런 사실을 알고도 시동생의 감언과 강압에 짓눌러 승낙한 걸 후회했다.

옥이 부친을 여읜 지 두어 달 지났을 때였다.

박 씨는 주달무가 옥을 김풍헌의 민며느리로 팔았다는 사실을 알았다. 그 소문은 주촌 마을 사람들의 화젯거리였다.

우리 모녀 이름을 작은댁 식구 이름 밑에 올려 합가한 게 선심이 아니었구나. 그러면 우리 모녀의 친권을 쥐게 되므로 마음대로 옥을 민며느리로 팔기 위한 수작이거늘.

박 씨는 결연히 부르짖었다.

"삼촌, 금지옥엽 기른 옥을 김 씨에게 팔어넘겨야 했나요. 그래, 질녀를 병신의 아내로 팔아 이득을 챙긴 게 무엇이오?"

"논 닷 마지가 누구 이름이오? 굶어 죽기 마련인데. 그나마 딸내미 덕에 복을 꿰찬 걸 다행이라 여깁시다."

"입에 풀칠 못한다고 딸내미를 팔어넘긴 어미가 어찌 고개 들고 다니겠소."

"형수님도 참, 세상 무서운 줄도 모르시네. 배를 쫄쫄 굶어 숨

44

지기도 전, 피골상접한 몰골에다 괴질환자라며 동구 밖으로 내동
댕이친 것보단 훨씬 낫지요."

"그런 험한 꼴을 내 어찌 견디리까. 허나 우리 옥이 민며느리
로 팔린 건 용서 못할 파렴치한 짓 아닌가요?"

"그 따위 유식한 고자세로 어찌 세파를 헤쳐 나간단 말이오.
잔말 마시고 이왕 벌어진 일인데 어쩔 거요."

상것들이나 행하는 인신매매에 얽혀들다니. 내가 어찌 딸내미
랑 여기서 빌붙고 산단 말이냐.

그런 와중에 이웃에 사는 복실네가 박 씨에게 다그쳤다.

"김풍헌 그 놈이 옥의 혼인 사주단자를 사흘 후면 보낸다고 준
비한단다. 얼른 도망가거라."

작년 겨울에 복실이 김풍헌에게 성폭행 당했다. 복실네가 집
을 비운 사이 김풍헌이 들이닥쳐 복실의 몸을 덮쳤다. 그러고도
박대하며 모른 체 지나쳤다. 복실네 모녀는 김풍헌을 원수로 여
겼다.

어쩐다. 사주단자를 받으면 혼인과 진배없잖아. 만일 거절하
면 김풍헌의 엉큼한 농간에 말려들 테고.

사주단자 받고 도망치면 사기죄로 고소당해 감방살이 하기 마
련이었다.

얼른 도망치는 게 화근을 피할 기회였다. 그러나 도망치는 것
도 어려운 일이었다. 어정쩡한 사이 사흘이 지나갔다. 그런데도
사주단자는 오지 않아 박 씨는 어물쩍 그날을 넘겼다. 이튿날 박

씨는 작은댁을 찾아갔지만 시동생이 보이지 않았다.

"저그 삼촌은 어디 가셨나?"

작은댁은 남편에게 폭력을 당해 몸져누워 일어나지도 못했다.

"성님, 죄송합니다. 제가 전생에 죄가 많아 밤낮으로 매를 맞아 천덕꾸러기가 되었으니."

작은댁은 누운 채 아들을 껴안곤 훌쩍였다.

복실네가 다그쳤다.

"왜 얼른 도망가지 않고선. 옥이 삼촌은 아무리 찾아도 보이지 않아."

삼촌마저 도망쳤다면 김풍헌의 서슬을 어찌 감당하겠는가.

마침내 박 씨는 결심을 굳혔다. 야밤을 틈타 옥을 데리고 집을 나섰다.

"오메, 어디로 가는 게야?"

옥은 임을 머리에 인 모친에게 물었다.

"외갓집에 가면 밥 굶진 않을 게다."

우선 딸을 민며느리와 배냇병신에게 팔아넘길 위기에서 벗어나야 했다.

박 씨는 함양 안의현 봉천마을에서 태어났다. 집안 살림은 그저 밥 굶지 않을 정도였다. 조상 때부터 깨끗한 양반이란 평을 듣는 집안의 맏딸로 남동생을 잘 보살피며 자랐다. 매사에 바지런하고 손끝 매운 무던한 처녀란 게 중매쟁이의 평이었다. 함양은 신라 후기 고운 최치원이 태수를 지낸 곳이었다. 최치원은 당나라에까지 이름을 떨친 대문장가였다.

그에 힘입어 함양 사람들은 일찍 문물에 젖어 낙동강을 사이에 두고 좌강 안동, 우강 함양이란 말이 떠돌 정도로 유학자를 많이 둔 선비의 고장이었다. 오래도록 학문의 전통이 맥을 이어 서당이 많이 들어서 후학들에게 학문을 가르친 명소로 알려졌다.

장수는 예부터 죄수들의 유배지였다. 뫼 깊고 골 깊은 오지였다. 척박한 땅을 경작하는 게 그곳 산지 사람들의 삶이었다.

장수 사람들은 함양을 드나들며 학문의 드높음을 깨달았다. 후손들에게 보다 나은 삶을 이어 가기 위해선 무지를 깨우치기 위해 훈장의 필요성을 터득했다. 옥의 조부가 그 대상이었다. 주용일은 양반입네 텃세를 부릴 상황이 아니었다. 때마다 식구의 끼니 걱정으로 몸을 사렸기에 주촌 마을 이장의 권유에 따랐다. 부친이 진사를 지냈다던 게 긍지이면서도 올무였다. 긍지는 양반 반열의 후손이란 거였다. 으흠, 헛기침하며 수염을 쓰다듬고 양팔을 등 뒤로 젖힌 자세는 순간의 쾌감이지 허기진 배를 채우진 못했다. 그러므로 집과 끼니를 때울 강미도 준다기에 함양을 등졌다. 서당 훈장들은 한약을 터득해 한의사로도 주민들의 환영을 받았다.

주용일은 주촌 주민들의 도움으로 초가 안채 앞 텃밭에 사랑채 겸 서당을 마련하고 훈장으로 그날그날을 넘겼다. 그곳은 먼저 자리 잡은 신안 주 씨들이 텃세를 부려 외톨이 신세가 아닌 게 다행이라면 다행이었다. 주용일은 주민들의 급체와 가래 기침도 치료해 주어 주민들이 경외하기에 이르렀다. 약재는 그곳 산야에서 채취한 산나물들과 뿌리였다. 침술도 병 치료에 도움이 되었다.

그들 집안은 손이 귀했다. 옥의 조부는 슬하에 주달문과 주달무 형제를 두었다. 주달문은 첫 아들을 잃고 겨우 딸을 얻었지만 더 이상 자식을 둘 여력도 없고 그리고 싶지도 않았다. 주달무도 슬하에 외아들뿐이었다. 형과는 달리 바람을 피워도 더 이상 후손을 두지 못했다.

전라도 장수에서 경상도 함양으로 가려면 삼십 리 산길을 걸어야 했다. 더욱이 육십령의 한 고개인 민재는 구불구불해 일곱 살 난 딸과 도망친다는 건 무리였다.

박 씨는 새댁 시절, 그 고개를 넘은 기억이 되살아났다. 일행은 시부모와 남편과 시동생이었다. 그 당시는 고향을 등지고 새로운 곳에 정착한다는 희망에 부풀어 발길조차 가벼웠다. 벌써 이십 년이 훌쩍 지난 세월이었다.

경상도 함양에서 전라도 장수까지 가파른 고개를 친정 동네에선 '군장데이'라 불렀다. 신라와 백제가 다툴 때였다. 신라군들이 곳곳에 무기를 숨겨 두었대서 그리 불리었다. 장수 사람들은 크고 작은 고개 육십 개를 넘었다고 육십령이라 불렀다. 워낙 험한 고개인지라 대낮에도 도둑들이 설치기에 육십 명이 무리 지어야 지날 수 있대서 육십령이라 부른다고도 수군거렸다.

그런데도 딸이 어미보다 더 빨리 걷고 눈치도 빨라 박 씨의 콩닥거린 가슴을 잠재웠다.

"팔다리가 아프지 않니?"

어미의 근심을 딸내미가 풀었다.

"외갓집에 가는 게 신바람 나잖아. 작년 가실에 태희 엉가가 장수에 왔을 때 내가 천자문을 가르쳐 주었거든. 내가 다시 훈장 노릇 하려니 발이 어서 가자고 야단이지 뭐야."

옥은 달리기 경주를 하는 양 앞서 뛰었다. 고추 달고 태어날 걸. 박 씨는 가슴이 옥죄었다.

고조부님이 팔도병사를 지낸 용장이셨잖아. 황석산성 싸움에 공을 세운 박명박 장군이었거든. 지략과 용맹으로 왜군을 무찌른 분이셨어.

황석산성은 경상도 함양군 서하면 안음현에 위치한 곳이었다. 삼국시대 당시 육십령으로 통한 국경을 지키기 위해 세운 산성이었다.

그 핏줄이 닿아서일까. 박 씨는 옥이 남아 기질을 타고 난 건 외가의 내력도 보탬이 된다고 여겼다.

그들 모녀는 동굴에 누워 정담을 나누었다.

"오메 이름이 박막례잖아. 박은 성씨지만 막례莫禮란 이름이 여자 이름치곤 드세 보이고 서먹서먹한 걸."

옥은 새삼 박 씨의 성명을 들먹였다.

"莫은 고요하다, 정하다, 뜻풀이도 되지만 해질 무렵도 되는 거란다. 이 오메도 너처럼 아들이려니 여겼는데 딸로 태어났거든. 그러므로 뒤에 동생이 태어나면 아들을 낳기 위한 기원으로 너의 외조부님이 그리 지어셨단다. 禮는 예도이며 경의란 뜻이잖니. 나도 어릴 땐 동무들이 막례라 부르는 걸 싫어했단다. 그러면 너의 외조모님께서 남들이 너의 이름을 많이 부를수록 네 뒤에 태어날 동생은 고추 달고 나올 테니, 우리 밀양 박가 집안의 경사라며 위로 하셨단다. 과연 내 뒤에 네 외삼촌이 태어나셔서 우리 박가 집안의 경사였느니라."

"난 논개라 부르는 것보다도 옥이라고 부르는 게 너무 좋아. 괜스레 머스마들에게 개개개 논개라며 나를 개로 여길 게 아냐."

"그래도 어느 날엔 논개라 부름으로 네가 귀히 대접 받을 테니 그런 잔걱정은 하지 마래도."

모녀는 낮엔 동굴에서 지내고 어둑해져야 갈 길을 재촉했다. 도망치는데 행여 낯익은 사람과 마주친다면 낭패 당하기 마련이었다. 뱀과 도둑들을 피하기 위해 조심조심 걸었다. 사흘 지나자, 준비한 미숫가루와 인절미 등, 먹거리가 동났다.

때는 무르익은 봄이었다. 솔순과 찔레순, 진달래를 따먹고 칡뿌리도 캐먹었다. 고사리, 두릅 등 산나물도 뜯어 나뭇가지들을 모아 부싯돌로 불을 지펴 삶아 먹었다. 바위 사이에 흐른 꿀도 손가락으로 찍어 냠냠거렸다. 산딸기, 머루도 따서 먹었다.

산타기와 먹거리를 마련한 것도 어미보다도 딸이 앞섰다. 낮이면 모녀는 굴에 들어가서 잠을 청했다. 뱀이 무서워 모닥불을 피워 근접을 피했다.

그날은 날이 어둡기 전이었다. 모녀는 동굴에서 나와 갈 길을 재촉했다. 밤길을 걷는 것도 못할 노릇이었다. 조심조심 걷는데 소나무 숲 사이에 오두막이 눈에 띄었다. 모녀는 그 오두막에 들어갔더니 호호백발 노파가 숨지기 전이었다.

뉘시오?

노파의 눈동자는 폭 들어가고 이빨은 삭고 몸은 깡말라 시체와 다름 아니었다.

전라도 장수현 임내면 대곡리 주촌마을에 사는 주 씨 처입니다.

웬 일로 이곳에 숨어들었소.

박 씨는 눈물로 그동안의 일을 고했다.

장하구려. 이젠 함양은 멀지 않으니 조금만 참으시오.

왜 이 산골에 혼자 지냅니까?

노파는 입술을 달싹이더니 겨우 뒷말을 이었다. 박 씨는 노파의 고백을 간추렸다.

함양에서 고이 자랐는데, 어느 밤에 도둑에게 보쌈 당해서 이곳으로 오게 되었다. 비록 도둑이라도 서방님은 심성이 착하고 나를 우대해 친정으로 도망가지 못하고 그냥 살았다. 임신 했으니 빼도 박도 못해 눌러 지냈다. 서방님은 나를 만난 뒤엔 도둑질도 안했다. 우린 텃밭에 씨를 뿌리고 채소도 길러 그럭저럭 지냈다, 아들이 팔다리를 못 움직인 병신이라, 그 수발에 지쳐 남편이 먼저 저승객이 되었다. 외아들마저 숨지고 나 홀로 지내다 이 꼴로 나날을 넘겼다.

노파는 겨우 숨을 몰아쉬며 입술을 달싹였다.

내가 지금까지 명줄을 이어온 건 이 오두막 뒤에 내가 누울 묘지를 서방님이 파 놓았다. 죽어서도 서방님과 아들 곁에 묻히고 싶었는데 댁이 그 일을 도와 달라.

박 씨 모녀는 노파를 그 묘지에 묻었다. 그러고는 오두막을 뒤져 먹을 만한 걸 챙겼다. 곰팡이 핀 콩과 보리쌀, 말라비틀어진 호박을 삶아 겨우 입에 풀칠해 허기를 면했다. 집을 떠난 지 열흘 지나 함양 안의면 봉천마을에 당도했다.

"어인 일로 연락도 없이 오셨습니까."

박 씨는 남동생의 물음에 그동안의 일들을 밝혔다.

"그런 억울함을 당했는데 동생인 제가 도움도 못 되었으니 송구합니다."

"그 사실을 몰랐으니 그런 게 아니겠나."

박 씨의 억울함을 듣고 남동생 처도 위로했다.

"저희가 잘 모실 테니 안심하세요."

옥은 태희 엉가랑 천자문을 외우며 뛰놀았다.

"넌 머리가 천재구나. 천자문 익히기가 어렵는데 우찌 고리 잘도 외우노?"

태희가 이마를 찡그리면 옥은 거침없이 내뱉었다.

"난 참 쉬운 걸."

옥은 태희가 수를 잘 놓은 걸 보고 감탄했다.

"엉가는 수를 잘도 놓는 데 손이 천재이겠네."

"그럴 땐 솜씨가 맵다고 하는 게야."

"머리가 헷갈리네. 맵다는 건 고추를 두고 한 말인데."

난 오메가 담은 백김치도, 고춧가루를 섞은 매운 김치도 참 좋아하거든.

"누구를 쏘아볼 때 눈총이 맵다고 하잖아. 솜씨가 맵다는 건 일을 잘도 하는 거니, 천재는 머리가 빼어나다는 뜻 아닌가 봬."

옥은 수놓기는 자신이 엉가보다 못해 수틀을 들고 수예의 기본을 익혔다.

친정에 빌붙은 지 두어 달 지났다.

박 씨는 태어나고 자란 곳이지만 마음이 편치 못했다. 친정의 형편도 밥 굶지 않을 정도의 삶이라 동생 처의 눈치가 보였다. 밥술 뜨는 것도 목구멍으로 넘기면 가시가 돋친 듯했다. 삶이란 그저 내 집에서 밥 안 굶고 마음 편히 사는 게 복이라면 복이었다.

박 씨는 장수의 초옥이 눈에 아른거렸다. 안방과 건넌방, 마루와 부엌의 단출한 곳이었다. 그래도 반질반질 닦은 마루, 진달래 꽃잎이나 국화잎으로 바른 문짝, 계절 따라 곶감과 무말랭이가 든 함지박을 얹은 시렁, 어느 곳에도 자신의 손길이 안 닿은 곳이 없었다. 이제나저제나 바늘방석인데, 김풍헌이 장수 사령들을 거느리고 봉천 마을로 쳐들어왔다.

"도망친다고 내가 모를 줄 알았소?"

김풍헌은 박 씨를 향해 서슬 시퍼렇게 강짜를 놓았다.

"누님이 친청 나들이도 못한답디까?"

남동생이 누이를 감쌌지만 박 씨는 끽 소리 못하고 떨었다.

"나들이라니? 남의 선심을 둥쳐먹고 악으로 갚는 그 따위 짓거리에 놀아날 김풍헌이 아니외다."

"우리 누님은 남에게 해를 끼칠 분이 아닙니다."

"참 기막히네. 댁이 누님을 감싸며 보호한다고 일이 해결되는 게 아니라니까. 내가 댁의 누님 딸로 인해 엄청 손해 본 건 어쩔 거요?"

남동생도 김풍헌의 서슬을 당하지 못했다.

그런 사이, 사령들은 흙발로 안방과 건넌방을 뒤적였다.

사령들은 원래 떠돌이들로 광대 출신이었다. 노바치들이 관청의 말단과 끈이 닿아 그 고을에 눌러앉은 심부름꾼들이었다. 그들은 관아에 일정한 보수를 받지 못했다. 관아에 출입하는 민원인들에게 으름장을 놓아 엽전을 뜯는, 백성들에겐 모지락스런 거지 중의 상거지라고 손가락질 받았다. 관아의 수령들도 그런 행패를 저지하면서도 내쫓진 못했다. 부하들이 그 관아 출신이라 알음알음으로 판가름을 흐리므로 그들을 필요로 해서였다.

사령들에 의해 옷장 안에 든 옷들이 쏟아지고, 곳간의 알곡들이 끌려 나왔다. 그래도 허물을 잡지 못하자, 김풍헌은 왕고집을 피웠다.

"세상만사 요지경이니, 감방에 갇힌다면 속에 것도 토하고야 말겠지."

"내가 딸의 혼사 문제로 손에 쥔 게 없습니다."

박 씨는 양손을 탈탈 털며 하소연했다.

"댁이 아무리 강짜 놓아도 내가 손해 본 억울함을 주촌마을 사람들이 다 안다니까. 옳고 그름은 곧 밝혀지겠지."

박 씨 모녀는 김풍헌의 고소로 장수 동헌 감방에 갇혔다.

해동공자 후손

동헌은 외아와 내아로 구분한다. 중앙에 담과 정문을 내어 집무실과 창고가 자리 잡고 주변엔 객사·향교 등 부속건물을 둔다. 정문 안에 다시 담을 둘러 수령이 공무를 수행하는 외아와 수령의 가족이 거주하는 내아 사이에 다시 담이나 행랑으로 구분한다.

수령이 동헌에 등청하면 수문장이 북을 둥둥 울리고 관아의 이속들이 바삐 움직인다. 관복 입고 왼쪽 옆구리에 칼을 비껴 찬 수령은 이속들의 하례를 받고 조회를 거행한다. 이어 수령이 공무를 보면 아전들과 통인들도 집무처에서 주어진 일들을 처리한다. 헐청歇廳은 이방과 아전들의 집무처요, 헐소歇所는 관아의 외삼문 안쪽에 위치한 민원인들의 접수 대기실이다.

박 씨 모녀는 헐소에서 조마조마하게 기다리다 이방의 안내로 외아의 뜰에 꿇어 엎드렸다.

장수 수령은 최경회崔慶會였다.

그는 중종 27년, 1532년에 전라도 화순현의 삼천리에서 태어났다. 부친 최천부와 모친 순창 임 씨의 셋째 아들로, 맏형이 최경운, 중형은 최경장이었다.

그의 본관은 해주였다. 고려 때 대학자요 재상인 최충의 후손이었다. 문종은 덕치를 베푼 왕으로 백성들에게 환영받았다. 최충은 통솔력과 학식이 풍부해 문하시중 관직에 올랐다. 고려를 뛰어넘어 중국에까지 알려져, '해동공자'라 불리었다. 관직에서 은퇴해 개성 송학산 아래 구제학당을 세워 제자들도 가르쳐 명성을 떨쳤다.

그에 힘입어 최 씨 집안은 문무를 숭상한 가풍으로 널리 알려졌고, 더욱이 자제들의 효심이 지극했다.

최 현감은 1567년 조선 명종 때 문과에 급제해 서른여섯 살에 관직에 올랐다. 그가 늦은 나이에 관리로 근무한 건, 사마시에 합격했지만 부친상을 당해 삼년상을 치러서였다.

그의 첫 근무처는 한성의 성균관 전적이었다. 사헌부의 감찰과 형조 좌랑을 거쳐 한성 살이 오 년을 지나 호남 지방에서 근무했다. 한성 관리가 지방으로 좌천 된 건 상관에게 아부하지 못한 올곧은 성격과 권세가들의 보호를 받지 못한 탓이었다. 그래도 최경회는 업무에 성실해 동료들과 부하들에게 신임을 받았다.

지방 관리라도 사서오경과 법전, 치민정책을 명확히 논술해야 수령의 자격이 주어졌다. 해마다 정월이면 3품 이상의 고관들은 수령이 될 만한 자질을 지닌 자들을 추천한 명단을 이조에 올렸다. 그러면 이조에서 문서에 결격 사유가 없는지를 검토하고 발령하는 게 조선의 지방 수령 '천거제'였다. 한성의 명문가 출신이 아닌, 지방의 과거 합격자들은 너도나도 수령 자리를 원하기에, 그 입문은 까다롭고도 어려웠다.

최경회는 기대승의 문하생이었다.

기대승은 1527년 한성에서 태어났다. 본관은 행주이며 호는 고봉이었다. 어릴 때부터 총명해 서당에서 글을 익혔다. 23세에 식년시 생원·진사 양시에 합격했다. 기대승은 최경회보다 다섯 살 많았지만 고금에 통달하고 주자학의 기틀을 세운 선비였다. 따라서 명저를 독파하고 스승인 퇴계 이황과 십여 년 동안 서로 편지를 주고받고 교유할 정도로 학문에 통달했다.

최경회는 기대승의 해박한 지식과 학문을 향한 경건한 품격에 매료당해 그의 제자가 되었다.

그 당시 중종의 계비로 명종을 섭정했던 문정왕후가 숨지고 윤원형을 중심으로 권력을 장악한 외척의 세도가 끝났다. 그 다음에 벌어진 권력 다툼은 더욱 치열했다. 그런 와중에 기대승은 여러 관직을 거쳐, 신진 세력의 우두머리로 지목돼 관직에서 물러났다.

선조는 15세 때 왕 위에 올라 인순왕후의 섭정을 받았다. 인순왕후는 명종과의 사이에 순화세자를 낳았지만 요절했다. 후사가 없던 명종이 승하하자, 조카인 선조가 왕위에 올랐다. 그리하여 왕권이 제대로 토대를 못 잡은 상황이라 세도가들의 권력 투쟁이 치열했다.

심의겸과 김효원은 당대의 명망 높은 선비였지만 출신과 기질이 달랐다. 한성 명문가 출신 심의겸이 시골 출신 김효원의 출세를 막으며 갈등을 빚었다. 대신들은 도성 서쪽 창의동에 사는 심의겸을 따르는 자들을 서인이라 불렀다. 도성 동쪽 낙봉에 사는 김효원을 따르는 자들을 동인이라 불렀다.

동인과 서인은 서로 상대방을 헐뜯고 자기네들이 군자라고 배를 내밀며 붕당을 지었다.

기대승은 선조의 즉위와 더불어 벼슬길에 올라 복직과 해직을 거듭하더니 병들어 숨졌다.

그 당시, 석학인 율곡 이이는 붕당을 일삼는 조정 관리들에게 호소했다.

부디 올바른 식견으로 나라 사랑에 헌신해야 합니다.

선조에게 올린 긴 상소문은 현실에 대한 통렬한 비판과 앞날을 향한 혜안의 경고였다.

현인을 등용하시고 어질지 못하거나 재주 없는 선비는 상대하지 마소서. 선비들은 한 마음으로 나라를 위해야지, 왈가왈부한 짓거리를 제압하소서. 음흉한 간계는 내치고 맑은 정신으로 조정의 기강을 바로 잡으소서. 자기의 주장만을 옳다고 주장하고 공의를 져버린 자는 상대하지 마소서.

율곡은 목숨이 다할 때가지 직언해도 선조는 귀담아 듣지 않앗다.

 최경회는 명유문사들의 당파 싸움에 좌지우지 않고 소신껏 직무에 충실했다. 그는 스승처럼 천재도 아니고 율곡처럼 대학자도 아니기에 자신을 낮춰 상대를 대했다. 타고난 성품이 검소하고 결백해 욕심이 앞서지 않았다. 그리하여 적이 없는 것도 관리직을 성실히 감수할 충분한 자질을 지녔다. 그는 고을살이 첫 단추를 끼울 때 고백한 내용을 항시 입버릇처럼 중얼거렸다.

 백성들을 제 몸처럼 귀애하고 고을을 제 고향처럼 보살피겠습니다. 임금의 덕화가 만방에 울러 퍼지게끔 제 몸을 아끼지 않고 공무에 임하겠습니다.

재판에서 승리하다

날씨가 후덥지근하다. 팔월의 땡볕은 모질게도 더워 등에선 땀이 흐른다.

박 씨 모녀는 동헌의 외야 뜰에 꿇어 엎드렸다.

모녀 뒤엔 아전들이 형틀과 형구들을 차려 놓고, 수령의 명령을 기다렸다.

'주달무와 박 씨는 인륜 상사인 혼사를 파기해 선민을 우롱하고 빙폐를 빙자해 물품을 횡령하고 도망쳤으니 죗값을 치러야 합니다.'

김풍헌이 제기한 고소장의 내용을 형방이 읊조렸다.

"주달무는 보이지 않는구나."

수령의 목소리가 낮게 울렸다.

"이 사건으로 도망쳐, 장수 곳곳을 뒤져도 주달무의 행방을 알길이 없었사옵니다."

"그렇다면 모녀는 어디에서 압송해 왔는가?"

"경상도 함양군 봉천마을, 박 씨의 친정에 숨은 모녀를 잡아 대령하였나이다."

최경회는 박 씨를 추궁했다.

"어찌하여 논 닷 마지기 값을 받고도 야밤에 줄행랑쳤느냐?"

쩌렁 울린 쇳소리였다. 박 씨는 감히 아뢰지 못하고 떨었다.

"두둑 심보니 중벌을 받아야 마땅하거늘."

뒤이은 최 현감의 목소리는 서릿발 같았다.

"그야 당연한 게 아닝교. 간뎅이가 부었지. 굶어죽은 민초들이 수두룩한데 미쳐 날뛰다니."

김풍헌이 서슬 시퍼렇게 강짜 놓았다.

"저의 오메가 그런 게 아닙니다. 삼촌이 저를 김 씨 어른의 민 며느리로 팔아서랍니다."

여아의 또릿또릿한 목소리가 최 현감의 머리를 강타했다. 가냘픈 몸피에 피부는 도화색이며 입술은 도톰하고 눈동자는 초롱 초롱했다. 모양새는 맵자하고 아무렇게나 근접 못할 품격이 드러났다. 더구나 김풍헌이 지켜보는 데서 소신을 또렷이 밝히다니.

"논 값도 삼촌이 지닌 게 아니라 김 씨 어른이 도로 가져 가셨으니, 선처를 부탁드립니다."

딸이 강하게 나오자, 그제야 박 씨도 말문을 열었다.

"배냇병신에게 딸내미를 시집보낼 순 없었습니다."

김풍헌의 얼굴이 푸르락누르락 변했다.

"뭐라, 주둥이가 대문짝만하게 열려 세상 돌아가는 것도 모른 갑네. 저 여펜네와 가시나에게 중벌을 내리십쇼. 사주단자까지 보냈는데 그걸 무시하고 도망치다뇨?"

"무슨 그런 얼토당토않은 거짓 술수를 부리시오. 우린 사주단 자를 받지 못했소."

"내 손으로 손수 그 사주단자를 주달무에게 건넸는데 아니라고 생떼 부리다니?"

그제야 박 씨는 사주단자마저 시동생이 지니고 도망쳤다는 걸 알았다.

가만히 경청하던 최 현감의 명령이 낮게 울렸다.

"도무지 감을 잡을 수 없도다. 뒷조사 하여 다시 판결을 내리 겠노라."

닷새 후, 박 씨 모녀는 다시 그 자리에 꿇어 엎드렸다.

"삼촌이 지은 잘못을 모녀에게 뒤집어씌울 순 없느니라."

상상 외로 최 현감이 너그럽게 나오자, 김풍헌의 서슬이 짱짱 울렸다.

"현감 나리, 혼인 날짜 받고도 도망까지 쳤는데, 저 여펜네가 뇌물로 산삼을 바칩디까? 장대로 백 번 내리쳐 병신 꼴값 하든지 감옥살이를 지내야 하는 게 아닝교?"

어쩌다 심마니들이 장수의 산 속에서 산삼을 캐 떼돈을 벌었다던 게 화제로 떠올랐다.

김풍헌의 서슬에도 굴하지 않고 최 현감은 거듭 강조했다.

"죄는 죄 지은 사람이 벌을 받지 아무에게나 덮어씌운 게 아닙니다."

"논 닷 마지 값은 도로 받았으나 노름빚은 어쩔 겁니까? 그뿐인 게 아니외다. 이미 고소장에 올린 내용과 같이 빙폐로 가져간 엽전 삼백 냥은?"

"저도 오메도 그런 사실을 전연 모릅니다."

여아의 항의를 듣고 김풍헌의 악바린 고함이 탕탕 터졌다.

"혼인을 빙자로 주달무란 놈이 엄청 챙겨 도망까지 쳤잖습니까?"

"그건 댁의 잘못입니다. 그 잘못을 모녀에게 떠넘길 순 없소이다."

그러고도 최 현감은 근엄하게 판결을 내렸다.

"재판도 받지 않고 사령들을 거느리고 함양까지 가서 말썽 피운 것과 모녀에게 죄를 덮어씌우려던 행위를 죄 없다 할 순 없노라. 김풍헌에게 곤장 열 대를 쳐라."

아무리 기세등등한 김풍헌이지만 수령과 법 앞에선 도리 없이 당할 수밖에 없었다. 김풍헌은 이를 갈며 곤장을 맞곤 그 자리를 떴다.

"혼례 문제로 억울함을 당하면 관가에 하소연 해야지, 도망 쳐 이웃에게 폐를 끼치고 소란을 피웠노라. 앞으론 행동을 조심하렸다."

박 씨는 감격하면서도 다시 호소했다.

"쇤네 모녀의 억울함을 해결해 주신 은공을 어찌 잊으리까. 허나 저희 모녀가 갈 곳이 없사옵니다. 장수현 동헌에서 무슨 일도 할 테니, 밥 안 굶고 누울 자리를 마련해 주옵소서."

민가의 초가도 주달무의 빚에 넘어갔다. 만일 민가에서 삶의 터전을 마련한대도 김풍헌의 서슬을 피할 순 없을 것이다.

"듣고 보니 딱한 사정이긴 하나, 좀 기다려 보시게나."

최 현감은 여운을 남겼다.

박 씨 모녀는 사흘 뒤에 감방에서 풀려났다.

최 현감은 열다섯 살 때 동갑내기 나주 김 씨와 혼인했다.

부인은 부모 잘 모시고 형제에게 예를 다하고 친척들에게도 더없이 상냥한 나무랄 데 없는 현처였다. 그런데도 사십 줄이 되기 전, 허약한 체질에 자리보전을 면치 못한 환자였다. 더구나 시집 올 때 데려온 몸종이 아전과 눈 맞아 그들을 혼인 시키고 난 뒤였다. 그 아전이 외동아들이라 어미는 숨지고 홀아비 시아비를 모셔야 하기에 민가로 내보냈다.

"박 씨 모녀를 내자에게 맡길 테니 어떻소?"

최 현감은 부인에게 뜻을 밝혔다.

"감읍할 따름이옵니다."

김 씨 부인은 혼인한 지 삼십 년 지나도록 아이도 못 낳은 석녀였다. 불혹에 이르러선 자리보존도 면치 못해, 남편이 그저 고마웠다.

최 현감은 부모와 집안 어른들이 새장가 가서 후손 잇기를 갈
망해도 거절했다. 관리는 여색에 빠지는 걸 금해도 후손을 잇기
위해선 내연의 여자 두는 걸 눈감아 주었다. 그래도 그는 가정의
평강을 깨트린 건 남자가 여색에 빠진 거란 걸 강조했다. 씨받이
를 두는 것도 그에 못잖은 악순환의 연속이다. 정 무엇하면 맏형
최경운의 아들을 양자로 맞이하겠다는 뜻을 밝혔다. 중형 최경장
은 외아들 홍우, 맏형은 홍재, 홍수 형제를 두었다.

더욱이 최 현감은 나라와 임금에게 충성하고 맡겨진 고을을
잘 다스리는 걸 우선으로 꼽았다. 관리가 가정사의 분란을 야기
시키는 짓을 해선 아니 된다며 버텼다.

박 씨 모녀는 통인의 뒤를 따라 조심스레 내아의 뜰로 들어섰
다. 화단엔 목단과 군자란, 장독대와 우물 주위 담 밑엔 봉숭아가
활짝 피어 방문객을 영접했다. 주위는 조용했다. 개미들이 봉숭
아 곁으로 몰려든 게 보일 정도로 내아의 뜰은 침묵에 잠겼다.

설갑도는 그들 모녀를 댓돌 아래 서게 하고 조심스레 아뢰었다.

"마님, 박 씨 모녀를 데러왔습니다."

한낮의 고요함이 피부를 감싸고돌았다. 식사 한 끼를 다 먹고
난 뒤의 시간이 지났을까. 그들 모녀가 그리 느낀 건 배가 고파서
였다.

비로소 안방 문이 열리며 김 씨 부인이 얼굴을 내밀었다. 야
윈 몸매에 해쓱한 얼굴이라 병자임이 드러났다. 쨍한 햇빛에 눈

이 부시는지 김 씨 부인은 양손으로 눈을 비볐다. 이어 노비의 이름을 적은 장부를 보고는 박 씨 모녀가 천민 아닌 반치기임을 헤아렸다. 양반이 가난에 찌들어도 근본이 양반임을 부인 할 순 없었다. 그러므로 박 씨 모녀를 마음대로 하대해선 아니 되었다. 김 씨 부인은 박 씨와 눈이 마주치자, 힘겹게 말문을 열었다.

"글은 읽을 줄 아느냐?"

"언문을 깨쳤습니다. 천자문도 익혔고요."

박 씨는 남편이 서당 훈장이라 어깨 너머로 천자문을 익혔다는 걸 생략했다.

"눈은 어둡지 아니한가?"

"쉰네의 나이 오십 줄에 들어섰지만 실을 바늘귀에 꿰는 건 할 줄 아옵니다."

"바느질은 잘 하는가?"

"치마저고리와 두루마기 짓는 것도 손놀림이 더디지 않사옵니다."

김 씨 부인은 옥에게 시선을 돌렸다.

"몇 살이냐?"

"일곱 살입니다."

옥은 깨금발로 고개를 갸웃했다.

"무엇이 켕기느냐?"

김 씨 부인의 미간이 좁혀들었다.

박 씨가 조마조마해 발짓으로 옥의 상체를 아래로 내렸다. 섣

부른 행동을 하지 말란 경고였다.

"마님의 새끼손톱이 고까옷을 입었군요."

저도 그런걸요. 쫑알거리며 자신의 양손도 펼쳐보였다.

"저의 오메도요."

옥은 박 씨의 양손도 들어 흔들었다.

"저의 새끼손톱은 오메가, 오메의 것은 제가 고까옷을 입혔거든요."

김 씨 부인은 그들 모녀를 번갈아 보더니 굳은 얼굴이 얼룩졌다.

"하도 병치레를 하다 보니 저승길이나마 밝게 해 주옵소서, 천지신명께 기도드렸느니라."

손톱에 봉숭아 꽃물 들이면 저승길이 환하다는 건 예부터 전해 온 민담이었다.

"마님도 참, 전 보름달에 저의 얼굴을 새겨주옵소서, 그런 청을 올리며 기원했는걸요. 그러면 제가 보름달처럼 어둠을 환히 밝힐 테니까요."

손톱에 봉숭아 꽃물 들이면 달을 닮은 인지색이라, 달을 손에 쥐었다던 풍문을 떠올리며 옥이 넘겨짚었다.

"올되고 장하구나."

김 씨 부인은 옥을 찬찬히 훑었다.

"제가 보름달에게 마님의 얼굴도 새겨주옵소서, 기원할게요. 그러면 마님의 병마가 확 달아나 포동포동해 질 테니까요."

"그렇다면 오죽 좋으리."

김 씨 부인은 설갑도에게 명했다.

"박 씨 모녀를 내야 곁방에서 머물게 하여라."

박 씨는 옥의 양 손목을 꽉 잡았다. 누울 자리와 입에 풀칠이 해결 돼 모녀에겐 마침맞은 곳이었다.

이튿날 아침, 최 현감은 부인에게 넌지시 물었다.

"어찌 사람 됨됨이를 한 순간에 저울질해 내야 곁방으로 영접한 거요?"

워낙 깔끔한 성격이라 사람 사귐이 많지 않아 그게 청백리 내조자로서의 자질에 보탬 된다고 여겼다. 아내의 병이 전염될까 봐 친인척의 내방도 금했다.

"집에 사람이 온다는 건 실로 어마어마한 일이거든요. 왜냐하면 그 사람의 일생이 오는 거잖습니까."

김 씨 부인은 자신의 견해에 하나를 더 보탰다.

"현감님이 누굽니까? 저의 낭군 아닌지요. 귀하신 분의 청을 제가 감히 어찌 거절하오리까."

며칠 지나 김 씨 부인은 최 현감에게 청을 올렸다.

"박 씨 모녀를 침방針房 관비官婢로 등재시킴이 어떠리까?"

박 씨의 바느질 솜씨는 예사솜씨가 아니었다.

최 현감이 말을 타고 변방에 순시를 나가 관복이 나뭇가지에 걸려 찢어졌다. 왼쪽 바짓가랑이가 찢어진 걸 박 씨가 매끈하게 꿰맸다. 부하들의 옷들도 그러했다.

그 사실을 알고 김 씨 부인은 박 씨에게 최 현감의 두루마기를 짓게 했다. 나무랄 데 없이 매끈하고도 촘촘한 바느질이었다. 관복도 그러했다.

"어미는 그렇다고 해도 그 딸은?"

"옥도 비록 나이가 어리지만 어미를 닮아 예사 솜씨가 아니더이다."

외부인을 내야 곁방에서 지내게 하는 것도 며칠이지 오래 동안 머물게 할 순 없었다. 동헌의 아전들을 채용하는 것도 수령이 마음대로 권한을 행사하지 못했다.

"그러도록 합시다."

최 현감은 동헌의 수노와 의논해 박 씨 모녀를 침방 관비로 등재 시켰다. 설갑도가 그 사실을 그들 모녀에게 알렸다. 그렇지 않아도 박 씨는 내야 곁방에서 지내는 게 바늘방석이었다. 박 씨 모녀는 최 현감 부부 앞에 꿇어 엎드렸다.

"목숨 다한 날까지 헌신하겠나이다."

박 씨의 눈물을 옥이 손수건으로 닦았다.

통인은 조선시대 지방 관리에게 잔심부름하던 관아의 벼슬아치였다. 그들은 수령의 직인을 관리한 자들이라 입김이 셌다. 시동이라 부름은 수령의 시중드는 일도 해서였다. 낮엔 수령이 외근하면 동행했다. 밤엔 수령의 잠자리를 보살피고 요강도 부시며 물심부름과 잔시중도 들기에 동헌의 협방에서 잠을 청했다. 수령이 원하면 기생을 불러들여 자신의 협방에서 수청 들게 바친 일도 겸했다. 그들은 아비도 통인이라 곁길 없는 외길이었다. 중인의 신분으로 같은 신분끼리 통혼하며 단결력이 강한 동아리였다. 자칫하면 수령을 기만하고 백성들을 착취한 고을의 터줏대감으로 악명을 떨칠 사례도 일어나기 마련이었다.

최 현감은 그런 짓거리를 상쇄하기 위해 그들을 인정하되 적당히 거리를 두고 대했다. 그가 부임 때마다 아내를 동반한 것도 그들의 횡포를 막기 위해서였다. 지방의 수령은 부임 때마다 거의 식구를 거느리지 않았다.

거듭난 야생마

여덟 살 되자, 옥은 맵자한 태도와 조심스런 언행으로 어엿한 소녀티가 돋보였다. 밤이면 사서삼경도 익혔다. 스승은 최 현감이었다. 그들은 사십 넘은 나이 차인데도 옥은 조숙했고 최 현감은 건장해 나이가 덜타 보여 조손 관계처럼 보이지 않았다.

최 현감은 옥과 마주치면 젊음을 되찾은 양 새로이 태어난 것처럼 용기가 샘솟았다. 그는 서른 살이 넘은, 뒤늦게 관리가 되고부터 임지로 나돌며 근무했다. 집안 어른들과 부친의 가르침에 따라 해동공자 후손인 걸 긍지로 여겼다. 최충은 그에겐 희망의 푯대였다.

옥은 최 현감이 마냥 좋았다. 부친처럼 여겨지는 게 그리도 좋을 수 없었다. 부친을 향한 애달픔이 골수에 박혀 최 현감을 부친처럼 따랐다. 밤마다 학문을 배운 것도 마냥 좋았다. 최 현감은 옥의 천재 두뇌와 사리 판단에 익숙해, 옥의 스승이 되는 게 자신의 의무라 여겼다.

처음 옥은 저녁식사를 들고 나서 통인의 안내로 최 현감의 집무실로 들어갔다.

"행동을 조심해야 하느니라."

설갑도가 목에 힘을 주었다.

"통인 나으리, 제가 그걸 눈치 못 챌 정도가 아니므로 걱정하지 마소서."

"그래, 알겠다."

설갑도가 옥을 안내한 건 글을 배우고 싶다는 옥의 청을 거절 못해 최 현감이 불러서였다. 그곳엔 고서들이 책꽂이에 꽂혔다.

"이 서적들 중에 네 맘에 든 걸 골라 보렴."

옥은 서슴없이 논어, 맹자, 대학, 중용을 골랐다.

"아니, 사서를?"

최 현감의 놀란 목소리가 끝나기 전, 옥은 다시 시경, 서경, 주역을 골랐다.

"삼경도?"

"사서삼경을 조금 배우다 아버님이 돌아 가셔서, 그게 참 억울하거든요."

"그럼 이제부터 그걸 배우도록 하겠니?"

"고소원인걸요."

"영특하구나."

최 현감은 옥의 표정을 보고 예사 아이가 아닌 걸 예감했다.

허나 어쩜담. 하인에게 고급 학문을 가르칠 순 없었다. 증조부가 진사를 지냈다곤 하나 이젠 자신이 부린 여종이거늘.

"정녕 네 소원이라면 가르쳐 주마."

옥은 잽싸게 최 현감의 품속을 파고들었다. 눈물이 왈칵 쏟아졌다. 최 현감은 옥을 밀쳐내며 부드럽게 타일렀다.

"네가 내게 글공부를 배운다는 게 소문나면 안 돼."

"입조심 하겠나이다."

최 현감은 주의를 상기 시키고는 질문을 던졌다.

"사서삼경의 핵심은?"

"효와 충인 중 아뢰옵니다.

"그 중에 어느 대목이 마음에 들던?"

"저를 사로잡은 건 논어의 첫 장이옵니다. '배우고 익히니 또한 즐겁지 아니한가.' 전 이미 그 대목을 저의 피와 살이 되게끔 하겠다는 걸 가슴팍에 아로새겼는걸요."

최 현감은 옥의 희망에 재를 뿌려선 아니 되겠다는 걸 다짐했다.

박 씨는 딸이 학문을 배운다는 게 기쁘면서도 조마조마했다. 딸의 사주가 '사갑술이니 영웅의 탄생이로다.' 라는 부군의 탄성이 귀에서 쟁쟁거렸다. 그러나 어쩜담. 종의 신세인데 학문이 당치나 하겠는가. 그래도 딸이 마냥 좋아하고 최 현감도 가르침에 열성이라 볼만장만 할 수밖에 없었다. 자신이 해야 할 일이라면 그들에게 다과와 차를 대접하는 거였다.

차를 끓일 때 물은 아주 중요해 품천品泉이라 하잖은가.

박 씨는 혼잣말로 중얼거리며 내아의 우물을 점검했다. 두레박으로 건져 올린 물은 해맑지 못하고 맛도 밍밍했다.

누렁우물이라니.

박 씨는 깜짝 놀라며 식수로 불합격이란 진단을 내렸다.

좋은 물은 맑고, 차고, 부드럽고, 냄새가 없고, 비위에 맞고, 탈이 없어야 한다던가. 그러고 보니 자신과 딸내미도 내야에서 지낸 동안 배탈이 자주 난 기억이 되살아났다.

반빗간의 질서는 엄격했다.

쌀과 보리, 식품을 보관한 곳의 관리자는 남자 하인들이었다. 장을 담그고 음식을 장만한 주방장은 나팔네였다. 관계자 외는 출입 금지였다. 어디에도 박 씨가 들어갈 틈새가 없었다. 시시때때로 먹는 걸 책임지기에 행여 신체에 해가 될까 봐 외인 출입을 막아서였다.

나팔네는 입이 나팔이라 걸핏하면 상대에게 으름장을 놓았다. 뭐라도 상대의 허점 꼬집기를 잘했다.

박 씨가 반빗간 앞을 서성거리면 퉁을 주었다.

뭐할라꼬 고양이가 쥐를 엿보듯 하능교.

제가 음식이 탐나서 그런 게 아니외다. 반찬을 장만할 때 어떻게 하나 보고 싶어서입니다.

그건 구실이고 실은 요리를 하고파 손이 저절로 움직였다.

일 없으니 아예 들락거리지 마시오.

나팔네를 돕는 반빗아치는 점례와 달매였다.

점례는 열일곱 살이었다. 얼굴이 달보드레하고 몸매도 탱탱해 남정네를 후릴 정도였다. 하지만 이태 전, 혼사를 앞두고 지아비 될 남자가 피를 토하고 숨졌다. 초례청도 서보지 못한 까막과부였다. 이웃들은 점례의 양 눈썹 사이에 검은 점이 두드러져 그렇다고 속닥였다.

얼굴에 이별 수가 들었으니 어이 할꼬.

점례는 김 씨 부인의 친정 친척이었다. 시집도 가기 전 까막과부 된 점례를 김 씨 부인은 내아의 부엌일을 맡겼다. 점례는 매운 솜씨도 아니고 행동이 굼떴지만 심성이 고와 부리기엔 힘이 들어도 마음은 편했다.

달매는 옥과 동갑나기로 야무졌다. 늙은 과수댁인 나팔네에게 수양딸로 인정받을 정도였다.

열흘 동안 내야에서 지냈지만 박 씨는 우물이 누렁우물이란 걸 전연 눈치 채지 못했다.

생수가 사람의 건강을 지키는 활력소이거늘.

마님이 아이를 못 낳은 것도, 건강이 안 좋은 이유도 우물물이 안 좋은 탓일 게다. 최 현감이 장수 현감으로 부임한 지 이태 지났잖은가. 바깥어른은 타고난 건강 탓인지 겉으론 멀쩡하며 오랑캐족들이나 왜구들, 한량 잡배들도 감히 넘보지 못했지만.

박 씨는 우물에 관한 걸 환자인 김 씨 부인에게 알릴 순 없었다. 더욱이 나팔네에게도. 또 그 입질에 걸려들어선 아니 되었다. 그들 모녀를 김 씨 부인에게 인도한 설갑도를 만나 그 소식을 전했다.

"내아의 우물이 누렁우물이라 하옵니다."

최 현감은 설갑도에게 그 내용을 듣고 명을 내렸다.

"수맥을 잘 짚는 도인을 모셔라."

도백선사는 지리산 동굴에서 기거하며 길손을 안내하고 환자들을 치료한 기인이었다. 지리산의 토산물을 약재로 사용해 의원으로 이름을 드날렸다. 노인의 얼굴엔 광채가 나고 목소리는 우렁우렁 바람 소리를 냈다. 도백선사의 장기는 활도 잘 다루고 그 사람의 앞날을 점친 예언가로도 알려졌다.

도백선사는 설갑도의 안내로 외아와 내아를 거닐고는 힘겹게 내뱉었다.

"우물 자리가 없소이다."

"그럼 어떻게 해야 합니까?"

최 현감의 걱정을 도백선사가 넘겨짚었다.

"생수를 길어오는 수밖에요."

그러고는 박 씨 모녀를 따로 불러 은밀히 속삭였다.

"동헌의 운기가 댁의 여식아에게로 몰리니 잘 대접하구려."

박 씨는 근심스레 대꾸했다.

"팔자가 드세다고요?"

"드센 팔자는 한 길로 왔다 일곱 길로 사라지는 게 댁의 여식아 운명이라오."

박 씨가 더 묻기도 전, 도백선사는 점례와 달매에게도 일침을 가했다.

"옥 낭자를 잘 모셔야 하는 기라."

옥은 한참이나 연상인 점례를 넘겨짚었다.

"이마의 점은 어디로 도망갔대?"

점례라 불린다면 점을 몸에 지녀야 하거늘.

"없애 버렸어."

점례는 의아한 낯빛의 옥을 놀라게 했다.

"불 쑤시개로 지져도 없어지지 않아 꼬챙이에 청산가리를 묻혀 빼냈지만 팥알만 한 흉터기 생겼지 뭐냐."

박 씨는 딸내미에게 퉁을 주었다.

"얼마나 한이 맺혔으면 생살 타는 곤욕을 치렀겠어. 남의 아픔을 꼬집어 덕 될게 없으니 입조심 해라."

"점례 엉가랑 마주치면 나도 덩달아 찡그린 얼굴로 변하니 난 그게 싫거든."

옥은 톡 쏘아붙였다.

생수는 장안산 약수를 길어오고 내아의 우물은 허드렛물로 사용하라.

최 현감이 명했다.

물동이를 지게에 져다 나른 지게꾼은 서른 넘긴 홀아비였다. 억보는 장사지만 물든 항아리를 지게에 져다 나르더니 어깨가 결린다며 끙끙 앓았다. 그걸 알고 최 현감은 목수를 시켜 나무물통을 만들게 하여 사용하게끔 억보의 무거운 짐을 덜어주었다. 노역자 두 명도 억보를 돕는 물지게꾼으로 영입했다.

그런지 서너 달 지나자, 점례가 임신했다. 억보와 눈 맞은 게 배까지 맞게 변했다. 그 사실을 점례는 부끄러움도 없이 옥과 달매에게 털어놓았다.

"간덩이 부었나 봐. 앞으로 어쩔 거야?"

옥의 의문이 터졌다.

"마님에게 들키면 큰일 나잖아."

달매도 조심스레 물었다.

"설마하니, 마님이 갑순 엉가처럼 억보 오라비랑 민가로 딴살림 차려주지 않겠어."

점례는 당차게 나왔다.

그이랑 어떻게 눈 맞은 지 알기나 할까. 억보라뇨? 얼마나 가난뱅이가 한이 맺혔기에 억만 량을 지닌 부자가 되고파 이름까지 그리 불리나요? 했더니, 그이가 대뜸 묻더군. 점례라니, 점에게 아부하고파 점례라 부르면 됐지. 청산가리를 이마에 끼얹어 죽자구나 생고생 했다니. 나무라는 거야. 며칠 지나자 내가 애연스럽다며 팥알만 한 흉터에 입술을 들이대는데 그 따스한 입김이 내 흉터를 녹이더라니까.

그런 감격은 달포도 못 돼 억보가 숨겼다.

장안산 봉우리에 진 친 왜병들이 민가로 쳐들어 와서 먹을 걸 약탈하고 수틀리면 숨지게도 하는 악행을 저질렀다. 최 현감이 부하들을 지휘해 놈들을 몰아내도 그 수는 늘어났다. 그래도 최 현감이 용맹을 떨치므로 놈들이 몸을 사린 와중에 그런 일이 벌어졌다. 놈들은 장수 주민들과 최 현감의 골칫덩이였다.

우야코, 내 팔자야.

점례는 목 놓아 울며 몸부림치더니 유산으로 몸져누웠다. 그런 와중에도 나팔네의 입이 시퍼렇게 살아 비아냥거렸다.

팔자도 더럽게 타고 났나 봐.

김 씨 부인은 박 씨와 나팔네의 도움으로 그 사건이 외부로 안 알려지게끔 단속했다.

찻물이 끓는다. 화톳불에선 숯불이 피어오르고 생수의 신선함이 뜨거워지면, 옥은 그걸 잔에 따른다. 흙으로 빚은 찻잔과 자연을 품은 잎사귀의 만남은 하늘과 땅의 어울림이라던가.

차의 향기가 댓잎과 솔에서 부는 맑은 바람인 양 소소하다. 곡우의 절기에 지리산 오지에서 자란 애잎을 따서 찌고 덖은 세작은 뒷맛이 달고 향긋하다.

좋은 차가 되기 위해선 물과 차가 알맞게 조화를 이루는데 그게 중정中正이라 했는데.

옥은 조심스레 찻잔을 두 손 받들어 최 현감에게 올린다.

최 현감은 차를 음미하며 눈을 감는다.

덕을 지닌 자가 마시기에 가장 적당한 게 차라고 했거늘.

그에겐 평강을 누릴 최선의 순간이다. 오지나 전쟁터에 나가 적을 물리쳐야 할 악순환이 거듭됨으로 평강은 수령의 무거운 멍에를 뛰어넘을 끈기로 이끈다. 끈기야말로 수령이 지녀야 할 덕목이었다. 민초들이 올린 하소연과 재판, 부하들의 다툼과 중재 역할, 왜병들의 노략질 등, 그것들을 해소하기 위해선 머리가 상그럽다.

그에겐 옥은 손녀도 아니요 딸내미는 더욱 아니다. 무얼까. 그 무엇이 그를 사로잡는다.

"사서 중에 중용을 요약해 보렴."

옥은 숨을 가다듬고 낭랑히 아뢴다.

"공자 손자인 자사의 저서로 알려졌고요. 중中은 치우치지 않음을, 용庸은 평상시를 뜻합니다. 인간 본성이 지닌 천부의 특성과 도덕의 실천을 논한 저서입니다."

어쩌면 저리도 흠 잡지 못할 명확한 해답을 하는 걸까. 최 현감은 가르친 보람과 더불어 여종에게 경외감마저 인다.

"아무렴. 그렇고말고."

최 현감의 감탄이 터졌다.

저녁때였다. 박 씨는 딸에게 일렀다.

"화로에 불을 지펴라."

"무엇하게?"

옥의 의문은 금세 풀렸다.

박 씨가 이를 잡기 위해서였다.

최 현감의 부하들이 입은 옷엔 이 떼가 몰려들어 극성을 부렸다. 이는 번식률이 강해 최 현감의 관복에도 몰려들었다. 옥도 모친 따라 그 옷들을 화톳불에 가까이 대면 놈들이 꾸물꾸물 기어나와 손톱으로 죽이는 게 통쾌했다.

옥은 곁에 앉은 달매에게 으스댔다.

"우리 누가 이를 잘 잡나 내기 할까?"

"가소롭구나. 까짓 것 못 이길까 봐."

둘은 부하들의 관복 스무 벌을 두고 내기를 했다. 달매가 다섯 벌을 채우기 전, 옥은 열 벌을 점검했다.

"이 잡기 선수가 되는 것보다 마루나 방 소제를 잘해야 살림을 매짭게 꾸리는 게 아니겠어."

"난 요까짓 걸 이가 아닌 왜놈이라 여기고 죽이니 기가 팔팔해졌걸랑."

옥은 점례와 달매와 내야의 빨래를 도맡은 표녀漂女들과 함께 그 옷들을 냇가로 가져갔다. 이어 방망이로 두들겨 씻어 말리면 이 소탕 작전으로 몸에 가려움증이 사라졌다. 그들 모녀는 아전들의 환영도 받았다.

서너 달 지나자, 나팔네가 해수병에 걸려 민가로 나간 뒤였다. 그 뒤를 이어 박 씨가 반빗간의 주방장이 되었다. 요리 솜씨도 입맛을 돋워 박 씨는 현감 부부의 신임을 받았다.

내야는 옥에겐 더할 나위 없는 안락한 곳이었다.

박 씨는 차와 더불어 접대할 다과도 딸과 점례와 달매에게 시범해 보였다.

"예부터 우리 전통 과자를 한과라 불리었느니라. 유과는 찹쌀가루에 콩물과 약주를 넣은 걸 삶아 얇게 밀어 말려 기름에 튀겨 쌀 고물을 묻힌 거란다."

정과는 식물의 뿌리와 줄기, 열매를 연하게 데쳐 꿀로 조린 걸 일컫는다. 다식은 밀가루를 고운체에 친 걸 참기름에 반죽한다. 그런 다음 꿀과 약주를 조금 섞어 반죽해 다식판에 찍은 걸 들기름에 튀겨낸다. 그리고 생강즙과 계핏가루를 섞은 꿀에 담아 쟁여 두면 꿀물이 속에까지 스며들어 입이 호강하는 거란다.

"입맛을 돋우려면 고생이 이만저만 아니네."

옥이 곁에서 돕다가 짜증을 부리면 박 씨는 진지하게 가르쳤다.

"사람이 살아 움직인 것 만한 복을 넘겨짚을 다른 복은 없느니라."

박 씨가 솜씨 매운 건 타고난 천성이기도 하지만, 처녀 시절 삼종숙 댁이 부자라 자주 일손이 되어서였다. 시집 와선 겨우 입에 풀칠할 살림살이라 마음대로 솜씨를 부릴 순 없었다.

"그런 것도 같아. 아버님이 살아 계셨으면 좀 좋을까. 이런 만난 것도 못 잡수셨으니."

옥의 눈에 이슬이 맺혔다.

"현감님을 아부지라 여기고 잘 모시렴."

가늘어졌던 옥의 눈동자가 생생해졌다.

"난 아부지보다도 현감님이 더 좋단 말이야."

며칠 지나 옥은 최 현감에게 자신의 뜻을 밝혔다.

"공부도 공부려니와 활쏘기도 익히고 싶어요."

최 현감은 거절 대신 쉿, 하며 주위를 살폈다. 아무도 없었지만 옥의 부탁은 도리에 어긋난 짓이었다. 그래도 최 현감은 차마 안 된다고 못 박을 순 없었다. 옥의 행동거지로 봐서 민첩하고 활달해 활쏘기에 천부의 자질을 갖춘 걸 예측했던 터였다. 민가에선 왜병들이 자주 침입하고 오랑캐들도 심심찮게 노려 활쏘기를 배운 남아들과 여아들이 늘어났다.

"아예 창칼 다루기는 어때?"

최 현감이 넘겨짚었다.

"그건 너무 무섭거든요."

옥은 칼로 상대를 무너뜨린 시늉을 하며 새파랗게 질린 표정을 지었다.

두어 달 지난 뒤였다.

"지리산 도백선사에게 가서 활쏘기를 익혀라."

옥은 고소원이 이뤄졌지만 최 현감과 떨어지는 게 싫었다.

"전 이곳이 좋은걸요."

"아니니라. 내일 당장 보원이 안내할 테니 점례와 준비를 갖춰라."

병색 짙은 아내를 위로하기 위해서도 최 현감이 단안을 내렸다. 자신도 옥을 향한 배려가 딸이나 손녀에게 베푼 자정이 아닌 그 무엇이 그를 괴롭혔다. 아니 그 순간의 평안은 어느 누구에게도 빼앗기고 싶지 않은 활력소였지만. 그걸 눈치 챈 김 씨 부인의 투정질이 심해서였다.

김 씨 부인은 덕성스런 여인이지만 석녀라 여아의 짓거리를 이해하기엔 부족한 인품을 지녔다. 옥이 부군에게 글공부 배운 건 눈감아 주었지만 활 쏘는 기예까지 연마한다는 걸 못 봐 넘겼다. 아니, 날이 갈수록 옥을 향한 부군의 행동에 깃든 연민을 모욕이라 여겼다.

김 씨 부인은 참을성을 잃었다.

"넌 고추 달고 나올 걸 왜 치마저고리 입을 여아로 태어났니?"

"우리 조선 백성들이 왜놈들과 오랑캐 놈들에게 목숨을 잃는데 마냥 치마 입고 거들먹거리기엔 좀이 쑤셔서랍니다."

옥은 잘도 대꾸했다.

열 살배기 계집종의 당돌함이 김 씨 부인의 건강을 해쳤다. 오랜 해수병으로 화를 삭이다 못해 가래 끓는 목에선 피가 새어나왔다. 박 씨는 얼른 김 씨 부인을 껴안았다.

딸이 활쏘기를 배운다는 걸 박 씨도 반대했다.

"무슨 할 짓이 없어 그러느냐?"

그러면서도 부군의 평이 귀에서 쟁쟁거렸다.

딸의 사주가 사갑술이니 영웅의 탄생이로다.

보원은 서른에 이른 장골로 최 현감이 아낀 부하였다. 용맹스럽고 예의 바른 행동으로 동료들에게도 경애의 대상이었다. 그러나 혼인도 못한 연유가 성불구자란 낙인이 찍혀서란 소문이 떠돌았다.

병신 꼴값 못한 게 불알이 고장 나서 인생살이 재미가 싹 달아나 인물값을 못 한다니께.

주위의 빈정거림에도 보원은 낯짝하나 변하지 않고 흘려버렸다.

장수의 활터는 장안산 약수터 근처였다. 최 현감이 그곳에 활터를 마련한 건 약수터의 생수로 목마름도 채우거니와 소문에 등탄 왜병들이 감히 쳐들어오지 못하게끔 방비하기 위해서였다.

최 현감이 옥을 지리산으로 보낸 건 계집종에게 활쏘기 훈련을 시킨다는 김풍헌과 주민들의 야유를 피하며, 김 씨 부인의 투기도 무마하기 위해서였다.

"얼른 떠나라."

박 씨도 딸을 향해 매정하게 쏘아붙였다.

옥은 남장을 하고 괴나리봇짐 안에 바지와 윗도리, 속옷을 넣었다.

달매가 옥의 아래 위를 훑었다.

"머슴아가 따로 없군. 잘 다녀 와."

"너도 몸조심 해."

김 씨 부인에게 박 씨는 명줄 잇는 치료사였다. 박 씨는 바느질과 반빗간의 음식 장만 외에 김 씨 부인의 병간호와 수발도 겸한 안잠자기였다.

닷새에 한 번씩 의원이 왕진을 왔지만 병이 나아지기는커녕 점점 병색이 짙었다.

박 씨가 김 씨 부인 치료제로 즐겨 다룬 건 봉숭아였다. 내야의 뜰은 넓어 담 밑 뿐만 아니라 장독대와 우물가에도 봉숭아가 피었다. 김 씨 부인이 봉숭아를 좋아하기도 하지만, 뱀이 봉숭아 냄새를 싫어하므로 근접을 막기 위해서였다. 장안사 산자락에도 봉숭아가 지천으로 피어 옥과 점례와 달매를 시켜 따오게 했다.

박 씨는 그 씨앗을 말려 생수에 달여 마시면 소화제가 되었다. 줄기와 뿌리 말린 것도 불임증과 냉증에도 효과가 탁월했다. 김 씨 부인이야 말로 석녀요 몸이 차가워 봉숭아 약효가 마침맞았다. 그것들을 생수에 넣어 중불에 졸여 환도 만들어 오래 복용했다.

박 씨가 병 치료에 일가견을 지닌 건 부군이 주민들의 병 치료할 때 어깨너머로 익힌 탓이었다.

"활쏘기의 기본은 똑 바로 서서 저 과녁을 바라봐야지요. 발은 어깨 너비로 벌리고 양발과 아랫배에 힘을 주어야죠. 그러면 두 다리가 기둥처럼 힘이 넘칩니더. 턱은 들어서도 아니 되고예."

도백선사의 카랑카랑 울림이 옥의 폐부로 스며들었다.

옥이 그 연습을 열흘 하고 난 뒤 팔괘가 뒤를 이었다.

팔괘는 도백선사의 호위용사다. 턱 아래 수염은 짙고 팔다리 심줄은 산맥처럼 두드러졌다. 오 년 전, 진주 남강 모래사장에서 씨름대회가 열렸을 때 장원해 천하장사란 별칭으로 불리었다. 어깨를 거들먹거리며 진주 교방을 들락거린 팔괘에게 환란이 겹친 건 금단춘이란 기생에게 혹해서였다. 금단춘의 기둥서방은 지난

해 씨름판의 천하장사였다.

칠성거사는 기생들에게 내 손을 만져 보라고 운을 떼면, 기생들이 달려들어 악, 뜨거워. 고함쳤다. 손이 불덩이처럼 뜨거워서였다. 그에 덩달아 소인이 칠성거사라 불림은 감별력이 뛰어나고 명당을 쉽게 찾는 영안이 뚫려서라고 기염을 토했다. 영혼이 맑고 산속에서 도를 깨쳐야 하지만, 환속해 북두칠성이란 별칭으로 불리노라. 그 내용을 떠벌리므로 칠성거사는 기생들의 소청인 누울 자리 명당도 찾아주어 우상이 되었다. 기생들이야말로 밤마다 사내들에게 농락당한 신세에서 해방된 명당 무덤이 최고의 잠자리였다. 그건 저 세상에 가서고 현재의 명당은 무엇인고 하니, 쨍 울리며 자신의 성기를 주물럭거렸다. 그와 동침한 기생들은 쾌락에 젖어 끽 소리 못하고 쩔쩔 맸다.

금단춘은 진주 교방 기생들의 우상이었다. 눈동자는 크고 코는 우뚝하고 웃으면 옥수수 알처럼 이빨이 가지런했다. 금단춘과 교접하면 혀 놀림과 성기가 물레방아가 뱅글뱅글 돌 듯 한다던 게 한량들의 평이었다. 금단춘이 칠성거사를 기둥서방으로 모신 것도 그의 주 무기 때문이었다.

그 소문을 듣고 팔괘는 칠성거사 몰래 금단춘의 잠자리로 뛰어들었다.

당신은 누구인가요?

불청객이 남몰래 방안으로 들어오자, 금단춘이 놀란 표정을 지었다. 실은 기생들에게 팔괘가 천하장사란 소문을 익히 들어 호기심이 당긴 중이었다. 팔괘는 대답도 않고 금단춘을 거칠게 덥석 안아 보료 위에 뉘였다. 한바탕 뒹굴고 나선 팔괘가 물었다.

맛이 어때?

비봉산 봉우리를 오르락내리락 했는걸요.

비봉산 운운은 최고로 만족을 뜻했다는 표현이었다.

칠성거사는 교방 상좌 기생에게 그 소문을 들었다.

네, 이놈. 모래사장에 나가 씨름 대결을 해 볼래? 그 판에 이긴 자가 금단춘을 차지하는 거다.

저쪽의 제안이었다.

앗따, 옥황상제처럼 으르렁 대는 그 따위 술수에 내가 넘어가겠슈?

그들은 남강 모래사장에서 씨름으로 맞섰다. 메치기와 호신술을 발휘해 점점 팔괘의 승리로 기울 즈음, 칠성거사의 오랏줄에게 당해 쓰러졌다.

팔괘가 도백선사를 만난 건 자형에 의해서였다. 자형도 진주성에서 씨름으로 이름이 알려진 장사였다. 도백선사의 치료를 받은 팔괘는 달포 지나 건강을 회복했다.

도백선사에게 약초를 안겨준 심마니들은 뿔다귀, 왕방울, 돼지코였다. 그들은 지리산 동굴 아래 초가에서 함께 사는 홀아비들이었다. 오갈 데 없던 놈팡이 씨름꾼들을 팔괘가 약초꾼으로 이끌었다.

뿔다귀는 하도 불뚝성을 잘 내는데 그런 연유는 그의 성기가

자주 요술을 부렸다. 왕방울은 눈이 두꺼비 모양새이고, 돼지코
는 코가 돼지를 닮았대서 그리 불리었다. 그들이 약초를 잘 캐거
니와 산삼도 더러 캐서 수익을 올렸다. 팔패는 '복뎅이 삼총사'라
불렀다. 뿔다귀는 불혹을 넘겼는데도 궁둥이까지 내려 온 새까만
머리채를 똬리로 꼬았는데 양손아귀에 쥘 정도였다.

형님, 우째 고리도 머리숱이 숯처럼 새까맣고 통통하게 살찐
기요?

왕방울이 눈을 뛰룩이며 강짜 놓았다.

지리산 정기를 받기도 하려니와 도꼬마리 삶은 물로 머리를
감은 효험인께. 머리통이 해맑기도 하려니와 그 물을 코에 바르
면 코골이도 치료 되니 살판 난 기라. 하도 코골이가 심해 잠자
리에 든 여자들이 동침하다가도 달아나버려 애를 태웠다.

돼지코도 코를 벌렁거리며 넉살 부렸다.

작은 형님은 우째 고리도 도깨비 눈처럼 파리가 쇠 쓴 걸 잘도
가려내능교?

내 나이 아직도 삼십 줄인데 까짓 걸 못 보몬 천리안이 아닌
기라. 동생, 그 돼지코를 벌렁거릴 때마다 고게 요동친다지?

내사 밤마다 칠선녀들이 줄줄이도 넓적다리 벌리며 엉덩방아
찧자는데 일러 무삼 하겠능교.

돼지코의 넉살에 뿔다귀가 퉁을 준다.

고리도 몽정에 해까닥 하몬 갓 서른 나이에 뼈가 앙상한 허깨
비가 되기 십상인께. 지리산 산신령님이 허깨비 묘지는 사절이라

카시니 오데 가서 편히 잠들 거냐.

그들 삼총사의 이웃사촌은 조봉기와 신천댁, 동해였다.

삼대독자인 봉기 부부가 지리산 천왕봉에 올라 백일기도 드린 후에 아들을 낳았다.

동해라몬 동쪽 바다를 일컫능교?

복뎅이 삼총사가 의문을 발하면 봉기가 거드름을 피웠다.

노상 아니라곤 못한 기라. 동쪽 바다도 좋긴 하지만, 저그 에미랑 천왕봉에서 백일기도 드린 후에 동쪽에서 해가 떠오르니 아들내미 이름을 동해라 지었느니라. 동쪽 하늘에 해돋이, 이판사판 좋을시고 아닌가.

봉기 부부는 오십 줄이고 동해는 이팔청춘이었다. 어린 나이지만 도백선사에게 한학을 익혀 한방의술에 일가견을 지녔다. 동해의 아비어미도 약초꾼이라 복뎅이 삼총사랑 선한 이웃이었다. 초가는 따로지만 한솥밥을 먹는 사이였다.

어느새 멧돼지가 약초밭에 들이닥쳐 약초들을 씹어 삼켰다. 멧돼지 출현을 먼저 알린 건, 초가 뒤란의 마구간에서 들려온 허엉허엉 울린 말의 경종이었다.

뿔다귀가 쏜 화살이 멧돼지 배에 맞았다. 놈이 헉헉대며 뒤뚱거리자, 왕방울이 허리에 찬 칼로 놈의 머리통을 향해 내리쳤다. 그래도 놈은 그들 앞으로 돌진해 왔다. 돼지코가 놈의 목을 들이박아 숨졌다.

그 말은 여진족 말가르게가 임종 전 도백선사에게 물려준 거였다.

말가르게는 조선과 명나라와의 화친정책에 힘입어 두만강을 넘어 온 주청 장군 휘하의 부하였다. 주청 장군이 진주성에 못 미쳐 왜병들에게 몰려 숨지자, 말가르게가 백마를 타고 숨어든 게 지리산이었다.

말가르게는 복뎅이 삼총사에게 붙잡혀 도백선사 앞에서 쓰러졌다. 왜병의 칼에 옆구리가 찔려 피를 많이 흘렸다. 도백선사는 백마를 타고 온 말가르게가 예사 인물이 아님을 헤아렸다. 달포지나 도백선사의 치료를 받고 말가르게가 깨어났다.

저의 목숨을 살려주셔서 감읍하옵니다.

한학에 밝은 도백선사는 말가르게의 중국어를 쉽게 터득했다.

존함은 무엇이오?

말가르게이옵니다. 저는 여진족인데 주청 장군에 의해 그분의 부하가 되었습니다.

어떻게 여진족인데 명나라 장군의 부하가 되었소이까?

저의 장기가 활을 잘 쏘기에 주청 장군이 저를 호위무사로 채용하셨습니다.

마침 잘 만났군요. 우리들이 활쏘기를 배우고 싶으니 허락하겠능교?

말가르게에 의해 도백선사, 팔괘, 복뎅이 삼총사가 활쏘기를 배웠다. 그로부터 일 년 남짓 지나자 말가르게가 숨을 거뒀다. 워낙 피를 많이 흘려서 회복하지 못해서였다.

저의 백마는 명마이오니 마침 주인을 잘 만났군요.

도백선사는 그 백마를 타고 진주로 드나들며 환자들을 치료했다. 백마에서 뿜어 나온 흰 털과 도백선사의 흰 수염과 흰 머리카락이 한 데 어울려 신비로움을 더했다. 백마 고삐 쥔 몰이꾼은 동해였다.

뽈다귀와 왕방울이 백마의 머리를 쓰다듬자, 목청을 거뒀다. 돼지코가 쓰러진 멧돼지의 목을 치켜들었다.

수놈이군. 아우야, 니코랑 놈의 코가 천상요절로 닮았다카이.

왕방울의 호탕한 웃음에 뽈다귀의 기함이 터졌다.

요노무 새끼가 지랄용천 떨어 약초밭을 쑥대밭으로 맨들라카네.

소나무 가지 사이로 다람쥐가 넘나들었다. 풀벌레들이 조잘댄 틈새에 뻐꾸기들이 가락을 뽑았다.

평상의 모양새인 바위 탁자 위에 금세 삶은 멧돼지에서 김이 피어올랐다. 신천댁이 놈의 몸채를 칼로 베어 나무접시에 담아 먼저 도백선사 앞에 놓았다. 보원, 점례, 옥, 봉기 부자, 복뎅이 삼총사도 그러했다.

도백선사가 양손을 들어 올리고는 허리를 폈다.

"멧돼지 요리를 맛본 지도 오래 되었군. 산에서 지낼 만 하오?"

옥은 말끝을 흐렸다.

"그런대로 견디긴 하지만."

나날이 최 현감이 보고파 애가 달았다. 얼른 장수로 가고파 손가락으로 날수를 헤아렸다. 그러기 위해선 활쏘기를 익혀야만 했다.

"줄에 힘이 들어 가몬 과녁을 맞추기 어렵소이다. 화살을 놓을 때 시위가 귀와 뺨을 치는 건 턱을 들었기에 조심조심해야 합니더."

팔괘가 시범해 보였다. 옥은 이까짓 걸 못하랴 싶어 활시위를 당겨 화살을 쏘았다. 화살은 엉뚱한 방향으로 튕기듯 나가 떨어졌다. 팔괘는 다시 동개에서 하나의 화살을 뽑아 옥에게 건넸다. 화살은 또 빗나갔다. 다음은 점례가 동개에서 화살을 뽑아 옥에게 건넸다.

"저 오라버니 말이야. 얼굴이 털복숭아처럼 생겨도 정나미 안 떨어지니 이상타."

점례의 눈빛이 경이롭게 변했다.

"또 정들면 어쩌려고?"

옥은 새침해지며 고개를 돌렸다.

팔괘가 시키는 대로 달포 동안 연습을 거듭한 결과 옥은 화살을 과녁에 맞혔다.

그들의 처소는 천왕봉 아래 동굴과 산막이었다. 동굴에는 도백선사와 팔괘, 보원, 그 옆의 산막에는 옥과 점례가 잠을 청했다. 원래 동굴은 도백선사, 산막은 팔괘의 보금자리였다. 산막 안의 벽엔 약초 뭉치들이 걸렸다.

통나무로 지은 산막 안에는 소나무 조각으로 만든 침대가 놓였다. 옥은 점례와 그 침대에 나란히 누워 잠을 청했다.

음식 장만도 산막 안에서 만들었다. 동굴 안은 습기로 연기가 잘 안 빠져 나가서였다. 팔괘는 무얼 찾는다며 자주 산막을 드나들었다. 멧돼지 요리 외에도 기러기, 꿩, 노루, 사슴도 그 요리 비법을 알려주겠노라며 팔괘가 시범해 보였다. 옥과 점례는 산나물들을 뜯어 삶아 무치고 보리밥을 곁들여 바위 상 위에 올렸다.

야밤이었다. 잠자리에서 일어난 옥은 곁에 점례가 없어 밖으로 나왔다. 대소변이 마려워 통시에 갔나 싶어 산막 밑을 기웃거려도 보이지 않았다. 구름 없는 하늘에 보름달은 밝고 별들은 총총 빛을 품었다.

저 별은 그분의 별이야.

옥은 가장 빛나는 별을 우러르며 최 현감을 떠올렸다.

그 곁에 빤짝인 별은 내 별이고. 큰 별이 빤짝이므로 작은 별도 돋보이잖아. 작은 별도 있음으로 큰 별이 위풍당당해 보이거든. 세상살이란 크고 작은 것들이 서로 도우며 살아가는 게 아닐까.

옥은 새삼 무얼 발견한 양 달뜨며 사방을 두리번거렸다.

산새들은 잠들고 풀벌레들의 소곤거림도 들리지 않았다. 어디선지 기이한 소리가 들렸다. 졸졸졸 흐른 계곡의 물소리가 아니었다. 그 소리는 점점 아하아하 숨 넘어 가는 기성으로 변했다. 점례의 목소리야. 뒤이어 남정네의 하악하악 탁음이 물소리에 잦아들었다. 옥은 숨을 죽이며 소리 나는 곳으로 발을 옮겼다. 희뿌연 안개 속에 남녀의 벌거숭이가 눈앞에 드러났다. 옥은 몸을 숨기며 그들을 훔쳐보았다. 팔괘의 입술은 점례의 유방을 핥고, 엉덩방아 찧는 그들의 몸놀림이 거칠고도 오래 끌었다.

 장수에 온 옥은 모든 게 낯설었다. 김 씨 부인과 아전들과 통인들, 오메까지도. 단 하나 최 현감은 그리움이기에 낯설지 않았다. 밤낮을 가릴 새 없이 마음에 품은 연민은 따스함의 연속이라 세파를 이길 묘약이었다.
 김 씨 부인은 몰라보리만치 건강을 회복했다. 파리하고 찡그린 표정도 온데간데없고 미소를 머금은 환한 인상에 얼굴은 포동포동 했다. 옥은 반가이 소리쳤다.
 "마님이 엄청 젊어 보이시군요."
 김 씨 부인은 고개를 끄떡였다.
 "박 씨가 나를 잘 간호해 그렇단다."
 "마님도 참, 병마를 이기려고 얼마나 고생하셨는데요."
 박 씨는 그 공을 김 씨 부인에게 돌렸다.
 밤이 되자, 옥은 이브자리에 누워 오메 품속으로 파고들었다.
 "너무 보고파 많이도 울었어."
 거짓말이었다. 최 현감을 향한 그리움이 오메를 향한 모성애마저 앗아 갔다.
 "현감님은 왜 안 보이시지?"

"한성으로 가셨어. 무장으로 발령 나셨거든."

무장은 장수와는 그다지 멀지 않은 곳이지만 박 씨 모녀에겐 전연 알지 못한 곳이었다.

수령은 지방을 맡아 다스리던 지방관리로 원, 현감이라고도 불리었다. 그들은 지방관으로 현지에 부임하기 전, 한성으로 가서 임금에게 절을 올렸다. 수령들마다 감히 용안을 우러러볼 수도, 마주치지도 못했다. 고개 숙여 뒷걸음질 쳐 어전을 물러나면 관안官案에 이름을 적었다. 관안은 각 지역에 배치된 관원의 명부였다. 다음엔 이조와 병조 관계자에게 문안 인사 올렸다.

주어진 일마다 정직하게 행하고, 백성이 그 덕화에 감동 받도록 명관이 되어야 할지니라.

입으론 천하 명관을 내세우지만, 눈은 비단 보자기에 싸인 예물이 무언지 짐작하고선 목청을 돋웠다.

백성들을 제 몸 같이 사랑하고 고을을 제 고향처럼 아끼겠습니다. 더불어 상감마마의 덕화가 만방에 퍼지게끔 일신을 아끼지 않고 공무에 힘쓰겠습니다.

장엄하고도 정숙한 인사치례였다. 머잖아 태평성대가 조선 땅에 펼쳐질 듯했지만, 뒤돌아 나올 땐 가래침을 뱉을 정도로 허둥거렸다.

그 치례는 찬조금을 바쳐야 할 조건이 뒤따랐다. 환송회도 마련하고 임지의 임원들에게 선물하기 위해서라지만 그에 따른 병

폐가 드러나기 마련이었다. 만일 빈손이면 참기 어려운 모욕을 당했다.

최 현감은 그럴 때마다 권력의 끄트머리란 모멸감에 치를 떨었다.

"뭐라고? 또 사내랑 짝짜꿍이라?"

김 씨 부인의 역성이 터졌다.

"까막과부라며 손가락질 당한 것보단 낫지 않습니까?"

점례의 항의도 거셌다.

세상에, 서방질 하고도 당당하다니.

김 씨 부인은 점례의 매몰찬 변모에 말문이 막혔다. 평소엔 어리어리해 보였는데. 일을 시켜도 안심이 안 돼 다시 살폈는데. 사랑 타령이 달콤함을 뛰어넘어 무섭기도 하구나.

"우리 나주 김 씨 가문에 먹칠할 셈이냐?"

"더 이상 먹칠 안 하게 갑순 엉가처럼 그이랑 민가로 내 보내 주세요."

협박까지 하다니. 김 씨 부인은 머리가 어지러워 벽에 몸을 기댔다.

"과부는 과부로되 과부가 아닌 게 탈입니다. 더 이상 문제 안 일으키게 소원을 들어 주소서."

박 씨가 아뢰자, 점례가 서러움에 북받쳐 울음을 토했다.

김 씨 부인은 내키지 않았지만 최 현감에게 그 사실을 알렸다.

"점례가 또 말썽을 일으켰습니다."

"무엇인데 그러오?"

김 씨 부인은 말문이 막혔다. 차마 사내랑 정을 통했다는 걸 부군에게 알릴 순 없었다. 부인이 가슴을 싸안으며 드러눕자, 최 현감은 옥을 불렀다.

"점례에게 무슨 일이 일어났느냐?"

옥이 머뭇거리며 볼을 붉혔다.

"왜 대답 않고 망설이는가?"

박 씨가 그 장면을 목격하고 최 현감에게 아뢰었다.

"얼른 남정네랑 살림을 차리게끔 민가로 내보내야 하옵니다."

그제야 최 현감은 명을 내렸다.

"소문 안 나게 일을 잘 처리해 주시구려."

박 씨는 보원에게 그 소식을 알렸다. 열흘 지나 보원의 안내로 팔괘가 무장으로 왔다.

"저희를 이토록 보살펴 주시니 그 은혜를 어찌 잊으리까."

팔괘가 감격에 겨워 박 씨의 양손을 잡았다.

점례도 옥의 손목을 잡고는 울먹였다.

"언젠가는 다시 만날 거야."

"응, 그래."

옥도 점례의 양 손목을 잡았다.

그로부터 두어 달 지나, 김 씨 부인은 새삼 옥에게 물었다.

"몇 살이냐."

"열한 살입니다."

"그래, 그렇구나."

김 씨 부인은 고개를 돌려 박 씨에게도 고마움을 전했다.

"그동안 잔일도 많았지만 특히 내 병구완에 애쓴 보람이 컸다네."

그러고선 매몰차게 안방 문을 닫았다.

박 씨 모녀는 끽소리도 못한 채 설갑도의 안내로 무장의 동헌에서 내쫓겼다.

"어디로 발을 옮겨야 할지 막막하다오."

박 씨가 어려움을 실토하자, 설갑도는 엽전꾸러미를 박 씨에게 건넸다.

"전들 달리 어찌하오리까. 마님 뜻에 따를 수밖에 없소이다."

달매는 옥의 손목을 잡고는 울먹였다.

"어디로 갈 거냐?"

"장수로 가련다."

박 씨의 대답을 듣고 달매가 옥의 귀에 대고 속삭였다.

"소식 전해 줘."

박 씨 모녀가 찾아간 곳은 장수의 옛 초가였다. 그 초가에는 새로 부임한 훈장과 식구가 살고 있어 발길을 돌릴 수밖에 없었다. 주달무는 김풍헌에게 붙잡혀 노름빚을 못 갚고 시달리다 심장병으로 숨겼다. 작은댁은 아들을 데리고 친정으로 떠난 뒤였다.

박 씨는 딸을 데리고 남편 무덤으로 향했다. 모녀가 장안산 자락 무덤 앞에 이르자, 까치 부부가 공중으로 날아올랐다.

"세상에 이게 뭐냐?"

잡초들이 무덤 둘레에 시퍼렇게 자라 바람에 흔들거렸다. 모녀는 잡초를 뽑았다. 토끼풀, 메꽃, 쇠비름, 여뀌, 명아주. 그 중에서도 질경이들이 옥의 눈에 잡혔다.

처음 그곳에 묏자리를 마련한 부친이 옥에게 일렀다. 그날도 질경이들이 지천으로 자라 부친은 그걸 뜯어 무명 자루 안에 넣었다.

사람들은 흔히 세상살이를 '잡초 같은 인생'이라 부른단다. 수많은 잡초 중에서도 질경이야말로 그 표현에 가장 잘 어울린단다. 질경이는 어디든지 잘 자란다. 길옆이나 돌층계의 비좁은 틈서리에도 굳건히 뿌리를 내리지. 사람들이나 들짐승들에게 짓밟히면서도 생명이 끈질기단다.

여섯 살의 딸내미는 부친의 훈시가 어려웠다.

배고픈데 어떻게 살아갑니껴?

비록 어린 나이지만 배곯지 않은 삶이 최상의 복이란 걸 어렴풋이 느꼈던 터였다.

어떤 어려움을 당해도 사람의 목숨은 끈질겨 살아가기 마련이란다. 이 봐, 질경이 잎을 뜯어보면 하얀 실처럼 보인 이것을 잎맥이라 부르거든. 비록 질경이는 짓밟히면서도 그 씨앗을 터트려 후손을 잇는, 끈질긴 생명을 이어간단다. 질경이는 자신의 척박한 환경을 탓하지 않는다.

옥은 부친의 훈시가 어려워도 올곧게 받아들였다.

그렇다면 아무리 어려워도 눈물을 흘리지 않아야 되겠네.

아무렴. 옥아, 살아가노라면 온갖 어려움을 겪게 마련이란다. 너도 이 질경이를 교훈삼아 어려움을 기회로 삼는 지혜로운 백성이 되어야지. 사는 게 버겁거든 어떤 환경에도 굴하지 않고 담대한 믿음으로 견디며 나아가라. 그러면 너의 뜻한 바가 이루어진단다.

옥도 질경이를 뽑아 보자기 안에 넣었다. 해독과 상처 치유에 뛰어난 효능으로 한방에도 귀한 약재로 쓰인다던 부친의 가르침에 따라 그걸 약재로 사용하기 위해서였다.

옥이 부친의 훈시를 떠올리는데, 박 씨의 울음보가 터졌다.

"훈장님, 우리 모녀는 어디 발붙일 곳 없는 막막 강산이옵니다. 어떡해야 합니까."

박 씨가 눈물을 훔치며 하소연하자, 옥은 양손으로 무덤을 안으며 얼굴을 비벼댔다. 그러면서 통곡했다. 옥의 자지러진 울음에 까치부부가 휑하니 날아와 무덤 봉우리에 앉았다.

"아버님, 눈물은 내가 숨질 때 울어야 한다고 하셨지요. 저는 그 동안 눈물을 삼키며 지낸 나날이옵니다."

해질녘이 되어서야 박 씨는 딸을 데리고 장수 주막을 찾아갔다. 그 주막 주모와는 낯익은 사이였다.

"우리 모녀가 잔일을 도울 테니 두어 달만 있게 해 주게나."

박 씨는 엽전꾸러미를 흔들어 보였다. 의심을 품던 주모는 단박 표정을 바꿔 허락했다.

"그리 하소서. 마침 일손이 부족했거든요."

옥은 오메에게 안긴 설거지와 주막 안팎을 소제하는 걸 도우며 나날을 넘겼다.

김풍헌이 모녀 소식을 듣고는 주막으로 와서 으름장을 놓았다.

"최 현감이 불호령 내려 쫓겨났다니 고소한지고."

"그분이 그런 게 아닙니다."

옥이 눈총을 겨눴다.

"그래, 무장 동헌에서 억세게 호강한다더니 그 꼴이 뭔고."

"아무리 빌어먹어도 댁에게 손 벌리진 않을 테니 안심하세요."

옥의 거센 반발에 박 씨도 거들었다.

"어린애를 앞에 두고 무슨 막말을 하십니까?"

"댁의 딸내미가 순한 양처럼 보인다면 꿈 깨시게."

"그럼 제가 무엇으로 보입니까?"

"얼굴이 푸르뎅뎅 악을 품은 게 천상 요절로 탈 쓴 야시처럼 보이니 어쩌누?"

모녀는 김풍헌의 거센 항의에 더 이상 대꾸를 못한 채 주막을 벗어났다.

박 씨 모녀는 어디로 가야 하나 서성였다. 세상천지에 오갈 데가 없다니. 박 씨의 하소연에 옥도 비감에 젖었다.

달매가 장수로 와서 박 씨 모녀를 만났다.

"어떻게 알고 왔니."

"무장에 왔던 주모 아지매를 통해서야. 점례 엉가에게 가자꾸나."

달매는 팔괘의 고종사촌 여동생이었다. 팔괘의 고모가 진주에서 생선 거간꾼인 삼촌 일을 돕다가 장수에서 온 거간꾼인 총각과 혼인해 남매를 낳았다. 부모를 일찍 여읜 만갑과 달매는 팔괘의 보호 아래 자랐다.

이삿짐을 꾸리던 점례가 먼저 박 씨 모녀를 반겼다.

"저이가 영해 동헌의 수문장으로 영입 됐단다."

"영해가 어딘데?"

옥의 의문을 점례가 풀었다.

"경상도 북쪽이라나. 저이가 천하장사라 남강 씨름판 선배가 추천해 해결 됐지 뭐."

팔괘가 일손을 멈추고 시선을 박 씨에게로 돌렸다.

"아지매, 요새 무신 일을 하능교?"

"일이 없어 너무 편해 탈이라네."

"마침맞게 그 동헌의 반빗간에 일손이 부족해 제가 아는 분이 솜씨가 좋다고 했더니, 승낙하시더군요."

팔괘가 호탕하게 웃었다.

"고마워. 정말 고마워."

박 씨는 거듭 팔괘에게 찬사를 쏟았다.

"좋긴 하지만 최 현감님과 멀리 떨어지니 어떡해."

옥이 인상을 구기자, 박 씨가 나무랐다.

"바라볼 수 없는 건 아예 잊어버려야 너 자신을 위해서도 좋아. 동해안이라 바다도 구경하고 생선도 먹으니 좀 좋아."

수령의 시비

봄눈이 내린다. 겨울눈보다도 더 하얗다. 꽃샘바람에 눈송이
가 휘날리는 게 하얀 꽃처럼 정답다.

옥은 눈 위에 손가락으로 최경회라 쓰고 그 옆에 崔慶會라 덧
붙인다. 보고파요. 그러고는 훌쩍인다.

영해에 온 지 삼 년 지났다. 박 씨의 매운 솜씨와 바지런함이
영해 수령 부부를 사로잡아 반빗간의 주방장이 되었다. 이젠 잠
자리와 먹는 게 해결 돼 그런 잔걱정은 달아난 셈이다. 문제는 따
스한 체온이 그립다.

봄에 눈이 오면 반가운 손님이 온다던데.

옥은 눈송이를 양손으로 받아 입으로 가져간다. 눈은 입안에
서 녹는다. 상큼하다.

아랫배에 통증이 인다. 무엇이 속곳을 적신다. 오줌을 지린 건
아닌데. 옥은 조심스레 오른손을 속곳 안으로 들이민다. 그 손가

락엔 피가 묻었다.

어쩐다. 달거리 시작이군. 어른이 된다 카던데 반겨야지.

나도 점례 엉가처럼 옥동자를 낳는다? 옥은 들뜬 가슴을 달래며 오메와 자신의 방으로 들어가서 반닫이 문을 연다. 옥당목 개짐들이 차곡차곡 놓였다. 옥은 개짐 하나를 사타구니에 차곤 밖으로 나와 내야의 뜰에서 뛰논다.

동헌 밖 서쪽 공터는 활터다. 옥은 가끔 남장을 하곤 아전들과 어울려 활을 당겼다. 활쏘기 동무도 달매다. 전운의 조짐이 보여 여아들도 활을 쏘는 수가 늘었다. 왜군들이 남해안에 자주 침범한다는 소식이 영해까지 들렸다. 영해도 바다라 언제 놈들이 쳐들어올지 모른다. 옥은 활쏘기는 웬만큼 익혔지만 말 타기는 서툴렀다. 이젠 팔괘의 도움으로 모래사장을 달린 연습에 힘입어 웬만한 남정네들의 실력에 비길 만했다. 말을 타고 달리며 적을 향한 활쏘기 상대는 만갑이었다.

"오빠가 널 좋아 하나 봐."

달매가 입술을 비죽였다.

"왜 나를 좋아하면 안 돼?"

옥은 넘겨짚었다.

"넌 내 동무지 오빠 짝이 되는 건 싫거든."

"왜 그래? 내가 선머슴이라서?"

"아니랑께. 아마도 시샘일 게야."

점례는 영해에 와서 동헌의 수문장으로 근무한 팔괘를 떠받들었다. 더욱이 팔괘 남매랑 한 집에 살며 친동생인 양 보살폈다. 안채 초가는 그들 식구의 보금자리고, 아래채 초가는 만갑 남매가 살게끔 배려했다.

옥은 다섯 살 많은 만갑을 오라비라 여겨지진 않았다. 동무 이상의 정이 안 우러난 건 최 현감을 향한 연민이 앞을 가렸다. 또 하나, 옥은 고개를 가로 저었다. 난 양반 핏줄인데, 만갑도 달매도 중인인 걸.

팔괘는 틈만 나면 백일 지난 아들을 말 등에 태워 껴안곤 해안가를 맴돌았다.

인석아, 어서 키가 커야제. 왜 고리도 키가 안 크노.

주민들은 팔괘 부자를 보곤 히죽였다.

저 수문장 말이야. 서른 넘긴 노총각이 여자랑 신접살림 차린 게 꿀맛인가 봬. 그랑께 옥동자까지 얻어 살판났다 싶은지 기가 팔팔해졌나 봐.

점례도 주위의 따가운 시선은 아랑 곳 없이 말 위에 올라 남편의 허리를 껴안았다. 해질녘, 그들 식구가 말 타고 해안가를 맴돌면 갈매기 무리가 길 안내를 맡은 양 그들 앞에서 훨훨 날았다.

늦바람이 무섭다고 애처가로 변한 수문장 오빠를 보면 괜히 심술 나지 뭐냐.

달매가 목울대를 세웠다.

옥은 점례가 두 번이나 연애 실패자란 걸 까발리고 싶진 않았다. 그들 식구를 보호하고 싶은 마음이 간절했다.

108

영해의 장독대 둘레와 담 밑에도 봉숭아가 청청히 자랐다. 유월이면 맏물 봉숭아로 새끼손가락에 꽃물 들였다. 구월엔 끝물 봉숭아로 다시 꽃물 들여야지. 시월엔 첫눈을 맞이해 양손 새끼손가락의 반달로 눈을 만지면 그리운 님이 온다든가. 옥은 달뜬 가슴을 달랜다.

최경회는 말을 타고 영해로 향한다. 나졸 다섯 명과 가마 탄 김 씨 부인이 뒤따른다. 그는 새 부임지를 향할 때 장구 치고 풍악을 울리는 요란한 행차를 원치 않는다. 다만 아내와 동행한 건 병들어 가장으로서의 보호가 필요해서다. 지방 소읍 관리는 부임지로 행차할 땐 거의 식구를 거느리지 않는다. 흔히 지방의 수령 생활을 '고을살이'라 한 건 청빈의 멍에를 감수해야 한다는 뜻이다.

고을살이 낙보다 근심
저자처럼 소란한 공판정
산처럼 쌓인 소송 재판
감옥엔 넘친 죄수들
아랫사람 꾸짖고 윗사람 무릎 끊는
서낭당에 빌기를 밥 먹듯 한다든가

그건 조롱이지 떠받듦이 아니다. 그런데도 그는 청빈의 멍에를 감수한 걸 즐긴다. 아니, 즐기지 않고선 그 고행을 견디지 못할 것이다.

한성을 떠난 지 십 년 만이다. 그는 무장과 영암을 거쳐 영해에 임직을 맡았다. 바닷가라면 양반들에게 뱃놈들이라고 홀대받기 쉬웠다. 그런데도 영해는 서로 자신을 낮추고 상대를 높인, 고려 때는 예주禮州라 불린 곳이었다.

이젠 고향 근처인 전라도가 아닌 전연 낯선 경상도구나.

최 현감은 어깨가 무겁다.

그는 이제껏 새 부임지에 대한 이질감에 억눌려도 언제나 잘해야 한다는 다짐보다도 잘 견뎌야 한다던 끈기로 버텨 온 나날들이었다. 전자는 희망의 푯대를 향한 전진이라면 후자는 맡은바 책임 완수란 게 그를 더한층 고뇌에 빠트렸다. 누구에게나 희망은 좋은 거지만 잘못하면 낙망하기 쉽고 떠버리가 되기 쉽다. 책임 완수는 성실과 끈기를 얼마나 유효적절하게 행하느냐에 달렸다.

새 수령 동헌 행차요.

통인의 목소리가 쩌렁 울려 그는 말에서 내린다.

"오랜만에 문안인사 올립니다."

박 씨는 김 씨 부인 앞에 엎드린다.

"반갑구려. 그동안 수소문해 찾아도 소식이 깜깜이었는데."

김 씨 부인은 박 씨의 양손을 잡는다.

손이 차갑구나.

박 씨는 왜 나를 찾았나를 금세 깨닫는다. 김 씨 부인은 얼굴도 해쓱해 병이 골수에 박혔다.

"쇤네를 잊지 않으셨다니 감읍할 따름입니다."

"명줄이 질긴 탓인지 또 자리보존을 면치 못해도 정신은 말짱하다오."

"먼 길을 오셨는데 이브자리를 깔아 놓았으니 누우세요. 제가 미음을 끓여 올리리다."

"그러기 전, 부인을 보니 입맛이 당기는군요. 씨간장 한 숟가락을 마시고 싶소."

가마를 오래 탔으니 속이 울렁거릴 수밖에.

박 씨는 안방에서 나와 장독대로 다가가 간장독항아리 뚜껑을 연다.

영해 동헌의 우물물이 좋다곤 하나 한 마장 떨어진 못골의 샘물과는 비교가 안 되었다. 바위 사이로 흐른 샘물을 남종들을 시켜 떠오게 하여 장을 담은 것이다. 못골 샘물을 성수라 부른다. 옥황상제가 마신 물을 감히 생사람이 못 마신다고 떠든 건 그 샘물을 귀히 여긴 주민들의 한결같은 바람일 게다. 그 샘물을 긷기 위해 무자리들이 많이도 드나들었다.

무르녹은 봄빛에서 드러난 간장은 거울인 양 박 씨를 껴안는다. 박 씨는 경대 앞에 선 듯 머리를 매만진다. 해맑은 거울은 박 씨를 비춘다. 박 씨는 자화상을 본 듯 가만히 내려다본다. 그리고는 양손을 가슴께로 모으고 기원한다.

마님이 한 숟가락 마시고 기운을 회복하게 하소서.

언제나 그렇듯 박 씨는 간장독항아리 앞에 서면 기원하는 자세가 된다.

장맛이야말로 여인의 손맛이다. 솜씨와 성의가 연합된 맛의 진수이거늘.

간장은 씨간장이다. 해마다 이른 봄에 담은 햇간장에다 묵은 간장을 그 용량 세 배 낮게 섞은 게 씨간장이다. 영해 동헌의 간장은 씨간장으로선 연륜이 짧다. 박 씨가 영해에 와서 장독대를 관리한 건 삼년 전이다. 반빗간을 도맡고 장독을 점검했더니 간장독항아리가 깨져서였다. 씨간장의 명맥은 수십 년의 세월을 넘나들어야 한다. 조모에서 증조모와 고조모에 이르기까지 일백 년을 넘겨야 씨간장의 효력이 입맛을 돋운다. 그래도 못골 샘물이 성수요, 영해의 토양이 기름져 수확한 콩은 약콩이다. 그걸 메주로 빚어 간장을 담았기에 씨간장으로선 부족하지만 약효는 그런대로 씨간장이라 여길만 했다. 씨간장을 한 숟가락 마시면 소화가 잘 되고 위장병을 해소하며 만병 치료제로도 좋이 사용되었다.

씨간장을 마신 김 씨 부인의 목소리가 착 감겨들 듯하다.

"이제야 살 것 같군요."

한숨 돌린 김 씨 부인의 낯이 밝다.

"내가 야박하게 군 걸 너그러이 봐 주구려."

"아닙니다. 저희 모녀가 과분한 대접을 받았었지요."

김 씨 부인이 눈으로 옥을 찾는 걸 눈치 챈 박 씨가 아뢰었다.

"텃밭으로 가서 얼갈이배추와 열무를 뽑을 겝니다."

"듣고 보니 고소원이군. 벌써부터 입맛이 동하구려. 물김치의 삼삼한 맛이라니."

영해 동헌의 텃밭은 내야 동쪽이다. 냇가 바로 옆이라 여인들이 채소를 씻기 편해 일손을 던 셈이다.

박 씨가 반빗간으로 다가가자 섭냄이 쌀가루를 생수에 부어 휘저었다.

눈치 빠르긴.

박 씨는 그걸 가마솥에 안치고 초란이 아궁이에 불을 지폈다. 섭냄과 초란은 박 씨를 돕는 반빗아치로 영입되었다. 섭냄은 옥보다 세 살 많은 청상과부였다. 초례청도 치른, 까막과부가 아니었다. 혼인한 지 일 년도 못 돼 서방이 호열자로 숨졌다. 초란은 옥보다 두 살 적은 고아였다. 얼마 전, 숨진 어미가 묻힌 야산으로 찾아가서 제물을 올린 효녀였다.

"반빗하님, 제가 아궁이에 불을 지필 테니 일손 멈추고 쉬시지요."

초란의 배려에 섭냄이 퇴짜 놓는다.

"불을 지피랴, 쌀가루를 휘저으랴, 그러다가 미음을 태우게."

옥은 소쿠리에 얼갈이배추와 열무를 담고 냇가로 향한다. 하늘은 푸르고 냇물은 해맑다. 옥은 냇물에 손과 얼굴도 씻는다. 냇물 속엔 파란 하늘을 등진 자신의 모습이 비친다. 물방개가 얼굴을 간질인다. 옥은 깜짝 놀라 고개를 젖히는데, 빨강 제비부리댕기가 풀어져 냇물 속으로 떠내려간다. 누군가가 손으로 물살을 헤치며 빨강 제비부리댕기를 주워 건넨다. 옥은 뒤돌아보며 누군가의 품에 덥석 안긴다.

　동헌 마루를 닦는 옥의 손놀림이 재바르다. 엉덩이는 바람에 흔들린 나뭇잎처럼 살랑대고 빨강 제비부리댕기는 유난히 빨갛다. 달매도 마루를 닦지만 건둥건둥 한다. 그래도 야무져 열심인 옥보다도 더 할 일을 매끈하게 해치운다.

　옥이 최 현감의 시비가 된 건 관비의 우두머리 수노에 의해서였다. 관비는 수령의 소유가 아닌 나라의 자산이었다. 수령이라고 관비를 마음대로 홀대하지도 않고 마음에 든다고 채용하진 못한다. 수노는 동헌에서 필요한 물자의 공급과 분배를 맡았다. 더불어 관비들의 일자리를 곳곳에 배치할 의무도 지녔다. 수노는 옥이 눈치 빠르고 매사에 민첩해 수령의 시비로 삼았다. 태생이 천민이 아닌 반치기란 사실도 보탬 되었다.

　옥은 관아에 비슷한 나이 또래의 노비들과는 거리를 두고 대했다. 그들은 관아 안팎을 소제하고 뜰의 잡초를 뽑는 등 도맡은 일로 하루해가 짧았다. 신세가 고단하니 입에서 쏟아지는 게 남을 헐뜯는 소리인지라 가까이 사귀기가 어려웠다. 무리 지어 험담을 쏟는 그들과 어울릴 순 없었다.

옥은 수령의 의복과 침제도 관리한다. 바지저고리와 배자를 짓고 창옷과 두루마기, 도포와 버선을 꾸미고 관복을 마련한다. 자신의 힘으론 버거워 오메와 외야 침모의 도움을 받는다.

용타. 네가 선머스마처럼 굴어도 솜씨가 나를 닮아 매짭으니.

박 씨는 딸이 대견스럽고 할 일이 많아 거들었다. 달매도 옥을 돕는 일손이다.

"좀 쉬었다 하자. 엉덩이에 뿔나면 우짤끼고."

달매의 지청구에도 옥은 못 들은 척 한다. 최 현감의 집무실을 소제하고 관복들을 꺼내 햇빛에 말리고 바람 쐰 다음에야 일을 멈춘다.

"일을 하다 멈추면 게을러지기 쉽잖아. 후딱 해치우면 사달이 잘도 나고."

"아무튼 요행은 안 부릴 끼니 고리 알아라."

달매는 평소엔 옥과 함께 뛰놀지만 동헌에선 옥을 동무 아닌 상전 대하듯 하는 게 싫었다. 그래도 관비로 보수를 받고 보니 이게 웬 떡이냐 싶었다. 보수는 달마다 쌀 두 되와 보리쌀 세 되였다. 엽전도 받지만 쌀과 보리를 더 반긴 건 부수노가 양식 될 때 손길이 넉넉해 야박하게 되질하지 않아서다. 부수노는 오순 넘긴 홀아비다. 마음씀씀이 헤퍼 자주 수령에게 책망 받아도 그저 헤 헤 웃었다. 웃음이 보약이라 수령들이 새로 바뀌어도 홀대받진 않았다. 그만큼 영해의 양식과 토산물이 풍작이라 부수노의 헤 픈 선심으로 영해의 관비들은 배를 쫄쫄 굶진 않았다. 영해는 농토가 비옥해 양식을 다른 지역보다 많이 수확했다. 관노들에게도 엽전보다 양식을 월급으로 안겨주었다. 민가엔 초근목피로 살아가는 민초들이 적잖은데 그 삯은 엄청 큰 수확이었다. 팔괘 부하인 만갑도 양식을 월급으로 받으므로 그들 남매는 끼니 걱정에선 벗어났다.

옥은 최 현감의 관방官房으로 들어간다. 그곳은 자신만의 영역이다. 달매의 출입도 거부한다. 하얀 벽지로 꾸민 관방은 최 현감의 침방이기도 하다. 관방 문을 열자마자 어르신의 냄새가 코끝에 끼친다. 그건 부친의 냄새였다. 쾌쾌하지만 무언가 땅긴 살 냄새와 먹 냄새가 뒤섞인, 옥은 그 냄새에 길들었다.

냇가에서 빨강 제비부리댕기를 물에서 건져 자신에게 건네며 미소 짓던 어르신에게 덥석 안길 때도 그 냄새가 마냥 좋아 코를 컹컹거렸다.

최 현감은 영해에 발을 디디고부터 머리를 식히기 위해 통인의 안내를 받으며 동헌 근처를 거닐었다. 그런 와중에 옥보다도 먼저 빨강 제비부리댕기가 눈에 들어왔다.

방안의 정경이 옥의 눈에 잡힌다.

책장과 사방탁자, 문갑이 자신을 영접하는 것 같다. 책장엔 서너 개의 서책이 꽂혔다. 삼층으로 된 사방탁자엔 백자항아리, 백자필통, 청백자연적이 놓였다. 서쪽 벽엔 대나무 서화 족자가 걸렸다. 최 현감은 가끔 친히 먹을 갈아 붓글씨를 쓰고 서화를 그렸다. 옥은 그림 감상은 눈이 어둡지만 대나무가 살아 움직인 듯 싱

싱함이 돋보였다. 동쪽 벽엔 오동나무 고비가 걸렸다. 한성에서 온 긴한 문서나 벗들과 주고받은 서찰이 꽂혔다. 옥은 물걸레로 다음은 마른걸레로 방안 바닥을 조심스레 닦는다. 방안의 기구들은 최 현감이 손수 닦기에 옥은 그것들을 눈으로 감상해도 손으론 만질 순 없다.

그걸 일깨운 건 부수노였다.

이것들을 만지다가 잘못 깨뜨리몬 니가 천년만년 일해 그 삯을 매겨도 모자란 기라. 그러니 아예 안 만지는 게 안전방이라니께.

엄시게. 을매나 값나가기에 내 몸 삯을 고리도 헐값에 매긴 기요?

옥은 부수노에게 눈총을 쏘았다.

해마다 옥은 생일이면 박 씨가 차려 준 쌀밥과 미역국을 먹었다. 올해는 전연 그런 기미가 없었다. 오메가 고뿔을 심하게 앓아 몸져누워서일 게다. 김 씨 부인의 병간호를 하다 보니 그 독하고 질긴 고뿔이 전염 되어서였다. 평소엔 건강해 병치레를 하지 않았다.

"곧 시집 갈 때가 되었는데."

박 씨는 이마에 손을 얹은 딸내미를 물끄러미 바라보았다.

"오메도 참, 난 시집 따윈 가지 않을 거다. 난 이대로가 참 좋은 걸."

박 씨는 딸내미의 사주를 풀이하던 남편의 말이 귀에서 쟁쟁거렸다. 우리가 낳았어도 우리 딸이 아닌 기라.

"그래, 오늘은 유난히도 너랑 잠들고 싶구나."

박 씨의 흐른 눈물이 옥의 손을 적셨다.

"나도 그런 걸."

옥은 오메 품속을 파고들었다.

"명심해야 할 건 현감어른은 우리 생명의 은인이란다. 만일 그분이 아니었다면 넌 민며느리로 끌려가 된통 고생바가지를 둘러쓸 거고 난 들보에 명주 끈으로 목매달았을 거야."

그 말을 남기고 그날 밤 자정, 박 씨는 딸내미 곁에서 숨을 거뒀다.

옥은 나졸들의 도움으로 관아의 뒷산 평지에 어미 시신을 묻었다. 초란 어미 무덤의 위뜸이었다. 그곳은 양반 부인들의 무덤자리고 아래뜸은 서민 아낙들의 무덤자리였다.

옥은 이른 새벽에 일어나 달매랑 동헌의 마루로 들어섰다.

최 현감은 한성으로 출타 중이었다.

통인이 간밤에 한성서 온 관리들을 접대하기 위해 기생들을 불러 연회를 베풀었다. 그 뒤처리를 하기 위해 동헌의 마루와 통방을 소제하기 위해서였다.

전날 저녁이었다. 부푼 가발을 쓰고 칠보 노리개를 앞치마 앞에 매달고 쥘부채를 쥔 기생 둘이 동헌으로 들어가는 걸 엿봤다. 기생들이 입은 보라저고리와 연분홍치마가 동헌의 등잔 불빛에 어룽거렸다.

이튿날 첫 닭 울음이 울리자마자, 기생 한 명은 부리나케 객사 문을 밀치며 달아났다. 한 명은 두 여아 곁을 지나치며 쥘부채를 달매에게 건넸다.

"이걸 줄 테니 받아. 날씨가 무더우니 부채질하면 시원할 게다."

그러고선 앞서 달린 기생 뒤를 쫓아 달아났다.

얼결에 쥘부채를 받아 쥔 달매를 보고 옥이 퉁을 주었다.

"그걸 버려."

"난 좋은 걸."

달매가 쥘부채를 펴서 할랑할랑 부쳐대며 기생 흉내를 냈다.

간밤에 술을 얼마나 마셨는지 술독은 바닥이고, 똬리로 엮은, 앞서 달린 기생 가발이 통방의 문고리에 걸렸다.

"숭해라. 몸 수청에 몹시도 시달렸는지 얼굴의 화장은 벗겨지고 민낯이 퉁퉁 붓기까지 했으니 가련타."

달매는 호기심 당기는지 입술은 칼을 갈면서도 목소리엔 달콤함이 묻어났다.

"볼 게 따로 있고 못 볼 건 파도에 실어 보내야지."

옥의 지청구가 뒤따랐다.

"괜히 안쓰러워 보이잖아."

달매의 흥분에 옥이 찬물을 끼얹었다.

"기妓가 비婢보다 낫다?"

"기생 팔자도 노상 정나미 떨어진 게 아니란 감이 들어."

달매가 눈을 번뜩였다.

최 현감은 뒤늦게 그 사실을 알았다. 그러지 않아도 통인들의 수작이 눈에 거슬렸는데, 마침 기회다 싶어 그 통인을 내쫓았다.

옥은 냇가에서 빨래를 한다. 아씨빨래가 아닌 삶은 빨래라 더운 김이 얼굴과 손을 스친다. 구월인데도 날씨가 싸늘해 더운 김으로 손이 얼얼하지 않고 견딜 만하다. 옥의 손놀림에 따라 핏물이 빠져나간 개짐들이 하얗다.

옥은 소변이 마려워 왕대 숲으로 들어가 오줌을 지린다. 바람에 왕대들이 윙윙 흔들리며 퉁소 소리를 낸다. 누군가가 왕대들을 제치고 등 뒤에서 옥의 얼굴을 양손으로 막는다. 옥은 비명도 지르지 못한 채 몸부림친다.

"내 니랑 합궁하는 게 소원이었은께. 계집 냄새 풍기며 사내를 호린 꼬락서니라니."

최 현감의 명으로 쫓겨난 통인이다. 기세중은 평소에도 자주 옥의 머리채를 잡아당겼다.

"기 씨 어른, 오데 할 일 없어 이 외진 곳에서 추태를 부리능교?"

옥은 왁살스레 기세중을 밀치며 일어서서 노려본다.

"나는 고조부 때부터 통인인 기라. 너 따위 반치기랑 비교할 바가 못 돼."

옥은 목에 힘주며 고함친다.

"중인이 양반 행세 하다니 내 참 기막혀."

"최 현감 그 놈의 총애를 받는다고 기고만장이라? 알랑방귀 낀 네 년을 내가 그냥 둘 성 싶어."

기세중은 옥의 머리채를 꽉 붙들곤 치마와 저고리를 벗긴다. 그 순간 누군가가 기세중의 멱살을 거머쥔다.

"통인 나으리, 그 직에서 쫓겨났으면 부끄러운 줄을 알아야지. 이 무신 궤변이오?"

만갑의 호령에 기세중이 비실비실 도망친다.

"행동을 조심해야지. 이게 뭐꼬."

옥은 만갑의 호의에 고마움도 잊은 양 치마와 저고리를 입곤 부리나케 달린다.

별천지 한성

김 씨 부인은 날이 갈수록 병약해지는 자신의 약질에서 헤어나자 못하자, 낭군에게 부실 두기를 간곡히 권했다.

"어서 재취를 맞이해야죠. 제가 살기 위해서도 필요해요."

"제발 재취 운운은 삼가시오."

최 현감은 조용히 타일렀다.

맏형과 중형도 더 이상 미룰 일이 아닌 중대사란 걸 일깨웠다. 우리 최 씨 가문에 씨종자를 말려서야 되겠느냐,

두 형의 지청구에도 변함없던 최 현감이 단안을 내린 건 사도시정司業寺正이란 중앙 관리로 임명받아 한성으로 전근 가서였다. 그 직책은 정3품에 이른, 궁중에 물자를 공급하고 재산을 관리하는 중책이었다. 그의 청빈함과 강직한 성품이 널리 알려져 그 임무를 맡았다. 오십을 넘겼는데도 건장하므로 그 직책을 감당하기에 부족함이 없었다.

최 씨 집안 어른들이 부실감으로 점찍은 낭자는 여흥 민 씨였다. 행동이 예바르고 얼굴 생김새와 몸매가 아이를 낳기에 알맞게끔 복스럽고 건장하다. 중매쟁이가 가져 온 머리카락을 감별했더니 굵고 튼튼하며 검푸른 빛이라 다산다남의 생산력이 왕성하다였다.

최 씨 가문에선 여흥 민 씨를 원하지만 저쪽의 낭자가 꺼린다던 중매쟁이의 귀띔을 듣고 김 씨 부인이 강하게 반박했다.

부실이 씨받이라 여기진 말라. 내 비록 석녀지만 낭군도 아이를 낳아야 한다고 채근하진 않는다. 낭군이 한성으로 가시는데, 나의 건강이 약해 동행하지 못함으로 필히 내조가 필요하다.

중매쟁이는 다시금 저쪽의 뜻을 전했다.

아무리 양반이며 효심이 지극한 덕행의 집안일지라도 연세가 노인인데 낭자와 부모도 저어한다던 내용이었다.

노익장이란 바로 최 현감을 일컫는다. 나이 어린 신부를 못 거느릴 체력과 인품이 아니므로 그런 걱정은 말라. 아내 보살핌을 업신여긴 새파란 젊은이보다도 중후한 도타운 정이야말로 덕을 겸비할 요건 아니겠느냐.

중매쟁이를 통해 그런 입씨름이 서너 번 오고간 뒤, 비로소 여흥 민 씨 쪽의 승낙을 받았다.

1587년 정해년 삼월, 최경회의 한성 행차는 검소했다. 그는 말을 타고 하인들은 짐을 달구지에 실었다. 옥도 뒤따르며 타박 타박 걸었다. 이젠 웬만한 살림은 꾸려 가리란 자신감이 생겼다.

최경회가 한성 행차에 부실 아닌 옥을 동행케 한 건 김 씨 부인의 뜻이 아니었다. 부인이 중환자라 충격 받으면 숨질지도 몰라 최경회가 행한 결단이었다. 새장가 가서 후실을 동반해 한성으로 드나들었다던 관리들과 주민들의 따가운 눈총에 휩쓸리고 싶지도 않았다. 아니, 옥과의 동행이 마음이 가벼우면서도 그 무엇에 끌렸다. 뭘까. 그는 온몸을 감싼 종잡을 수 없는 희열에 말고삐 쥔 손이 가벼웠다. 발도 편했다. 옥이 손수 박은 버선코는 새뜻하고 가름솔이 음전했다.

옥도 한성이 머나먼 곳이지만 어르신을 뒤따르기에 가볍고도 즐거운 마음으로 걸음을 옮겼다. 어르신의 음식과 의복 수발이라 자신감도 생겼다.

그들 일행이 한성으로 떠나기 전이었다.

"저는 화순 시가에서 지내겠습니다."

부인의 청을 최 현감도 좋이 받아들였다.

"그동안 몸 성히 지내시오."

김 씨 부인은 여흥 민 씨에게도 그 뜻을 밝혔다.

"어쩌겠나. 서방님이 한성 행차 하시는데 내조자라고 동행할 순 없잖은가. 남의 이목이 시퍼래 몸을 사려야지."

여흥 민 씨는 내키지 않았지만 어정쩡한 표정으로 대꾸했다.

"시키는 대로 하겠습니다."

그러고는 내야 곁방으로 들어가선 훌쩍였다.

옥은 한성이 전연 낯선 곳이지만 태풍이 몰아쳐도 견딜 내력을 지녔다. 지난날들의 역경은 어떤 고난도 이길 뚝심이었다. 그들 일행이 머문 곳은 사도시정 청사에 가까운 관택이었다.

한성이 조선의 수도가 된 건 이백여 년이었다. 그래도 백제의 위례성부터 천오백여 년 동안 한민족의 오랜 역사가 이어진 도성이었다. 삼각산 아래 임금이 기거하는 경복궁이 위엄을 뽐냈다. 경복궁 정문 광화문 앞엔 육조거리가 펼쳐졌다. 이조, 예조, 병조, 호조, 공조, 형조의 관청들이 운집해 관리들이 드나들었다. 광화문 네 거리에서 창덕궁 동구까지를 운종가라고 불리었다. 더욱이 동대문과 남대문까지 한성의 중심부가 자리 잡아 백성들과 상인들이 들락거려 복잡하고도 시끌시끌한 곳이었다.

최경회는 수십 년 동안 벽지에서 근무하다 한성으로 돌아왔다. 한성은 옛 모양과 다르게 권세가들의 기와집들이 기세등등했지만 정세는 크게 달라진 바 없었다. 여전히 세도가들의 텃세와 부패가 심했다. 그는 나라 안팎의 형국은 외적이 호시탐탐 노리므로 언제 전란이 일어날지도 모를 위험 수위임을 감지했다. 허나 자신의 능력으론 감당 못할 벽이었다. 오직 자신에게 주어진 직책에 충실함이 애국임을 가슴팍에 아로새길 뿐이었다.

봄이 무르익은 춘삼월, 최경회는 옥에게 일렀다.

"내일은 뱃놀이 가자구나."

평소에도 다정다감함이 없던 상관의 부탁이 옥에겐 희소식인 양 달떴다. 이튿날 상관은 관복을 벗고 머리는 상투 튼 모양에 흰 바지저고리와 흰 두루마기로 변장했다. 옥도 남장 차림새였다.

한성은 옥에겐 별천지 세계였다. 경복궁과 창경궁, 육조거리, 동대문과 남대문을 바라볼 때의 그 웅장함에 감탄했다. 어디든지 사람들로 붐빈 것도 눈요기였다. 대국인들과 왜국인들, 아랍인들은 별천지에서 온 별종 인간으로 보였다. 고관대작에서 평민과 종에 이르기까지 그들을 눈여겨 살피며, 자신은 어느 부위에 속하는지 헤아렸다.

별 수 없지 뭐. 상전이 부린 여종인 걸.

옥은 고개를 수그리다가도 사도시정 반빗간 주방장의 위로가 새삼 가슴에 닿았다.

한성 구경까지 하는 팔자라면 상팔자 아닌가.

그래, 그 상팔자로 낙을 누려야지.

구시렁거리며 무엇 하나라도 한성의 진풍경을 눈에 담았다.

근데 뱃놀이라니. 보원도 동반하지 않고 나 혼자잖아.

그 사실도 옥에겐 더한층 힘을 실어 주었다.

옥은 무명 자루 안에 마포 공덕리 소주 한 병과 수루메 한 마리, 소주목잔을 넣었다. 그것들은 육조거리 가게에서 구한 것이다. 수루메는 숯불에 구워 가위로 잘게 오렸다. 상전은 술을 별로 마시지 않았다. 그래도 공덕리 소주는 인체에 좋고 맛이 이슬처럼 산뜻하단 평을 듣는 명주라 가끔 반주로 들이켰다.

상전이 이끈 곳은 강변이었다. 천막 친 곳곳에 막걸리와 국밥

126

파는 가게에는 손님들로 득실거렸다. 술에 취해 비틀거린 남정네들, 돗자리 깔고 바둑 두는 노인들, 기생을 껴안고 배를 탄 한량들로 붐볐다.

얼굴이 거무튀튀한 남정네들과 목덜미가 까무잡잡한 남정네들이 패를 갈라, 모야, 걸이야 하며 목청을 높였다. 그들은 곧잘 패를 갈라 놀이판에 뛰어들어 세를 과시했다.

낯이 거무튀튀하면 마포 장사치고, 목덜미가 까무잡잡하면 왕십리 장사치라. 왜 그런고 하니, 마포 장사치들은 쪽지게에 새우젓 옹기를 지고 아침에 서쪽에서 동쪽으로 해를 맞으며 도성으로 들어오니 낯이 그을리잖아. 왕십리 장사치들은 광화문 밖의 들에서 가꾼 채소를 거둬 지게에 지고 동쪽에서 서쪽으로 해를 등지고 성안으로 들어오기에 목덜미가 타서 그런 기라.

며칠 전, 사도시정 반빗간 주방장 따라 이곳에 온 옥이 의문을 발하자, 새우젓 장수는 육자배기 가락을 읊으며 생색냈다.

상전이 손짓했다.

"마포강에 당도했구나. 노량강, 용산강, 서강, 뚝섬강, 마포강을 한수 오강이라 부른단다."

강변에는 선비들과 시인들이 놀이를 즐긴 정자와 누각들이 많잖아. 뚝섬과 광나루에서 배를 타면 임금님이 노닐던 정자도 보인단다.

상전의 설명에 귀 기울이며 옥은 새우젓 냄새에 코를 컹컹거렸다.

마포의 시전은 새우젓으로 유명한 곳이었다. 새우젓은 계절 따라 달랐다. 초봄엔 세하젓, 초여름엔 오젓과 육젓, 늦가을 김장철엔 추젓 등이었다. 옥은 사도시정 청사 반빗간 주방장을 돕는 부들가 모녀와 계집종들과 함께 가끔 마포나루로 드나들었다. 장수와 영해에서 즐겨먹던 멸치젓보다도 한성 백성들은 새우젓을 선호했다. 멸치젓은 짭짜름하면서도 씹히는 맛이 고솝한데 새우젓은 짭짜름해도 단맛을 풍겼다. 옥은 그 맛에 길들이지 못해 한동안 새우젓을 저어했다. 부들가네는 촌가시나가 사람 잡아 먹는다며, 새우젓으로 입맛을 돋워야 한성 백성이 된다고 놀렸다. 젓갈의 쓰임새인 잘디잔 새우와 어른 손가락만한 멸치와 비교하며, 경상도와 전라도 백성들은 간뎅이가 부어 전장에 나가 사람들을 잘도 죽인 것도 젓갈 때문이라며, 눈을 번득였다.

상전과 여종이 나룻배에 오르자, 뱃사공이 노를 저었다.

나룻배는 잔물결을 헤치고 천천히 떠내려갔다.

새우젓 냄새도 사라지고 탁한 물빛이 맑게 흘렀다. 더불어 강변 따라 한성의 풍경이 봄빛에 아롱거렸다. 기와지붕은 푸른빛이 감돌다 못해 청청하고 초가지붕 위엔 잡초 사이로 고양이가 새끼를 거느리고 어슬렁거렸다. 옥은 강바람에 숨을 쉬며 가슴은 터질 것 같았다. 이 순간이 있기에 그동안 모진 풍파를 견뎠다는 자부심마저 일었다.

"어떤가? 한성에 온 느낌은?"

"한성은 비까비까한 곳이라 몸 사릴 데도 없더이다."

상전은 허허허 웃었다.

옥은 공덕리 소주 한 잔을 부어 상전에게 올렸다. 상전은 그걸 마시고 수루메 한 가닥을 입안에 넣고 오물오물 씹어 삼켰다.

"좋아하는 시를 들려주련?"

"제가 감히 어찌."

"아니니라. 학문을 익히면 애송시도 가슴에 품어야만 진정한 문사가 되는 거란다."

한갓 계집종인 나를 이토록 우대 하시다니.

옥은 이 순간을 놓쳐선 아니 되겠다는 자부심마저 일었다.

부질없이 허리 더듬으니 칼집에 칼이 울고

태평세월 오래되니 변방엔 인적마저 끊겼구나

이젠 위청과 곽거병이 다시 태어나도

허무하게 늙어갈 뿐 성명도 묻히리라

옥은 창을 불렀다. 낭랑한 울림이 아니었다. 호방하면서도 쇳소리가 연합한 듯 폐부를 뒤집었다. 활쏘기도 익혔는데, 상전은 여종의 변모에 놀랐다.

"언제 창을 배웠느냐?"

"얼마 전 한성에서 부들가에게 배웠습니다."

부들가네는 사십에 이른 과부였다. 외동딸이 아비에게 창을 배우고 소리꾼이 되는 걸 거절 못하고 응했다. 부들가가 아비를 닮아 천상의 목소리를 지녀 타고난 기예를 져버릴 순 없었다. 아비는 객지를 돌며 혼사나 상갓집에서 창을 부르고 수를 받는 소리꾼이었다. 신분이 미천한 주제에 양반 행세를 못할 바에야 아비 따라 다니며 창을 익히는 게 나쁠 리 없었다. 아비는 딸의 이름을 부들가라 지었다. 부들은 명주실이나 무명실로 꼬아 매듭지어 놓은 줄이었다. 가야금과 거문고의 현을 잇는데 쓰였다.

부들에다 계집 소리꾼이니 가를 붙여야만 명창이 되는 게야. 아비는 외동딸이 창으로 밥줄이나 얻어먹으라고 그리 지었다. 가난뱅이 천민에게 굶지 않은 복만한 복도 없었다. 부들가는 부채춤도 잘 추었다. 쥘부채를 쥐고 창을 부르며 춤을 추는 게 마음에 당겨, 옥은 창을 배우며 부채춤도 익혔다. 시간이 남아돌아 심심풀이와 호기심도 일어서였다.

부들가가 또 다른 쥘부채를 구해 와서 옥에게 건넸다. 옥은 처음에는 상것들이나 추는 거라며 거절하다 호기심이 일어 부들가의 상대가 되어 춤을 익혔다.

봄볕이 다사롭게 강물을 비추고, 노를 젓는 뱃사공의 머리 위로 물새들이 날아올랐다.

"어떻게 그 시를 외웠느냐?"

상전은 자신이 지은 시를 옥이 외운다는 게 경이로웠다.

"현감님의 서재를 청소하다 바닥에 떨어진 쪽지를 주워 보게 되었거든요."

옥은 거침없이 아뢰었다.

"장하도다. 내 시가 날개를 달아 저 물새처럼 하늘을 훨훨 나는 듯하구나. 그 시 제목은?"

"「진도 객관에서 읊노라珍島客館吟」인 줄 아옵니다."

최경회가 지방을 순시 중에 진도에 들려 울컥한 심정을 토로한 내용이었다.

"그 시의 뜻을 알겠느냐?"

"뜻은 알겠는데 위청과 곽거병이 누구인지 알지 못합니더."

"위청은 한나라 무제 때 장수였느니라. 흉노를 토벌한 공을 세웠지. 곽거병은 위청의 조카로 외숙을 도와 용맹을 떨쳤어."

옥은 쉽게 수긍하며 손에 쥔 물맷돌로 강물을 향해 던졌다. 잔챙이들이 강물 위로 머리를 내밀더니 물속으로 사라졌다.

"어떠한가? 마포 시전을 구경한 느낌은?"

"사는 게 어려운지 쉬운지 오락가락 하더이다."

"왜 그런고?"

"장사치들은 와락바락 엽전 한 닢 벌려고 악발이로 목울대를 세우잖습니까. 한량들은 기생들을 옆구리에 끼고 여유 낙낙 풍년가를 부르니, 세상살이가 참 묘하다 싶거든요."

"그래. 너도 이젠 세상살이에 눈 뜨게 되었구나."

상전은 또 허허허 웃었다.

"요즈음 나라가 위태롭다고 마포 장사치들도 불안에 떨더라고요."

"그래, 어지러운 시국이지."

상전의 눈짓 따라 뱃사공은 마포나루를 향해 노를 저었다.

꽃이 피고 지는 봄이라 싶으면, 뜨거운 대낮의 땡볕에 거슬린 여름이 후딱 지났다. 서늘한 바람 부는 가을맞이는 오곡백화가 깃든 풍년을 기린다. 찬 서리에 몸을 아랫목에 누이면 겨울이 기나긴 동짓달을 거슬러 지나친다.

사도시정 임기도 거의 끝날 무렵, 최경회는 옥에게 일렀다.

"사나흘 후면 강화도로 갈 것이니라."

최경회의 강화도 행차는 조운漕運을 감독하기 위해서다. 지방에서 배에 실어온 물자들을 감독해야만 뒤탈이 없었다. 뱃사람들이 물자를 숨기기도 하고, 장사꾼들이 거짓 술수로 위장하기 마련이었다.

"행랑아범에게 차비를 서두르라 하리까?"

"그래. 말은 세 필이 필요하다. 이번 행차에 보원과 너도 따르도록 하라."

"저도 동행하다니요."

지방 행차이신데. 옥은 행여 잘못 들었나 싶어 귀를 쫑긋 세웠다.

"곧 남도로 발령 날 것 같다. 이번 행차는 사도시정의 임무로 지방 순례는 마지막이 될 게야."

옥은 한성이든 지방이든 그의 곁을 지킨 삶이라면 아무래도 좋았다.

그들 일행은 강화도 부둣가에 당도했다. 전라도와 충청도, 황해도에서 실어 온 소금과 장醬들이 해로에서 수로로 거슬러 오르는 조강祖江나루에서 넓고 깊은 물을 만난다. 바다이면서 강이요 강이면서 바다가 눈앞에 펼쳐진다.

보원은 뱃사공들이 실어 나른 소금과 장들의 숫자를 점검하고 그것들을 어디에 보관하는지를 지시한다.

최 현감과 옥은 조강 나루터를 거닐며 대화를 나누었다.

"이곳 조강은 우에서 흘러온 한수의 물줄기와 좌에서 흐른 임진강이 만난 양수리兩手里란다. '두물머리' 라고도 부르지. 아침에 피어오른 물안개, 가지가 늘어진 수양버들, 겨울 설경과 일몰이 아름다운 곳이란다."

최경회는 잠시 침묵 하더니 덧붙인다.

"흔히 이곳의 정경을 바라보면 문리文理가 트인다고 하거든. 문리란 무엇인고?"

"글의 뜻과 사물의 이치를 깨달아 아는 힘 아닌지요."

"옳도다. 깨닫는다는 건 어떤 분야에 오래도록 깊게 파고들면 모른 걸 알게 된다는 뜻이란다. 저절로 느껴서 안다는 건 자기 수양이요 발전이기도 하고."

결국 문리가 트인다는 건 무언가 이루어 낸 사람의 자긍심 아니겠느냐. 예순이 넘은 사람도 문리에 트이지도 못하고, 네 나이 또래도 문리에 트이지. 문리는 나이를 초월한 인생의 행로란다.

"어로불변魚魯不辨하던 제게 문리까지 트이게 하셨으니 감읍하옵니더."

"나의 고을살이는 백성들에게 안빈낙도安貧樂道의 정신을 일깨
우기 위해 많이도 고심했느니라."

"그러다 보면 노적성해露積成海에 이름이군요."

"옳은 말이지. 작은 이슬이 모여 큰 바다를 이룸이니. 작은 노
력들이 모여 큰 꿈을 이룬다는 뜻 아니겠느냐."

"말씀을 듣고 보니 제행무상諸行無常이 떠오르는군요."

"제행무상이라. 우주 만물은 항상 돌고 변해 잠시도 한 모양으
로 머무르지 않음을 이름이니, 그런 자연의 이치에 순응하는 것
이 인간의 도리라는 게냐?"

"그러하옵니다. 성현들도 인생의 도를 묻는 제자들에게 흐르
는 강물을 가리켰다더군요. 강물은 흐름으로 달라진 풍경 따라
경이의 세계에 눈뜨기도 하고요."

문답으로 이어진 그들의 눈길이 한곳에 머문다.

흐르는 강물이 멈추더니 강이 바다를 만나 파도를 일으키는 걸.

강은 바다로 흐르고 바다는 강을 수용한다는 이치를 깨닫는
순간이었다.

'이번 한성 행차는 네겐 문리가 트이게끔 하기 위한 나의 배려
이니라.'

최경회는 혼잣말로 중얼거렸다.

문답으로 이어진 그들 머리 위로 재두루미가 날아올랐다.

최경회 내연녀

1590년 경인 초봄, 최경회는 사도시정에서 물러나 담양부사로 발령 받았다. 그가 육순을 앞 둔 나이에 한성에서 벗어나 호남으로 주거지를 옮겼다.

그에 따라 김 씨 부인도 화순 시가에서 담양으로 이사 왔다.

삼 년 만에 본 아내의 모습을 보고 최경회는 울컥한 심정을 밖으로 들레지 못했다. 소갈증에다 여러 잡병들이 겹쳐 안주인 노릇을 감당하기 어려운 모습이었다.

"송구하옵니다. 제 명이 길다 못해 독한 년이 되었는지 곁에서 간호하던 동생마저 저 세상으로 떠났사옵니다."

김 씨는 부군에게 여흥 민 씨의 죽음을 알렸다.

"나도 그 소식을 들었소. 이미 떠난 사람은 간 거고 산 사람은 살아야 하지 않겠소."

여흥 민 씨는 시집온 지 이태 만에 숨졌다. 음전해 좀체 속마음을 바깥으로 들레지 못한 탓인지 울화증이 겹친 심장마비란 의원의 진단을 받았다. 혼례를 치르고 곧장 부군과 한성으로 간다더니 그게 아니었다. 자신에게 안겨진 건 김 씨 부인의 병간호였다. 날마다 환자 곁에서 시중을 들며, 가래침 뱉는 걸 도우고 탕약도 올린 나날에 질린 탓이었다. 참고 견딘 것도 한계가 있는 법. 양반댁 규수로 고이 자란 여흥 민 씨는 그런 고역을 견뎌내지 못했다. 겉으론 부실이란 허울 좋은 부름이지만 실제론 평생 차별과 수모를 당해야 하던 첩실이요, 씨받이란 사실도 옥죄어 왔다.

최경회는 여흥 민 씨에 대한 애절함이나 연모 따윈 없었다. 그저 집안사람들의 입질에 걸려 등 떠밀어 혼사를 치르고 일 년도 못 돼 한성으로 향했다. 그 이면엔 김 씨에 대한 송구함이 앞을 가렸다.

옥은 이런저런 최 씨 집안의 동태를 살피며 몸을 사렸다. 담양에서 맡겨진 일은 김 씨 부인의 병수발이었다.

"참으로 묘한 인연 아니겠나. 어미 뒤이어 네가 나의 병간호를 맡게 된 것이. 나도 왜인지 모르겠다. 네가 아니면 내가 저승객이 된다는 강압감에 시달리니."

"지성껏 모시겠습니다."

"그래. 네가 내 몸을 포동포동 살찌게 하겠다는 그 언약이 아직도 유효한 게냐?"

"그러하옵니다."

옥은 머뭇거리다 아뢰었다.

최 부사는 동헌의 관방에서 잠을 청했다. 병색 짙은 부인과 한 이브자리에 들 순 없었다. 옥은 아침저녁에 부인을 보려고 온 최 부사랑 마주친 것만으로도 다행이라 여겼다. 그것마저 사라진다면 살 의욕을 잃을 것이다. 바로 지척에서 숨 쉰다는 것만으로도 삶을 충족시킬 자양분이었다.

김 씨는 남편에게도 울분을 토했다.

"제가 죽지 않고 숨을 쉬니 답답하지요?"

"그런 쓸잘 데 없는 생각은 하지 마시오."

"이리도 골골하니, 곁에서 지켜 본 당신에겐 죄인이 아닌지요."

"살아만 있어도 든든하니 그런 막말은 삼가는 게 신상에도 좋을 게요."

"아닙니다. 어서 하루라도 빨리 저승길을 가야만 하는데 명줄이 이다지도 길어서야."

"그런 헛된 걱정을 하다니. 난 홀아비 신세를 원치 않소."

김 씨 부인은 감격해 남편 품에 안겼다.

옥에 대한 김 씨 부인의 강짜는 날이 갈수록 심했다.

걸핏하면 탕약이 뜨겁다느니 쉬었다느니 고래고래 소리 지르며 약사발을 내동댕이쳤다. 도끼눈으로 옷과 이불이 더럽다며 트집 잡고 구박하기를 수차례였다. 매운 불통이 튀어도 옥은 참고 견뎠다. 피고름으로 얼룩진 이불과 요, 치마와 속곳을 냇가로 가져가서 씻고 말려 다리미질까지 했다. 양손은 사내들의 손보다도 더 투박하고 거칠었다. 날마다 침구가 한 아름 안겨져도 불평하지 않았다. 동헌의 표녀에게 도움을 청할 만도 한데 그러고 싶지 않았다. 왜 그래야만 했을까. 옥은 자문했지만 꾹 참는 게 수였다. 김 씨 부인의 냉대가 거듭될수록 옥은 입술을 깨물었다. 나는 질경이가 되어야 한다. 부친의 훈도를 새삼 가슴에 아로새기며 인고를 견뎠잖은가. 그런 탄식이 거듭 될수록 내가 그분을 연모한 이상의 그 무엇이 선뜻 다가서는 것 같았다. 옥의 그런 속마음을 꿰뚫기라도 하듯,

"네 나이가 몇이냐?"

김 씨 부인의 질문에 옥은 순순히 아뢰었다.

"열일곱이옵니다."

"그렇구나. 꽃다운 나이로군."

더 이상 나이 타면 안 돼.

김 씨 부인은 속으로 되뇌었다.

꽃다운 나이에 꽃답게 사는 게 무얼까.

아무래도 혼인식 외는 달리 없잖아.

이제까지 옥을 능멸하고 박대한 게 곧 이어질 수순을 행할 지고의 보답으로 이어져야 한다. 그래야만 나의 저승길도 밝게 빛날 테지. 아냐, 그건. 내가 명줄을 이어가는 것도 그이의 부인이란 게 안전방인 걸. 그러나 어쩌랴. 허울 좋은 부인이란 호칭을 마냥 자위하고 세월을 넘나들 순 없잖아. 아이도 못 낳고 바느질

도 상차림도 못하잖아. 더욱이 부부 금실인 잠자리도 할 수 없는 무지렁인 걸. 이래저래 망설이고 고민하다 마침내 김 씨 부인이 결심을 굳혔다.

"네 어미가 숨질 때 내게 부탁 했느니라."

옥은 뒷말을 잊지 못했다. 그 부탁은 김 씨 부인이 해마다 자신의 나이를 묻고 자문자답 했던 내용이었다.

"동생은 섬약해 난 그게 불만이었단다. 그분 내연녀는 당차고 강인해야만 부사의 내조자로 제격이잖아. 내가 못다 해드린 걸 해소하리라 한 게 오산이었어."

김 씨 부인은 여흥 민 씨에 대한 아쉬움을 실토하곤 옥의 손목을 잡았다.

"넌 달라. 비록 나이가 어리지만 어느 누구도 따르지 못할 강철 같은 우직함과 혜안을 지녔거든."

김 씨 부인은 힘겹게 내뱉었다.

"어르신을 모셔 오너라."

옥은 등골이 오싹했다. 그래도 그 오싹함이 폐부로 스며들며 상쾌함으로 거듭났다.

김 씨 부인은 누운 채 곁에 나란히 앉은 부군과 옥을 번갈아 쳐다보았다.

"오늘이 삼월 삼진, 길일이옵니다."

그러고는 옥에게 일렀다.

"머릿장 안에 보관한 금지환을 꺼내 오너라."

옥이 금지환을 가져오자, 김 씨 부인은 그걸 옥의 왼손 약지에 끼워 주었다. 딱 맞았다.

김 씨가 그걸 끼지 못한 건 혼례 예물인데 병고를 치르다 보니 몸이 야위어 헐거워서였다.

"이제부터 넌 서방님의 내연녀이다."

김 씨 부인은 옥이 여종이지만 첩실이란 표현은 삼갔다. 옥에게는 자신이 넘보지 못할 기품을 지닌 까닭이었다. 그게 뭘까. 옥을 처음 마주할 때부터 느낀 그 묘한 감성을 뒤늦게 깨닫고 자신이 끼었던 금지환을 물려주었다.

최 부사는 긍정도 부정도 하지 않았다.

부인의 간청은 이제까지 이어온 부부의 연을 싹뚝 자른 게 아니라 그 연을 잇기 위한 수순으로 여겼다. 묘한 감성이었다. 그 묘함이 인연의 질기고도 질긴 연줄임을 깨닫는 순간이었다.

그들의 신방은 내실의 곁방인 옥의 방이었다. 옥이 왼손 약지에 낀 금지환과 베개 외는 변한 게 아무 것도 없었다.

베개는 구봉침이다. 봉 부부가 새끼 일곱 마리를 거느린 자수 베개였다. 태희 엉가와 오메에게 배운 자수였다.

최 부사는 요 위에 누웠다. 왠지 그 방이 자신의 침실인 양 정겨웠다. 여흥 민 씨를 껴안을 때도 김 씨의 환영은 떠오르지 않았다. 떠오르지 않는 건 김 씨를 아내로 우대는 할지언정 연연하지 않았다던 증거였다. 아내는 아내로 대접받을 만한 충분한 인격을 지녔다. 그건 관습이며 부군이 지켜야 할 도리였다.

여흥 민 씨와의 첫날밤은 그의 중심부가 맥없이 무너져 불발로 끝났다. 열흘이 지난 뒤 첫 교접이 이루어졌다. 좀체 감흥이 일지 않았다. 나 아닌 타인이 신부를 맞이한 느낌이었다.

옥은 감히 최 부사의 내연녀가 된다곤 생각지 못했다. 그런데도 옥은 이 순간을 목마르게 기다려 왔다는 생각이 들었다.

최 부사는 여종 아닌 신부랑 눈이 마주쳤다.

"넌 이제부터 옥 아닌 논개로 새로이 태어났느니라."

논개 논개 논개, 그가 논개라 부르자, 논개는 논개가 되었다.

"그럼요. 그렇고말고요."

최경회는 논개를 가슴에 품었다.

그는 여태껏 옥을 향한 그 무엇이 명료하게 떠올랐다. 그건 거부할 수 없는 환희였다.

내가 네가 되고 네가 내가 되는, 동심일체의 희락이었다.

김 씨 부인은 누운 채 미동도 하지 못했다. 그래도 그들이 동거한지 달포를 더 살다 숨졌다.

논개는 하루하루가 길일인 양 입술에선 미소가 떠나지 않았다. 그의 사랑을 받고 그의 부실이 된 이상의 복은 없었다. 그 복이 달아날까 봐 더욱 최 부사에게 최선을 다했다. 그의 식사를 일일이 챙기고 의복과 관복을 햇볕에 말리고 찢어진 곳을 꿰맸다.

예산을 줄이기 위해 그가 새 관복과 의복을 원하지 않기에 헐거운 곳을 살핀 노력도 게을리 하지 않았다.

부실이 된 지 두어 달 지나 안방에 기거해도 나아진 게 없었다. 논개는 자신의 신분이 높아져도 섣불리 안방으로 들앉을 순 없었다. 김 씨 부인에 대한 송구함이 앞을 가려 사십구일재를 지내고 나서였다. 쪽을 져도 비녀는 어미가 사용하던 은비녀였다. 빨강 제비부리댕기를 곁들여 비녀로 꽂았다. 옷은 여염집 아낙처럼 무명과 옥당목을 입었다. 도무지 부사의 부실이라곤 여겨지지 않은 검소한 차림새였다.

논개는 중국 고사 거안제미擧案齊眉를 떠올리며 최 부사의 내연녀로서 혼신을 다하리라 다짐했다.

중국 후한 부풍에 사는 처녀는 못난이였다. 얼굴은 검고 몸집은 컸다. 이웃에게 추녀로 불리는 것에 심한 열등감을 느꼈다. 그리하여 못난이를 뛰어넘을 묘안은 뭣일까를 깊이 생각했다.

그래, 덕을 쌓는 거야.

못난이는 이웃에게 상냥하게 대하며 무엇 하나라도 도움이 되고자 했다. 하도 덕을 행하기에 이웃이 물었다.

그대의 소청은 무엇이오?

양홍梁鴻과 같은 훌륭한 남자랑 혼인해 사는 겁니다.

양홍은 가난했지만 열심히 학문을 갈고 닦아 그 인품이 널리 알려졌다.

그런 와중에 양홍은 자신을 애타게 그린 처녀가 있다는 소식을 들었다.

나랑 사는 게 소원이라고? 그 간청을 못 들어 준다면 양홍이 아니거든.

양홍은 못난이 처녀랑 혼인을 맺었다.

님은 잘생겼는데 난 못난이잖아.

처녀는 시집가면서 한껏 멋을 부렸다. 그랬는데 양홍은 이레가 지나도 거들떠보지 않았다. 양홍의 신부는 그 이유를 물었다.

제가 낭군의 아내인데 어찌 남 대하듯 하오니까?

나는 멋을 부리지 않은 소박한 차림새의 아내를 원한다오. 그리하여 산속으로 들어가려 했는데,

저는 그러신 줄은 몰랐거든요.

신부는 격한 마음을 달래지 못해 울먹였다.

근데 어찌 비단옷에 짙은 화장까지 한 여인이 당치나 하겠소.

조금만 기다리시지요.

신부는 무명옷을 입고 물 깃는 모습으로 낭군 앞에 나타났다.

양홍은 기뻐하며 아내를 맹광孟光이라 이름 짓고 패릉산으로 들어갔다. 그들 부부는 밭 갈고 옷감 짜는 걸 생업으로 삼았다. 맹광은 고된 일을 하면서도 언제나 웃는 얼굴로 하루하루를 넘겼다. 남편을 모심이 지극했다. 음식도 올릴 때마다 밥상을 눈썹까지 들어올렸다.

거안제미라니. 그대는 진정 양처로다. 이 세상에서 제일 미녀

는 바로 그대로다.

양홍은 맹광을 껴안았다.

1590년 12월, 최 부사는 모친 순창 임 씨 상을 당했다. 논개가
최 씨 문중 여인이 된 지 일 년도 채 못 되어서였다.

최 경회는 곧장 담양 부사를 사직하고 고향 화순으로 갈 채비
를 서둘렀다.

"장수로 돌아가 기다리게나."

"저의 걱정은 마시고 건강을 지키소서."

또 이별이라니. 논개는 어떤 역경도 이겨내리란 각오를 다졌다.

"함께 가지 못한다고 서운하게 여기지 말아다오."

부군은 내연녀를 다독였다.

"전 아무렇지 않아요."

첩실이라 그와 동행하지 못한 서러움도 일지 않았다. 부군과
의 사이에 이별이란 없다. 얼마 동안 떨어져 지내는 거다. 논개는
쓰린 가슴을 잠재웠다.

장수의 옛 보금자리에 제가 다시금 둥지를 틀었습니다. 님이
그곳 옛집을 구입해 놓아 제가 살아가기에 어려움이 없습니다.

저는 가끔 제가 일곱 살 때 그 운명의 재판을 기억합니다. 기
억한다는 건 생각보다 더 값진 정감이라지요. 그 사건 뒤에 줄곧
님의 곡진한 배려로 자라서 결국엔 님의 부실이 되었지요. 그 질

긴 인연은 저의 모자란 두뇌로는 딱히 설명 할 순 없습니다. 어쩌면 저 자신도 깨닫지 못한 불가능의 차원에서 비롯된 신의 은총 아닐는지요.

두어 달 지나자, 달매가 와서 정담을 나눕니다.

이제까지 넌 내 동무였는데 부사님의 부실이라니 맥이 풀린다.

달매가 어정쩡한 자세로 저의 양손을 잡습니다.

난 어디까지나 너의 동무야. 논개라 부르렴.

논개 논개 논개, 새삼 저의 이름이 빛나 공중으로 떠오릅니다.

아니야. 마님이라 부를게.

달매가 마님이라 부르자, 저는 님의 부실임을 새삼 가슴에 아로새깁니다.

부들가는 저의 집안으로 들어서자마자 제게 큰절을 올립니다.

"마님, 옥체 건안 하옵소서."

천민으로 타관을 돌며 눈치로 세상을 저울질한 탓인지 요령에 길들였습니다. 저는 부들가를 일으켜 안으며 새삼 님의 부실임을 확인합니다.

"어떻게 예까지 오게 되었어?"

"우리 소리꾼들이 장수 최 부자 따님의 혼례식에 흥을 돋우기 위해 초청받았죠."

부들가는 저의 아래 위 소복을 살피더니 나지막이 속삭입니다.

"제가 가야금을 가져 왔으니 창을 부르심이 어떨는지요?"

"상중이라 안 돼. 그분이 삼 년 상을 지내시는데 내가 뜬금없는 창이라니?"

"상가에도 소리꾼을 불러 송가를 부릅니다."

애창곡이 아닌 숨진 분의 영혼을 위로하는 건 괜찮습니다. 벌써 일 년 지났잖습니까. 창이란 언제 어디서나 부를 새의 날개와 같습니다. 새의 날개는 바람이 부는 대로 훨훨 날기도, 바람이 잠잠하면 몸을 사립니다. 창은 내 마음의 표현이지요. 내가 우울하면 그걸 바깥으로 내뿜어야만 속병이 달아납니다.

"마님, 속엣 걸 토하세요. 그러면 세상의 어려움이 그리움으로 다가옵니다."

"안 돼. 그럴 순 없어."

제가 고집을 피우는데 부들가는 가야금을 켭니다. 그 가락은 저의 심중을 파고듭니다. 저의 입술은 저절로 열려 한을 토합니다.

님은 제겐 님이로되 저는 님의 님이 아닙니다
님의 님은 조선이며 임금이지요
어버이며 형제들이지요
그래도 저는 님만이 저의 님이기에
가야금 현도 저의 그리움에 목멥니다

제가 그리움에 목멘 건 아픔 아닌, 아픔을 뛰어넘은 기쁨이란 걸. 그러면 저는 미소 짓습니다. 님을 기다리는 것 이상의 그리움이 없기에 마음은 한결 가볍습니다.

텃밭엔 예전부터 뿌리 내린 매화가 위로 치솟아 꽃이 피었습니다. 열매가 맺히면 알토란을 따서 술을 담을 겁니다. 그리운 님이 오시면 대접하렵니다.

뿌리 내린 매화는 천년을 기다린대요.

선인들은 심은 나무가 참하게 자라면 그 곧은결처럼 닮아 가며 학문의 결실을 맺는단다.

님이 강조하셨습니다.

인동초 자주꽃도 피었습니다. 님과 함께 그걸 밥 위에 얹어 꽃밥도 지어 먹으려고 인동초 모종들을 심었습니다. 꽃차도 마련하기 위해 매화의 여린 순도 따서 햇볕에 말렸습니다. 엉컹귀 뿌리도 캐어 말렸습니다. 차로 끓여 마시면 간에도 좋다지요.

저의 여가 선용은 수놓기 입니다. 자수는 태희 엉가에게 배우기도 했지만 어미도 자수 솜씨가 매워 틈틈이 익혀 구봉침을 놓았었지요. 옥양목 필을 자른 수건에다 학을 수놓습니다. 학은 천년을 산대요. 님이 변방이나 민가를 순시할 때 목에 두르거나 땀 닦기에 필요할 겁니다.

순간, 저도 아이를 잉태하고 해산의 고통을 겪을까, 의문이 일었습니다. 그에 대해 님은 묻지 않았고 저도 생각지 않았거든요. 민가에선 칠순노인도 아비 된 예가 심심찮게 떠돕니다. 님은 아직 육순인데 후손을 잇기 위한 갈망을 져버려선 안 되거든요. 최씨 문중에서도, 돌아가신 님의 모친도 좀 많이 애태운 거잖습니까. 그런데도 우리 사이에 그런 대화를 나누지 못한 건 제가 님에게 너무 매달린 탓인지요. 전 마냥 님에게 사랑 받기 위해 앙앙거렸고 님은 나라 사랑의 헌신에 몰두해 그냥 무심코 지낸 탓 아닌지요. 그 의문은 아껴 두렵니다. 우리 사이에 옥동자가 태어나면 제가 님을 연연한 그리움의 결실일 테니까요. 그 이상의 보람은 없을 테지요.

덧밭에 활터도 만들어 활쏘기 기예도 녹슬지 않도록 연습합니다. 나라 안팎이 뒤숭숭한데 필히 쓰임새가 있겠지요.

최경회는 부친과 모친 무덤 앞에 저녁상식을 올린다. 쌍묘라 나란히 앉은 부모의 정다운 모습이 눈에 선하다. 두 분은 서로 마주보며 미소 짓고 수저를 든다. 최경회도 미소 지으며 환상에서 깨어난다.

보름달이 온 누리를 비춘다.

하늘은 파랗고 나무에도 움이 돋아 초봄의 기운이 감돈다. 올해도 살을 에는 혹독한 추위를 견뎠구나. 벌써 시묘살이 한 지 이태 지났다. 백형과 중형은 나이 많아 겨울을 움집에서 보내기가 무리였다. 일 년 지나 다시 겨울이 닥치자, 두 형은 막내에게 등 떠밀려 하산했다. 본가의 영실에도 신주가 모셔져 격식에 따를 필요는 없었다.

최경회는 움집으로 들어가 바닥에 눕는다. 뙤창으로 달빛이 스며든다. 날마다 조석으로 예를 올린다. 초하루와 보름에는 삭망전을 올려야 하므로 본가에서 마련한 제수를 하인들이 지게에

져다 날랐다. 하인들은 때때로 잔심부름도 하고 짚자리를 본가
에서 움집으로 지게에 져다 날라 삼형제의 무거운 짐을 덜어 주
었다.

　어머니, 봄이 다가오는군요. 진달래 피면 제가 어머님 귓등에
그걸 따서 꽂고, 참 우리 어머니 예쁘다 여겼죠. 우리 삼형제는
어머님 따라 두릅과 고사리를 뜯고 도라지와 더덕을 캐서 바구니
에 듬뿍 담아 하산하면 이웃들이 효자들을 뒀다고 칭송했고요.
아버님은 사내자식들이 할 일은 서책 읽고 활을 쏘아야 한다며
모범으로 보이셨지요.
　고인을 떠나보내고 고기와 술을 먹지 않고 험한 음식과 잠자
리로 삼년초토 시묘살이 하는 건 어려운 일이었다. 조정에선 양
반들이 효행의 모범을 보여야 한다고 강조해도 장례를 치른 지
백일 지나 기년복, 일 년 상을 신청한 관리들이 늘어났다.
　그런데도 최경회는 삼년초토 시묘를 하고 싶었다. 두 형이 못
한다면 자신 혼자라도 그 효행을 실천하고 싶었다. 막내로 모친
사랑을 더 받아서라기보다도 관리로 원칙론에 길들인 탓인지. 아
니, 효심이 더욱 깊어서일 게다.
　어머니의 마지막 모습은 곱고도 평온해 보였다.
　향나무 삶은 물로 목욕하고 마포와 당목으로 지은 수의를 입
었다. 얼굴에 분 바르고 연지 찍고 향기름으로 머리 빗어 낭자머
리에 금봉채를 찔렀다. 더욱이 원삼 입고 족두리 쓴 채 청홍색 비

단으로 얼굴을 가렸다. 혼례식 때의 모습이었다.

우리 어머니가 언제 저토록 어여쁜 아기씨였을까.

나이 많은 철부지들은 모친과의 영원한 이별이 야속해 떼쟁이
인 양 애고 애고 애고 장탄식을 뿜어댔다.

교방의 해어화들

진주 교방은 옥봉에 둥지를 틀었다. 선학산이 가까워 기생들이 목청 틔우기도 검무를 다루기에도 알맞았다. 남강도 가까워 뱃놀이하기에도 그리 멀지 않아서였다.

교방의 대모는 소례풍이다. 기생의 우두머리라 행수기생이라 불렀다.

평거에서 논마지기를 지닌 농부의 딸로 태어났다. 밥 굶지 않은 복을 지녔지만 세 살에 돌림병으로 부모를 잃고 고모 슬하에서 자랐다. 그 후유증으로 고모 부부도 숨졌다. 부모의 논마지기는 이웃의 농간으로 넘어가고 친척에 의해 청곡사에 맡겨졌다.

청곡사는 고려 헌강왕 당시 도선국사가 창건했다. 월아산 남쪽 남강변으로 청학靑鶴이 날아오니 서기瑞氣가 충만하므로 그자리에 절을 지었다고 전해졌다.

소례풍은 자랄수록 인물이 반반하고 창가도 잘 불렀다. 마침

청곡사에 온 행수기생의 눈에 들어 여덟 살에 진주 교방 기적에
몸담은 동기였다. 그 행수기생은 검무의 전수자라 소례풍을 자신
의 문하생으로 삼아 기생의 예법과 검무를 가르쳤다.

진주 교방의 검무는 한성에까지 알려져 관기의 검무 전수자는
행수기생이 되기 마련이었다.

원래 검무는 궁중 잔치에 행하던 춤이었다. 신라에서는 백성
들이 나라를 위해 죽은 소년들을 애도한 데서 비롯되었다.

무사예복을 갖춰 입은 여덟 명의 무용수가 두 줄로 마주보고
선다. 그들은 양손에 색동천을 끼고 칼을 휘저으며 도드리장단,
느린 타령, 빠른 타령에 맞춰 추는 게 검무였다. 춤사위로는 한삼
을 끼고 옆으로 도는 숙은사위, 앉아서 추는 앉은사위, 허리를 앞
으로 굽히고 뒤로 제치며 빙빙 돌아가는 연풍대가락, 맨손으로
팔을 펴고 추는 손 사위 등 다양하다. 악기로는 피리, 장금, 장
구, 북 등이 사용된다.

검무를 칼춤이라고도 불렀으며, 검무 외에 화관무, 부채춤이
한량들의 구미를 당겼다.

대모의 부름에 따라 달매, 부들가, 초란이 소례풍의 방으로 모
여든다.

달매는 팔괘가 영해 동헌 수문장 노릇에서 벗어나 진주성 외
곽 본가로 주거지를 옮길 때 오빠랑 진주 백성이 되었다. 만갑은
최경회 휘하 의병이 되어 왜군과 맞서다 숨을 거두었다. 그러자

달매는 팔패 몰래 진주 교방 기적에 이름을 올렸다. 갈 곳 없던 초란도 달매 따라 기생이 되었다. 부들가는 소리꾼이라 입소문에 힘입어서였다.

가희아도 노류장화 뒤를 잇는다. 천애고아로 일곱 살에 견습 관기가 되었다.

아비는 남강에서 나룻배를 몰던 뱃사공이었다. 어미는 핏덩이의 탯줄을 자르자마자 숨졌다. 홀아비로 지낸 아비도 장마에 태풍이 몰아쳐 강물의 객이 되었다. 아비는 숨을 거두기 전, 딸내미의 손을 잡고 일렀다.

넌 양반의 후손이란다. 너의 조부 정대현 어르신이 형조좌랑이셨는데, 진주에 민란이 일어나자, 책임자가 되어 그걸 진압하던 중에 정용석 아버님과 함께 목숨을 잃었노라. 난 아버님의 부하 품에 안겨 도망쳤다. 그 부하는 너우니에서 나룻배를 몰던 뱃사공이 되었지. 나는 점점 자라 그 뱃사공의 딸과 혼인을 맺어 너를 낳았어. 천민인 뱃사공이 되어도 항시 양반의 후손이란 긍지로 여태껏 살아왔느니라. 넌 그 사실을 잊지 마라.

가희아는 열두 살인데 젖가슴이 멍울지고 엉덩이가 펑퍼짐하다.

"이슬이 비치느냐?"

소례풍의 질문에 가희아의 볼이 발그레 물든다.

"아직은."

이를 어쩌나. 소례풍의 입술이 아래로 쳐진다. 강계 양반이 머리 엊어 줄 동기를 원하는데. 월경을 치러야만 중매쟁이 역할이 가능하다. 그건 교방의 규칙이다. 만일 월경을 안 치른 동기에게 남정네랑 교합 시키면 지신이 노해 아무도 몰래 급살 맞아 숨지기 마련이란 유언비어가 나돌았다.

한량들은 너나없이 머리 없을 동기랑 합방하기를 원했다. 엽전꾸러미 얼마를 내겠다. 논마지기 몇을 내겠다. 간을 부풀어 올리지만 정작 합궁하려면 빈손인 놈팡이 한량들이 적잖았다. 그러면 소례풍의 거절도 놈팡이 한량들 못잖은 수완가였다.

세상에 엽전꾸러미들이 천지 삐까리인데 왜 댁의 주머니는 곰팡이가 피었능교? 몸 사려봤자 된통 서리 맞기 쉬우니 곧장 지게 지고 산으로 올라가 땅을 파면 금뎅이가 나온다고예.

소례풍은 표정을 바꾸고 근엄하게 질문한다.

"동기가 아침에 일어나면 처음 할 일은?"

"세수하고 참빗으로 머리를 빗습니더."

"왜 그래야만 하는가?"

"아무리 미인이라도 자고 난 뒤의 몰골은 뒤숭숭해 남에게 좋은 인상을 주지 못하거든예. 그건 나 자신을 위해서도 상대방을 위해서도 필요하고, 좋은 인상이야말로 기생이 갖춰야 할 기본 예절입니더."

달매가 의문을 발한다.

"앞가르마는 어떻게 타야 하나?"

"콧날을 가로로 반을 가르듯, 정수리까지 일직선 가르마를 타고 뒤로 땋아 댕기로 묶습니더."

"머리 손질을 끝내면?"

초란이 질문한다.

"속치마 안에 단속곳, 속속곳, 다리속곳, 너른바지 등 속옷 치레를 해야지예."

부들가가 묻는다.

"가무는?"

"장구 연주를 배우고, 춤과 노래도 익힙니더."

소례풍이 다시 질문한다.

"다른 과목은?"

"한문, 한시, 서예, 그림도 배워야 하고예."

동기들의 학습은 오전과 오후로 나눠 과목별로 선임 관기나 전문 요원에게 배운다. 소례풍이 그 자리를 마련한 건 실수하지 않게끔 하기 위한 예행연습이다.

소례풍이 다시 묻는다.

"기생의 종류와 역할은 무엇인고?"

"관기官妓와 민기民妓로 나눕니더. 관기는 여악女樂과 의침醫針에 능해야 하고예. 가무를 주로 하는 여악기생과 약학 처방 하는 의녀기생과 상방尙房에서 침선한 상방기생으로 나눕니더."

"그런 소임을 다하려면 무얼 어떻게 하느냐?"

"시, 서의 음률과 행의行儀를 배워야지예."

" 그 이유는?"

"상류 양반들과 상대하려면 그에 버금가는 교양을 갖춰야 하기 때문입니더."

"너의 머리가 뛰어나구나."

소례풍은 다시 옷매무새를 바로하고 질문한다.

"해어화는?"

"말을 이해하는 꽃, 미인을 가리킵니더."

"그 말의 유래는?"

가희아는 입을 다문다.

"네가 영특하다만 겉치레에 물들어 진짜배기를 모르구나."

그 말은 중국 당나라 현종이 왕비와 비빈들을 데리고 장안의 태액지란 연못을 관람했느니라. 연꽃이 아름다워 모두 감탄사를 발하자, 현종이 양귀비를 가리키며 질문을 던졌어.

이 꽃들을 나의 말을 알아듣는 꽃과 견주겠느냐?

그 원문이 '쟁여아해어화爭如我解語花'였거든.

아무리 연꽃이 아름다워도 양귀비의 미모엔 견주지 못하다던 뜻이었지. 그 말이 당나라 백성들에게 회자 되어 해어화가 널리 알려져, 우리 기생들도 그리 불린단다.

"저는 해어화로 불리는 걸 원치 않습니다."

기희아의 대답은 당돌해 노류장화들의 시선이 집중됐다. 기생보다도 해어화로 불리는 걸 반겼는데, 그런 눈초리들이었다.

"왜 그런가?"

소례풍의 눈초리도 맵다.

"양귀비는 폐월수화閉月羞花라고 달도 숨고 꽃이 부끄러워한다며 만인에게 천하일색으로 알려졌잖니꺼, 그래도 경국지색傾國之色이라며 나라 망친 년이라고 손가락질 당했거든예. 그 요부를 전들 어찌 반기리꺼."

'나이 어리고 야리야리해 보였는데. 잘못 대하면 큰 코 다치겠네.'

소례풍은 속으로 되뇐다.

"그럼 월정화月精花 성님에 대해 아는 바를 들려주겠니?"

"성님이라뇨? 고려 시대 당시 벼슬아치 남정네를 유혹해 위제만魏齊萬 어른의 부인을 울화병으로 죽게 만든 기녀를 성님이라고 우러러 볼 순 없습니더."

벼슬아치 남정네의 이름까지 밝히다니. 고집도 보통 고집 아니네.

소례풍이 명한다.

"모두 나가고 부들가만 남아라."

부들가는 소례풍에게 다가가서 귀를 쫑긋 세운다.

"오늘 밤, 강계양반을 모셔라."

"머리 얹어 줄 동기를 원한다던데?"

"마땅한 동기가 없잖아."

"강계라면 미인들이 썼고도 썼을 텐데, 난 미인이 아니잖우."

예부터 명기는 강계, 평양, 진주가 이름을 드날렸다.

"찬가를 불러 그 양반의 혼을 빼앗아라."

"찬가가 오데 샘물에서 생수가 치솟듯 합니꺼?"

"잔말 말고 내가 시키면 하렸다."

부들가는 도리 없이 응한다.

강계양반은 부들가의 방에서 헛기침하며 무료함을 달랜다. 기생과 교접하기 위해 기다린 순간은 일초가 더디 지나간다. 날씨가 무덥지 않은데도 쥘부채를 펼쳐 할랑할랑 부쳐댄다.

오랜만에 강계에서 진주로 행차했노라. 동기랑 교접해 민가에서 딴살림 차려 지내고 싶은 마음 굴뚝같았는데. 뭐라, 동기가 없다니 괘심한지고. 어쩜담. 자신의 주머니 사정도 동기를 맞이할 준비가 턱없이 모자란다.

진주 교방 동기랑 첫날밤을 지내고 서너 달 동안 신접살림 차린다면 논 한 마지기 값은 지불해야 한다던데.

그에 반의 반값도 아니지. 서푼어치를 지녔으니 어이할꼬. 허나 땡땡이 명수라 일은 저질러 놓고 볼 일이었다. 지체 높은 양반이 기생 따위에게 거짓 술수로 강짜 놓았대서 관가에 잡혀가 징역 산다든지 매질 당했다던 소문은 못 들어봤다. 문제는 양반이란 허울 좋은 자존심에 치명타를 입어 그게 꼬리표로 달라붙은 게 탈이라면 탈이었다. 기생들이 합심해 꽃신과 나막신을 들고 양반 낯짝을 때려 피멍 들었다든지, 기생들의 가위질에 상투가 잘렸다던 소문은 날개를 단 듯 금세 퍼졌다. 그리하여 교방 근처엔 아예 발길을 끊어야 했다. 피멍 운운과 상투 운운은 양반의 체

면을 깎아내려 집안 망신살도 당하기 마련이었다. 이미 그런 모질고도 독한 경험을 치른 강계양반이지만 바람피울 장소가 강계에서 머나먼 진주 아닌가. 왔던 김에 동기랑 신접살림 차리고 싶은 마음 간절했다.

이런저런 생각으로 머리가 상그러운데, 기생이 방안으로 들어온다.

"이름이 무언고? 아니, 부들가라 했겠다?"

강계양반이 히죽 웃으며 엄살떨었다.

낯살 뜨겁긴.

부들가는 입술을 삐죽이며 모로 돌아앉았다.

"왱 토라진 너를 보니 내 바지춤이 저절로 내리구나. 허 참, 그래도 네가 명창이라니 가야금 켜며 창을 불러 보게나."

"양반님들이 소첩 창을 듣기를 간절히 바라지만, 제 입이 야살스럽게도 천근만근 무거워 입술이 열리지를 않습니더."

"허허, 요래도 입에 자물쇠를 채울 참이냐?"

강계양반이 보퉁이에 든 엽전꾸러미를 꺼내 흔든다.

"고깐 걸 가지고 저를 희롱하면 남강의 잉어가 우렛소리 내며 벼락을 몰고 왕림하겠나이더."

"네년이 간뎅이가 부어 요술을 부리는데, 그래 이걸 합하면 꾀꼬리 흉내라도 내겠느냐?"

엽전꾸러미 뭉치가 두 배로 보태지자, 부들가의 버들눈썹이 치떴다 내리떴다.

"꾀꼬리 흉내가 아니라 푸른 하늘 나는 종달새가 되겠나이더."

부들가는 가야금 켜며 목청 높이고 창을 부른다.

진주성의 절경이라면 단연코 촉석루 아닝교. 머나먼 대국과 왜국도, 오랑캐족들까지 널리 알려진 누각이라예.

그 다음은 '뒤벼리 모퉁이'와 '새벼리 용머리바위'도 빼놓을 순 없은께.

뒤벼리 모퉁이는 촉석루 동쪽에서 도동으로 가는 길목에 자리 잡은 곳이라고예. 남강의 물결이 동쪽 기슭을 흘러가다 갑자기 오른쪽으로 방향을 바꿔 휘돌아 흐르며 병풍을 두른 듯 깎아지른 절벽이 강줄기 따라 가며 절경을 이룹니더. 강태공들이 삼척 잉어를 낚는 곳이라고 널리 알려졌고예.

성안에서 뺨 맞고 모퉁이에서 눈 흘기네
시리디 시린 그 마음을 품안에 삭이다 못해
봄이면 벼랑 사이 온갖 화초 꽃을 키우고
가을이면 붉은 단풍 물들여 꽃비로 한을 토한다네

부들가의 창에 흠뻑 취한 강계양반이 일어서서 덩실덩실 춤을 춘다.

"넌 소리도 명창이지만 언제 시문을 익혀 명문장이 입에서 줄 줄 새어나오는고?"

"저의 시상이 아니고예. 예부터 전해 온 민담에 시인들이 읊조린 걸 섞어 흉내 내 본 깁니더."

"그래도 그렇지. 아무리 흉내 내도 어느 정도 실력을 갖춰야 하거늘."

강계양반의 탄성이 터졌다.

새벼리 용머리바위는 강 건너 멀리 자리 잡은 곳입니더. 그 바위 곁은 초목이 푸르고 앞으로 강물이 흐르는데, 봄이면 석류꽃이 만발해 지상 천당이 따로 없는께. 그 붉은 기운이 길손들의 가슴에 불꽃으로 피어 충절로 기린답디더.

용머리바위를 무학대사가 깨트렸다던 소문에 등 탄 그곳 주민들은, 대사라 부르기엔 좀 뭐시기네, 중대가리라 부름이 좋을시고. 서로 머리 맞대며 비죽거립니더.

한성까지 천리 길도 예서부터 시작이라
하늘과 땅 사이 불타 오른 석류의 핏빛 충절
알알이 영근 걸 토하며 길손을 부른다네
인심이야 우리 고을 베푼 손길 따를손가

덩실덩실 춤추던 강계양반은 더 이상 못 참겠다는 듯이 숨을 헐떡이며 부들가를 껴안곤 보료 위에 드러눕는다.

팔월 한가위다. 동산에 달이 두둥실 떠올랐다.

기생들은 교방 앞의 강 나루터로 가서 채선에 오른다.

목단 그림으로 장식한 채선은 촉석루 단청을 맡은 양위가 그렸다. 태어나자마자 표충사 대웅전 앞에 버려진 신생아를 보살들이 키웠다. 자라면서 절의 단청을 맡은 스님에게 그림 그리기를 배워 채선의 칠공으로 이름이 알려졌다. 촉석루 단청도 도맡은 화공으로 대접 받았다. 양위는 동기 향아를 연모해 한사코 매달리니 소례풍이 그들을 혼인 맺게 도왔다. 양위는 삼십 줄에 이른 노총각이고 향아는 열네 살이었다. 소례풍은 향아도 한사코 양위를 연모해 그들을 짝짓게 이끌었다. 자신이 지닌 엽전꾸러미도 탈탈 털어 도동 초가에 신방도 마련해 주었다.

노류장화들은 소례풍에게 질문 공세를 폈다.

성님, 우짠다고 간 큰 짓을 했능교?

그 사실이 관가에 알려지면 감옥살이도 면치 못했다.

향아를 보니 내가 못다 푼 풋사랑이 기억나고, 그 모양새가 곧 나의 모양새인 기라.

소례풍의 목소리가 잦아들었다.

양위는 그 답례로 새 배를 주문해 목단을 손수 그린 채선을 소례풍에게 선물했다. 그 배를 만든 목수도 촉석루의 건축을 도맡은 도편수였다.

초란이 채선의 노를 저으며 이끈다.

성님, 우리 모두 '진주 난봉가'를 불러 얼굴에 드러난 주름살을 펍시더.

기생들은 합창하며 분위기에 등을 띄운다.

울도 담도 없는 집에 시집살이 삼 년 만에

시어머님 하신 말씀 애야 아가 며늘아가

그린낭군 오실 테니 진주남강 빨래가라

진주남강 빨래가니 산도 좋고 물도 좋아

우당탕탕 두들기는데 난데없는 말굽소리

곁눈으로 힐끗 보니 하늘같은 갓을 쓰고

구름 같은 말을 타고 못 본 듯이 지나더라

흰 빨래는 희게 빨고 검은 빨래 검게 빨아

집이라고 돌아오니 사랑방이 소요하다

시어머니 하신 말씀 애야 아가 며늘아가

그린 낭군 오셨으니 사랑방에 들러봐라

사랑방에 올라보니 온갖 술을 놓고

기생첩을 옆에 끼고 권주가를 부르더라

건넌방에 내려와서 아홉 가지 약을 먹고

비단 석자 베어 내어 목을 매어 죽었더라

그린 낭군 그 말 듣고 버선발로 뛰어나와

내 이럴 줄 왜 몰랐던가 사랑, 사랑 내 사랑아

화류계 정 삼년이요 본댁 정 백년인데

내 이럴 줄 왜 몰랐던가 사랑, 사랑 내 사랑아

부들가는 초란을 껴안고 소례풍은 달매와 가희아를 껴안아 한바탕 울음을 토한다.

채선의 움직임에 따라 달빛이 뒤벼리를 비춘다. 절벽으로 이룬 뒤벼리의 곳곳에 이끼가 돋아나 퍼렇다. 소나무, 갈참나무, 느티나무들이 새파래서 해어화들은 가슴마저 새파랗게 물든다. 밤낚시 하기 위해 삿갓 쓰고 도롱이 걸친 남정네들이 기생들을 보고 휘파람을 분다.

"요즈음 대낮인데도 방망이 소리가 뜸하니 낭패라."

소례풍의 근심에 달매가 뜸을 들였다.

"딱딱딱, 방망이질이 울려 퍼져야만 강이 살아 움직인께."

"죽은 강? 무섭지 뭐꼬."

부들가의 목소리도 떨렸다.

"성님, 이바구 좀 들려 주이소. 그래야만 달님도 여기 나룻배에 마실 나와 어둠을 환히 밝힐 게 아닝교."

초란의 부추김에 소례풍이 답한다.

"이바구는 달매가 입담 좋으므로 니 새실을 까 봐라."

달매는 기다렸다는 듯이 새실을 늘어놓는다.

옛날 옛적에 강혼이란 양반이 계신 거라. 그 양반이 죽자구나 사랑한 기녀가 그 고을에 새로 부임한 사또의 눈에 들어 수청 들게 되었은께. 강혼은 사랑한 기녀를 속절없이 빼앗기게 되었거든. 더욱이 관기였기에 어쩔 도리가 없는 기라. 강혼은 북받쳐 오른 분함과 연정을 주체할 수 없어 수청을 들러 가는 연인의 옷자락을 부여잡고 울먹이며 시를 소매에 써주었지. 사또는 기녀의 소맷자락에 쓰인 시를 보고 그 이유를 물었어.

너는 죽어 화초 되고 나는 죽어 나비 되어
푸른 청산 찾아가서 천년만년 살아보세

시 쓴 작자가 누구냐?
사또가 다그치자, 기녀는 밝히지 않을 수 없었제.
강혼 양반이옵니다.
허 참, 내 그 양반을 보고 싶구나. 얼른 강혼을 잡아들이렸다.
사또의 입에선 불호령이 떨어졌은께.
수청 기녀도 아전들도 큰 변이 일어났다며 벌벌 떨었제.
강혼이 붙들려 왔는데 이목구비 훤출하고 단정한 차림새에 예사 양반이 아닌 기라.
얼른 주안상을 마련하렸다.
뜻밖에도 사또의 호령에 아전들이 주안상을 준비했거들랑.
강혼 양반을 모셔 오너라.
사또는 강혼을 따뜻하게 맞아들였어.
그대의 시를 보고 감격했노라.
그러고는 수청 들 뻔한 기생도 되돌려 준 기라.

달매의 입담에 빨려든 해어화들은 너도나도 상상을 부풀렸다.

사또 그 양반이 진짜배기 알양반이네.

난 강혼 그 알양반이 너무 멋져.

어쩜 한갓 기녀에게 홀딱 반해 명시를 낳았을까.

한갓 기녀라니? 기녀가 기녀를 얕본다? 그럼 우리 신세가 뭐꼬?

기생들은 서로 화를 내다가도 끝내 울음을 토한다.

먹구름은 태풍을 부르고

나라가 위태로운데도 조정 대신들은 동인, 서인, 남인, 북인으로 갈라져 당파 싸움에 혈안이었다. 국고는 비었으며 군병들은 달아날 기회를 엿보고 백성들은 가난에 찌든 삶이라 맥이 없었다.

잦은 왜침倭侵으로 백성들의 마음은 옥죄어 들었으나 봄은 어김없이 향기를 품으며 다가왔다.

겨우내 움츠렸던 아이들은 동네 마당과 골목에서 뛰놀았지만 어른들은 여전히 불안에 떨었다. 이제까지 놈들의 노략질은 장난질에 불과하다. 진짜배기 거대한 왜침이 있을 거란 소문은 전국에 퍼져 언제 그 징조가 나타날지 몰라서였다. 춘궁기는 다가오는데 일손 멈춘 농부들도 갈팡질팡이었다. 그래도 농사는 지어야 했기에 굳은 땅을 쟁기로 갈아엎어 뭐라도 심어야 했다. 비상식량을 마련하기 위해 산으로 올라 무얼 캐려고 해도 칡뿌리마저다 캐버려 수확할 게 없었다.

정해년에는 오랜 가뭄으로 흉년이 들어 백성들의 생활이 더더욱 궁핍함에 시달렸다. 더욱이 변방에는 오랑캐들의 침입으로 인심이 흉흉했다.

바다 건너 일본은 도요토미 히데요시가 정권을 쥐고 만만찮은 야욕을 부렸다. 왜구는 일백여 년 내전을 종식 시킨 오다 노부나가가 심복의 배반으로 목숨을 잃었다. 덩달아 여러 무장들이 대권을 노린 중에 도요토미가 실권을 쥐었다. 무장들 중에 가장 출신이 비천하고 품성이 교활한 도요토미가 실권을 쥔 건 피라미가 대어들을 삼킨 것이라는 풍문이 나돌았다.

조선 백성들은 일본을 바다 건너 왜국倭國이라 천시했다. 실은 얕잡아 볼 게 아니라 경계해야 할 이웃이었다.

일본 사내들은 거의 대 중 소의 세 가지 검을 차고 다녔다. 그들은 패를 지어 다니며 의협심을 중히 여겼다. 수틀리면 상대방을 적대시하고 경우에 따라선 자신의 배를 가르는 짓도 두려움 없이 행했다. 대검은 적을 죽이는데 쓰였다. 중검은 자신을 방어하기 위해, 소검은 명예를 잃었을 때, 스스로 목숨을 끊기 위한 도구였다.

도요토미는 1536년, 나고야의 작은 마을에서 태어났다. 여덟 살 때 부친을 여의고 모친이 개가해 의부 슬하에서 자랐다. 그의 모친은 재혼한 남편과 전처 자식 사이의 암투에 질려 자신의 피붙이를 절에 맡겼다. 의부 슬하에서 눈칫밥 먹던 아들을 볼 때마다 참을 수 없는 모욕을 감당키 어려웠다. 불교를 숭상한 일본 풍토에서 아들이 중이 되는 게 최선이라 여겼다. 세금과 부역이 면제되고 문자를 익힌 중은 장군의 서기로 발탁 돼 존경을 받아서였다. 하지만 별명이 원숭이인 도요토미는 중이란 엄격한 계율에 합당한 기질이 아니었다. 15세에 절에서 도망쳐 행상으로 떠돌아다니다 아시가루 일당에게 붙잡혔다. 도요토미는 삼 년 동안 살상과 약탈을 일삼던 아시가루 도둑 무리에게 싫증을 느꼈다.

그런 와중에 오다 노부나가를 만나 그의 부하가 되었다. 오다는 일본의 가장 뛰어난 전술가로 알려졌다. 도요토미는 이제야말로 진정 주군다운 주군을 만났다며 쾌재를 불렀다. 주군을 모심이 지극했다. 하루는 오다가 실수로 아낀 금 술잔을 우물에 빠트렸다. 도요토미는 수백 동이의 물을 길어 우물에 쏟아 금 술잔을 떠오르게 하여 그걸 오다에게 바쳤다.

오다는 부하에게 금 술잔을 받아들며 호탕하게 웃었다.

도요토미 히데요시, 豊臣秀吉이라, 도요토미는 부자 밑천이요, 히데요시는 빼어난 길함이니, 그 이름만으로도 만세에 드날린 일꾼이므로 내가 부하를 둬도 참 잘 두었도다.

도요토미도 우쭐해지며 상관을 칭송했다.

존함이 오다 노부나가, 織田信長이므로, 오다는 탄탄한 조직이요 노부나가는 성실하며 믿음직한 우두머리라, 만세수를 누릴 명군 아닌지요.

그런 헌신을 거듭한 결과 능란한 언변과 교활한 수단으로 노요토미는 오다의 심복이 되었다. 오다는 다른 영주들과 달리 농업보다도 상업을 장려해 부를 쌓았다. 단연 협기와 기상이 돋보인 영걸이었다. 그는 천황의 직위까지 조정하려던 야심을 품었으나 부하의 반역으로 난리 중에 할복자살했다. 그런 연유로 오다가 일군 모든 게 눈치 빠른 도요토미의 수중으로 들어갔다.

그와 더불어 도요토미는 나야말로 천황의 혈통을 이어 받았으며 태양의 아들로 태어났다는 으름장으로 영웅이 되었다. 도요토미의 장기는 열심히 일하고 부하들에게 주는 상을 아끼지 않으며 백성들을 기쁘게 한 수완가였다. 마침내 도요토미는 백여 년동안 계속 된 영주들의 패권 다툼인 전국시대를 통일하고 야망을 공포했다.

명나라와 조선을 정복해 일본의 도읍을 북경으로 옮긴다. 정복한 영토는 그대들에게 나눠 주겠다. 나는 은거해 여생을 즐기겠노라.

그런 거대한 포부를 펼쳤지만 실은 겸손을 가장한 간교한 술수였다.

도요토미의 즉위식은 창대했다.

그는 금빛 투구를 쓰고 화려한 전포를 입고 준마에 올랐다. 가슴에는 붉은활을 안았고 허리엔 대검을 찼다. 호의무사들은 갑옷을 입고 칼과 방패로 무장해 그를 에워쌌다. 대열 앞엔 일본 66주의 통일을 상징한 깃발이 휘날렸다.

도요토미는 자부심으로 탐욕을 꿈꾼 희대의 침략자였다. 하지만 가정은 평탄치 못했다. 본처와 여러 명의 첩을 두었지만 슬하에 자식이 없었다. 겨우 육순에 이르기 전, 소실 사이에 아들을 두었지만 말문이 트일 무렵 숨졌다.

도요토미는 슬픔을 억제치 못해 일본 상투 촌마게를 자르고 미쳐 날뛰며 참담한 나날을 보냈다. 그런 사이 그의 침략 근성에 진저리치던 영주들이 협력해 대항했지만 결과는 죽음이었다.

일본은 통일 되어 평온을 되찾았으나 일거리가 부족했다. 그에 대처할 방법은 사무라이들에게 일감을 만들어 주는 거였다. 도요토미에게 사무라이들은 요긴하면서도 위험한 존재였다. 원래 귀인을 경호하던 사무라이들은 무예가 직업이었다.

조선은 과거제도로 유학자인 선비를 채용했다. 그 제도가 없던 일본에선 사무라이가 통치의 긴요한 무리들이었다. 사무라이들의 불만을 해소하기 위해선 '피의 축제'를 열어주는 길밖에 없었다. 그런 어느 날, 영주들이 모여 회의를 열었다.

피의 전쟁으로 얼룩진 과거에서 벗어나야만 우리들이 평강을 누립니다.

영주들 중에서 가장 나이 많은 노장이 목청 높였다.

지당한 말씀입니다.

너도나도 노장의 결심에 동조했다.

정말 몸서리치던 과거를 거울삼아 앞으로는 전쟁 없는 나라가 되어야 합니다. 그래야만 후손들에게도 본보기가 되겠지요.

전쟁 반대파들의 웅성거림을 제어한 목소리가 우렁차게 울렸다.

아닙니다. 지금 우리 일본은 영토가 좁은 소국에 불과합니다. 이 자그마한 나라가 어찌 세계사를 뒤집을 대국이 되겠습니까. 명나라와 조선을 정복하는 길만이 우리 일본 대제국이 살아남을 길입니다.

그들 무리 중에 가장 나이 어린 우키다 히데이에가 열변을 토했다. 우키다는 도요토미의 양자였다. 미리 도요토미의 귀띔 받은 우키다가 대륙 정복에 찬성하며 앞장섰다. 영주들은 17세 소년의 주장을 따를 수밖에 없었다. 나이가 어리므로 전쟁의 무서움을 알 리 없었다. 그들은 권력을 장악하고 과대망상에 빠진 도요토미 부자를 거스를 순 없었다.

자가당착과 탐욕으로 얼룩진 도요토미는 조선과 명나라를 거쳐 인도까지 침략할 원대한 포부를 품었다. 그걸 증명이라도 하듯 전쟁 준비를 서둘렀다. 전쟁을 총 지휘할 나고야 성을 건축했다. 그에 따라 조선 출정 15만 명, 본영 대기 부대 10만 명, 수군 1만 명, 자신의 수하 부대 3만 명 등을 모집했다. 군자금을 충당하기 위해 금화와 은화도 만들고 군량을 비축했다.

조선 대신들은 지레 겁에 질려 임금에게 바른 말을 아뢰지 못했다. 충신들은 작금의 정세가 심상치 않아 무슨 난을 치를지 모른다며 우려를 표했다. 사대주의자들은 우리가 어찌 바다 건너 오랑캐를 대국처럼 예를 다하겠느냐며 업신여겼다.

선조는 당파 싸움에 애를 태웠다.

동인은 유성룡, 김성일, 서인은 정철, 이이, 성혼 등이었다.

유성룡의 본관은 풍산, 경상도 의성현 출신이었다. 이황의 제자로 1566년, 명종 21년에 별시문과에 급제해 승문원 권지정자가 되어 관직에 몸담았다. 이조참의, 동부승지 등 요직을 거치며 정무 능력을 인정받았다. 겸손하며 업무 처리도 치밀해 선조가 총애했다.

부끄러운 마음을 길러 흐린 풍속을 깨끗이 하고, 바른 형벌로 백성들이 편하게 살게 하고, 학문을 이끌어 선비의 기풍을 떨치게 해야 합니다.

그가 선조에게 바른 정치를 권하며 제안한 세 가지 덕목이었다.

김성일의 본관은 의성, 경상도 안동 출신이었다. 퇴계의 제자이며, 호는 학봉이었다. 1567년 대과에 합격, 승문원에서 봉직했다.

정철의 본관은 연일, 본명보다도 송강이란 호로 더 알려진 조선의 문신이며 작가였다. 그는 당대의 석학인 기대승의 문하생이었다. 성혼과 이이 등과 교유하며 문재가 뛰어나 많은 시문을 지었다.

성혼의 본관은 창녕, 중종 때 태어나 초시에 모두 합격했다. 그래도 복시에 응하지 않고 학문과 교육에 힘썼다. 이이와 친애를 다지며 그의 권유로 관직에 나갔지만 국정 운영보다도 『우계집』 등을 저술한 성리학 학자였다. 이이가 숨진 뒤 서인의 주요

지도자가 되었다. 이조판서로 봉직했으나 국정 운영에 관한 봉사소를 올리고 경기도 파주로 귀향했다. 그의 호 우계는 고향 이름이었다.

이이는 본관이 덕수로 강릉 오죽헌에서 태어났다. 조선 중기 이황과 더불어 으뜸가는 학자로 추앙받았다. 호는 율곡으로. 어려서 모친 사임당 신 씨의 가르침을 받았다. 명종 당시 13세 나이로 진사시에 합격했다. 도산으로 가서 퇴계를 만나 학문을 익히며 토론하는 등 학문의 귀재로 알려졌다.

동서의 권력 다툼은 동인에서도 강경파인 북인, 온건파인 남인으로 갈라졌다. 파당으로 갈라진 명유문사들은 격렬한 성품과 출세에 민감해 탐욕으로 얼룩졌다. 그들은 모사로 추락한 예가 잦아 정세는 심히 어지러웠다.

선조는 동인에서 서인으로, 서인에서 동인으로 힘을 옮겨 주며 위태로운 줄다리기 정국을 운영했다. 더구나 일본의 도요토미가 끈질기게 통신사를 요청하자, 불쾌감과 거부감을 나타냈다. 세종대왕 이후 백 오십 년이나 끊겼던 통신사였다.

왜국은 국왕을 폐하고 새 임금을 세운 반역의 나라다.

미개한 야만국이라며 깔보던 왕과 대신들은 잦은 침략을 일삼은 왜국의 정세를 알아야 할 필요를 느꼈다.

경인년 3월, 조선 통신사 일행은 왜국으로 향했다. 해마다 흉년이 들고 변방이 위태로우니 일본과 화해를 도모 하자는 유성룡의 주장을 옳게 여긴 선조가 어명을 내렸다.

통신사 일행은 병조참판을 지낸 황윤길을 정사正使, 김성일은 부사, 허성이 서정관, 황진은 군관, 모두 2백여 명이었다. 황윤길은 서인이며 허성과 황진은 동인이었다. 선조가 파가 다른 신하들을 통신사로 보낸 건 사태를 정확히 알기 위해서였다.

그들은 부산포를 지나 쓰시마 섬을 거쳐 교토에 당도했다. 넉 달 보름이 걸린 기나긴 행진이었다.

그런 연유는 일본 조정이 접대 사신을 보내지 않아 달포 동안 쓰시마 섬에서 허송세월을 보냈다. 교토에 당도해도 도요토미와의 접견이 미루어져 다섯 달 동안 하릴없는 나날을 보냈다. 어렵사리 조선 통신사들과 만난 도요토미는 무례한 행동을 드러냈다.

나의 모친이 나를 잉태할 때 해를 품에 안은 꿈을 꾸었다. 예언가가 그 꿈을 해석하기를 햇빛은 천지에 비추니 장년이 되면 사방팔방에 어진 명성을 드날릴 게 분명하다.

그러고선 뻔뻔스런 낯짝에 침략의 야욕을 드러냈다.

그 기이한 길조로 말미암아 내게 대항한 자는 기가 망한지라, 싸움을 하면 내가 반드시 이기고 공격하면 반드시 빼앗았소. 사람의 평생이 백년을 넘지 못하는데 어찌 좁은 이곳에서만 살겠소이까. 나라가 멀고 산하가 막혀도 온 나라를 우리의 풍속으로 바꾸고 정치 교화를 억만 년에 걸쳐 베푸는 게 내 마음에 달렸소. 그러므로 귀국이 그 행렬에 앞장 서 준다면 먼 근심이 달아날 게 아니겠소.

먼 근심이 명나라라면 가까운 근심은 일본을 칭했다. 도요토미의 으름장은 일본이 명나라를 치는데 조선이 협조해야만 살아남는다는 협박이었다.

일 년 동안 긴 공무를 마친 통신사들은 귀국해 선조를 알현했다.

"풍신수길은 어떻게 생겼던가?"

왕의 질문을 받고 황윤길이 답했다.

"눈빛이 뻔적뻔쩍해 담력과 지략이 넘쳐 보였습니다."

김성일의 반박이 뒤따랐다.

"눈은 옴팡하고 몸집은 왜소해 원숭이 형상이라 야만인 같더라고요."

유성룡이 의문을 제기했다.

"야만인이 더더욱 외침에 혈안인 걸 모르시오? 나태해진 병력을 보강하고 백성들은 기를 모아 놈들을 대항할 차비를 서둘러야지요."

유성룡은 김성일에게도 일침을 가했다.

"부사는 황윤길 정사와는 다르게 보고하는데 만일 후에 화근이 된다면 어찌하려오?"

"저도 왜군들이 침입하지 않을 거라 단정하진 않습니다. 다만 온 나라가 불안에 휩싸일까 봐 그랬습니다."

대신들이 서로 주장을 내세우며 왈가왈부한 사이, 일본의 밀정들은 장사꾼을 가장해 조선 곳곳을 누비며 다녔다.

1592년 선조 25년, 임진해 4월 중순이었다.

일본의 우두머리 도요토미가 17만여 명의 군사들과 90여 척의 배를 몰고 바다를 건너 부산진으로 쳐들어왔다.

일본군은 진로를 셋으로 나누었다. 서쪽은 구로다 나가마사黑田長政, 중앙은 고니시 유키나가小西行長, 동쪽은 가토 기요마사加藤淸正가 각각 부대를 이끌고 진격했다. 조선 군병들은 지레 겁에 질려 도망치고 대항하지 못했다.

그런 연유는 조선이 건국된 지 이백 년 동안 큰 전쟁이 없어서였다. 외침이 없는 데다 세종대왕이 덕치를 베풀어 태평한 나날을 보내 백성들의 기강이 해이한 탓이었다. 계유정난과 연산군의 폭정 등 나라 안의 소용돌이도 있었지만 나라와 나라 사이의 전쟁과는 비교할 바가 못 되었다. 오백 년 동안 전쟁이 자주 일어난 고려와는 달리 조선 백성들은 평화로운 나날을 보냈다.

그에 따라 임진왜란은 조선 왕조의 지배 계급과 당쟁으로 국론이 분열되고 관료들의 부정부패가 극에 달해 민심을 얻지 못한 데서 비롯되었다. 관료들은 백성들에게 수탈과 학대를 일삼았다. 그에 지친 민중들은 왜군이 쳐들어와도 그에 대항할 의욕을 져버렸다. 조선 정부는 뒤늦게 군사력을 보충하려 했지만 군사 모집에 응한 백성들이 드물었다.

오래도록 외침을 겪지 않은 데다 그에 대응할 준비를 하지 않았던 조선군은 패배의 연속이었다. 왜란이 일어난 지 20일 만에 일본군들은 부산에서 한성까지 쳐들어 왔다. 마침내 한성이 왜군에게 함락 당했다.

"전하, 왜놈들이 쳐들어와서 피신해야 하옵니다."

부하들의 권유에 선조의 역성이 터졌다.

"이 무슨 괴변이란 말인가."

선조는 피난길에 오르기 전, 광해군을 임시 왕세자로 책봉했다. 왕후인 의인왕후는 후사가 없고 광해군은 공빈 김 씨 후궁의 아들이라 정통성의 적자가 아니었다.

"조정을 잘 지켜야 한다."

"목숨 다하여 지키겠나이다."

광해군은 조정을 잘 지키며 대신들을 위무하고 왕세자의 임무를 성실히 수행했다. 하지만 노비들의 반란을 물리치진 못했다.

왕이 피난길에 오르자, 민심은 극도로 혼란에 빠졌다. 노비들은 노비문서를 보관한 장례원과 형조에 불을 지르고 경복궁과 창덕궁을 불태웠다. 이에 민중의 지도자들이 나라를 구하자고 결연히 부르짖자, 그에 호응한 백성들이 의병들이었다.

임진왜란 당시 용맹을 떨친 의병장으로는 곽재우, 김천일, 황진, 조종도, 권율, 고경명 고종후 부자, 조헌, 김덕령, 최강, 최균 형제, 최경회 등이었다.

그들 의병장들은 전직 관원으로 문반 출신이 많았다. 자신이 성장한 곳에서 지방관으로 근무할 때 선정을 베풀어 백성들의 신뢰를 받았기에 수많은 의병을 모을 수 있었다. 그러므로 상하의 협동심이 유달리 강해 양반에서 천민까지 신분이 다양했지만 의병대 내에선 신분상의 차이가 없었다. 그런 연유로 천민들도 기꺼이 동참했다.

최경회는 왜군들이 침입했다는 소식을 듣고 비장한 각오를 다졌다.

"비록 상중이라도 나라가 위태로운데 몸을 사릴 순 없습니다."

"그러게나. 집안일은 친척들에게 맡기고 우리 형제들과 자식들, 젊은이들도 합심해 나라를 지켜야지."

맏형이 앞장서자, 중형도 뒤따랐다.

"우리 집안의 명예를 위해서라도 앞장서야지요."

홍재는 장손이므로 상가를 지켰다. 홍수와 홍우도 함께해 최경회는 화순의 장정들을 모집했다.

"우리들의 의병장은 어느 분을 모셔야 할까요?"

누군가의 외침에 장정들은 일제히 화답했다.

"최경회 장군이옵니다."

최경회는 그들의 추대로 전라우도 의병장이 되었다.

의병들을 모으기 위해 남원으로 옮겼지만 군사 증원이 쉽지 않았다. 그는 일행과 함께 장수로 향했다. 장수현감 시절, 선정을 베푼 데다 논개의 도움도 필요해서였다.

"시절이 뒤숭숭하니 여인들도 전장에 참여해야 할 것 같아."

최경회는 논개의 눈치를 살폈다. 의병장의 건의에 논개도 응했다.

"아무렴요. 제가 화살 쏘는 것과 말 타기의 기예를 익힌 것도 이때를 위함이 아니겠습니까. 나라가 위태로운데 협력해야죠."

장수 여인들도 논개의 뜻에 동조하며 훈련 중인 의병들을 도왔다. 논개는 생수를 길러 훈련소로 보내고 식사 때마다 음식을 마련해 남정네들에게 져다 나르게 했다.

논개는 청장년들이 모인 자리에서 외쳤다.

"조선을 수호하기 위해 목숨도 바쳐야 하옵니다."

"옳소."

청장년들도 의기투합해 목소리를 높였다.

최경회는 장수 월강평야에서 의병을 모집했다. 청장년들이 많이 모여들었다.

이미 고경명이 의병을 일으킨 곳이었다.

고경명의 본관은 장흥으로 1533년에 태어났다. 중종 당시 식년문과에 장원해 영암군수와 승문원판교를 거쳐 동래부사가 되었다. 시·글씨·그림에 능한 학자로도 대접받았다. 임진왜란이 일어나자 60세의 노인으로 여러 마을에 격문을 돌려 6천여 명의 의병을 모았다. 선조가 피난 간 평안도로 북상하며 왜군이 호남을 침입하자, 금산에서 조헌 의병부대와 연합해 싸우다 전사했다.

조헌은 1544년 중종 때 태어났다. 이이의 학문을 계승 발전시킨 문신이었다. 1567년 문과에 급제한 후 요직을 거쳐, 임진왜란이 일어나자 충청도 옥천에서 의병을 일으켰다. 금산에서 격전을 벌렸으나 전사했다.

최경회의 병력은 화순에서 따라온 8백여 명과 장수에서 모집한 8백 명으로 1천6백여 명이었다.

최경회는 탄원서를 조정에 올렸다.

'나라가 심히 위태로움으로 소신이 뜻을 같이 한 의병들을 모았습니다. 길이 보존되도록 저희 부대의 칭호를 원하옵니다.'

그는 조정으로부터 의병대로 공인된 '골鶻자부대' 칭호를 받았다.

"우리 부대는 조정에서 내린 공인된 골자부대입니다. 그에 따라 다른 부대들과 구별하기 위한 다른 호칭이 필요합니다. 무엇으로 정해야 할까요?"

최경회의 제안에 의병들 너도나도 동참했다. '오직 승리 골자부대' '전라 골자부대' '왜침 타도 골자부대' 등이었다.

"그런 호칭보다도 차원이 다른 '골입아군鶻入鴉郡'으로 정함이 어떻겠습니까? 송골매가 날아들면 갈까마귀 떼가 놀라 흩어진다는 뜻입니다."

"옳소. '골입아군鶻入鴉郡' 만세, 만만세."

의병들이 한 목소리로 동조했다.

군사 훈련이 시작되기 전이었다.

장대에 오른 최경회는 근엄한 목소리로 외쳤다.

"우리들이 나라를 위하고 부모형제들을 지키기 위해 이 자리에 모였습니다. 의병군으로 잊지 말아야 할 것과 잊어야 할 것을 말씀드리겠습니다. 처음 결의를 다진 뜻과 갸륵한 마음은 목숨이 끊어질 순간까지 잊어선 아니 됩니다."

사기충천한 의병들의 함성이 천지가 떠나갈 듯했다.

그는 덩달아 외쳤다.

사마천의 《사기史記》에 기록된, 군인이 전장에 나가 지켜야 할 삼망三忘을 기억해야 합니다. 첫째는 집을 잊어야 합니다. 아내와 자식들을 잊어야 합니다. 두 번째는 부모도 잊어야 합니다. 세 번째는 자신도 잊어야 합니다.

세상 모든 걸 잊어버리고, 먼지마저도 탈탈 털고, 오직 조국을 위해 적진 속으로 뛰어들어 승리만이 살 길입니다.

그 해 구월 중순, 골자부대는 일본 고바야카와 부대와 맞섰다.

최경회는 왜군들을 속이기 위해 위장 전술을 폈다. 밤새 볏짚을 묶어 말 위에 싣고 군사들은 그 위에 앉아 고함을 지르게 했다. 안개 낀 밤이 지새도록 골자부대는 왜군의 탄환과 화살이 바닥나기를 기다렸다. 이튿날 아침 해가 떠오르자, 골자부대는 창과 칼로 공격했다. 왜군들은 병기가 부족해 무주와 금산을 거쳐 경상도 지역 김천, 성주로 후퇴했다. 퇴각하던 왜군은 곳곳에 매복된 골자부대의 기습을 받아 참패를 당했다.

최경회는 열세에 몰린 왜군을 물리치기 위해 앞장섰다.

경상도 김천군 대덕면 우지치牛旨峙 고개에서였다.

왜군 앞에서 백마를 타고 달려온 왜장이 최경회의 눈에 잡혔다. 그는 곧장 왜장을 향해 화살을 겨누었다. 그 활은 정확히 왜장의 가슴을 파고들었다. 왜장이 숨지자, 왜병들은 도망쳤다.

"의병장님, 숨진 왜장의 등에 걸친 그림 족자와 손에 쥔 칼을 챙겼습니다."

부장이 그걸 의병장에게 올렸다.

최경회는 그걸 유심히 살폈다.

그림도 칼도 예사로운 게 아니었다. 그림은 고려 공민왕이 그린 '청산백운도'였다. 안평대군 이용이 제하고 목은 이색이 시를 적은 명품이었다. 칼은 '팔 척 언월도'였다. 말에 탄 장수가 상대방 말의 발목을 자르는데 사용한, 무로마치 막부 후반에 제작된 칼이었다.

최경회는 그 그림과 칼을 홍우에게 건네며 엄명을 내렸다. 홍우는 삼촌을 돕는 호위무사였다.

"우리 최 씨 문중에서 고이 간직해야 하느니라."

홍우는 삼촌의 명에 의해 그걸 지니고 본가로 가서 형인 홍재에게 전하고는 되돌아 왔다.

승승장구하던 최경회에게 경상우도 순찰사 조종도가 부하를 통해 서찰을 보냈다. 원군 요청이었다.

조종도는 본관이 함안으로 명종 때 생원시에 합격한 뒤, 함안군수 등 여러 관직을 거쳤다. 유성룡과 교유하며 기개가 높고 해학을 즐긴 문신이었다. 임진왜란이 일어나자, 김성일과 함께 의병을 모집했다.

최경회는 부하들의 뜻을 알고 싶었다.

"조종도 장군이 도와 달라는데 어쩌면 좋겠소?"

여기저기서 불만이 터졌다.

"전라도를 지키기도 힘에 부친데 경상도까지 진격하는 건 무리이옵니다."

"우리 부대의 내실을 튼튼히 해야만 막강한 왜놈들을 쳐부숩니다."

왜군의 기세가 확산된 상황에 호남 지방을 버리고 경상도 진격은 부당하다는 게 그들의 주장이었다.

최경회는 내연녀에게 실토했다. 때때로 논개의 뜻은 그에겐 훌륭한 조언이었다.

"골자부대원들은 경상도 구원을 위한 원병 요청을 거절하는데 어떡해야 하나?"

"호남 지방이 조선 땅이라면 영남 지방도 조선 땅 아니온지요?"

"그런데도 반대파들이 들썩거리니 골칫덩이야."

"경상도 지역이 멀다고 거절하는 건 나라 사랑과 의리에도 어긋난 줄 아룁니다."

"옳도다. 자네에게 의견을 묻는 건 나의 결심을 공고히 하기 위한 것이거늘."

최경회는 반대를 외친 부하들을 꾸짖고는 남원을 거쳐 함양으로 향했다.

조종도는 최경회를 반가이 맞아들였다.

"장군께서 친히 부하들을 이끌고 오셨으니 고맙기 그지없습니다."

"뭘요. 나라를 위한 일인데 제가 어찌 게으름을 피우겠습니까."

왜군은 함안으로 쳐들어와 초가를 불태우고 양민들을 학살하며 소란을 피웠다. 최경회 일행은 왜병들과 맞선 조종도 군대를 도와 승리를 거두었다.

이듬 해 겨울로 접어들었다.

최경회의 골자부대가 겨울을 보내야 할 지역은 덕유산의 북쪽이었다. 혹독한 추위와 눈보라가 기승을 부렸다.

"이를 어쩌나. 삭풍이 불고 눈발이 휘몰아쳐 달마저 얼었는지 제 빛을 비추지 못하는데."

논개는 부군의 건강이 걱정되었다. 평소에 앓아누운 예가 없던 건강 체질이라도 육순을 넘긴 노인이었다.

"그러게 말입니다. 들의 논밭도 꽁꽁 얼었는데 산속에선 오죽하겠습니까."

의병 아내들도 불안에 떨었다.

논개는 보원에게 물었다. 그는 장수에서 덕유산으로 오고가며 양식을 실어 날랐다.

"우리 아녀자들이 해야 할 일은 무엇이오?"

"솜 넣은 갑옷이 필요합니다."

논개는 의병 아내들과 겨울 내내 솜을 넣어 누빈 갑옷을 지어 보원 일행에게 전선으로 보냈다. 미숫가루, 꿀, 약초 달인 진액 등, 상비약들도 그러했다.

보원은 전투 중에 숨진 의병들의 소식도 전했다. 논개는 그 식구들을 위로하며 보살폈다. 영양실조, 심장마비, 동상에 걸려 얼어 숨진 의병들이었다.

그러다 보니 논개는 마냥 부군의 사랑을 받기 위한 간절함을 뛰어넘은, 장군의 내조자로 무얼 해야 하는가에 대한 소명이 뚜렷해졌다.

그래. 나도 나라를 위해 무언가를 해야 한다. 그게 뭘까. 논개는 아무래도 자신의 기예인 활쏘기를 그냥 묵혀두기엔 아까웠다. 논개는 그에 대한 여러 가지 방법을 골똘히 생각했다.

그런 와중에 남해에서 들려 온 이순신의 승전보는 조선 의병들과 백성들에게 용기와 자긍심을 안겨주었다.

이순신은 덕수 이 씨로 1545년 한성에서 태어났다.

어려서부터 천재의 자질로 무예와 학문에 능했다. 그런 까닭에 나라를 사랑하는 마음을 품고 자랐다. 무관 시험에 몇 번이나 낙방했지만 끊임없는 노력으로 합격했다. 그 사실도 조선의 육군과 해군에서 여러 보직을 거쳐 전술을 익히는데 보탬 되었다. 그는 상대방의 잘못을 너그러움으로 포용한 성품도 지녔다. 병사들의 사기를 북돋우고 백성들을 보호하는 데 힘썼다. 더불어 군사와 백성들에게 존경받는 지도자로 우뚝 섰다.

임진왜란으로 조선 강토에 피바람이 불었다. 그런데도 바다에선 경상우수사 원균과 경상좌수사 박홍이 겁에 질려 대항하지 못하고 떨었다.

"어쩌겠소. 죽음의 객이 되기 마련인데 얼른 이 생지옥을 벗어나야 되겠지요."

원균이 각오를 다지자, 박홍도 응했다.

"우리는 부하들의 목숨도 지켜야 합니다."

그들은 배와 무기를 바다에 던지고 도망쳤다. 전란 초기 재해권은 왜군들에게 대항 못하고 적의 수하에 넘어갔다.

이순신은 전라좌수사로 임명 돼 왜군들의 침략에 맞섰다.

그는 미리 왜군들이 쳐들어 올 것을 예감하고 새 배를 만들고 헌 배는 수리하며 때를 기다렸다. 왜군은 피해야 할 적이 아니라 죽음을 무릅쓰고 맞서야 할 흉적임을, 그는 해군 전략의 중요성을 미리 알았다.

사월 말에 이르러 조정에서 보낸 전지傳旨가 임지로 날아들었다. 전지는 승정원의 승지를 통해 전달된 왕명서였다. 원균과 연합해 적진을 공격하란 내용이었다.

어찌 이를 수가.

이순신은 원균과 박홍을 못미더워 했지만 왕명을 거역할 순 없었다.

"전라 좌수영을 떠나 경상도 바다로 출전한다."

그에 반박한 부하들의 의견도 거셌다.

"우리 구역을 지키기도 부족한데 남의 구역까지 가서 도움을 줄 순 없습니다."

"우리 조선을 치는 왜군들과 맞서는데 우리 구역과 남의 구역이 따로 없소이다. 적의 예봉을 꺾는 것이 본토를 보전하는 길이지요. 오직 적을 물리치는 게 전라 좌수영을 지키는 길입니다."

군관 송희립이 반박했다.

"옳은 제안이오. 우리들의 임무는 오직 조선의 국토를 지키는 용사들이 되어야 합니다."

이순신은 반대파 부하들을 독촉해 경상도를 향해 진군했다.

원균과 박홍은 패잔병들과 함께 남해에 피신했다. 그 소문을 듣고 옥포를 지킨 이운룡이 도움을 청했다.

"여긴 전라도와 충청도로 가는 해로의 요충지라 이곳을 비우면 아니 됩니다. 호남 수군에게 구원병을 청하고 흩어진 군사들을 모아 왜놈들을 무찌릅시다."

원균도 도리 없이 부하를 보내 이순신에게 구원을 요청했다.

이순신은 괘심했지만 전라 우수사 이억기에게 부하를 시켜 자신의 뒤를 따르라고 연락했다. 그는 원균과 박홍의 패잔병들과 함께 왜군을 물리쳤다.

그해 오월, 이순신은 전라 좌수사로 부임했다.

그는 새 배와 수리한 90여 척의 병선들을 모았다. 다시 전열을 가다듬은 후, 경상우도와 전라좌도의 수군 함대가 동시에 출항해 왜군의 함선들이 있는 가덕도로 향했다.

"함부로 움직이지 마라. 태산같이 침착하고 신중하게 행동하라."

엄명을 내린 후 일제히 공격했다.

왜병들은 가덕도의 포구에 전선들을 세워두고 육지로 올라 분탕질을 쳤다. 뒤따라 동네 곳곳에 불이 치솟아 연기가 자욱했다. 주민들의 울부짖음과 가축들의 비명이 울려 퍼졌다. 노략질을 하느라 방심한 왜군은 아군이 기습하자, 당황하며 전투에 임하기보다 달아나기에 바빴다. 그들은 바다 가운데로 나와 아군과 대항하려 하지 않고 섬 기슭을 따라 배를 몰고 달아났다. 아군은 용기백배해 적군의 전선을 에워싸고 일제히 총통과 불화살을 쏘아 공격했다. 결국 왜군의 전선들이 침몰되고 왜병들은 바다의 객이 되었다.

왜란이 일어난 후 20여 일 동안 패전만 거듭하던 조선군들은 옥포해전으로 첫 승리를 거뒀다. 그에 따라 조선 수군들은 해전에서 승리한다는 자신감을 얻었다. 그 여세를 몰아 이순신이 이끈 합포해전에서 적의 대선 4척과 소선 1척을 쳐부수고 불태웠다. 다음 날 고성의 적진포에서 왜군의 대선 9척과 중선 2척을 격침시킨 놀라운 성과를 거뒀다. 5월 초의 1차 출동에서 옥포해전을 시작으로 이틀 동안 적을 무찔렀다.

조정에선 이순신의 전공을 치하해 종2품 가선대부 품계를 내렸다.

이순신은 명량해전에선 12척의 배로 3천여 척의 왜군을 물리친 기적을 이루었다. 그는 군사의 재능도 특출하려니와 나라를 사랑한 마음과 올곧은 정신은 타인의 추종을 불허할 정도로 빼어났다.

더욱이 해상에선 강력한 방어선으로 나라를 지키는 데 크게 기여했다. 그의 전략과 지휘 아래 조선 해군은 희망을 잃지 않고 왜군과 맞섰다.

'비격진천뢰飛擊震天雷' 사용도 그의 해전에 적잖은 도움을 주었다.

화포장 이장손이 계발한 무기였다. 미리 자체 도화선에 불을 붙인 후, 도화선이 끝까지 타들어가 뇌관에 불이 닿으면 폭발하는 시한 폭탄이었다. 그와 더불어 깨진 탄체 안에 든 철편이 파편으로 사방에 빗발친 살인 무기였다. 용도는 위에서 아래로 굴려서 보내거나, 적당한 곳에 내려놓고 심지에 불을 붙이고 터트린 일회용 소모성 무기였다. 복잡한 기계 장치를 요하지 않으므로 간단하게 적을 쳐부순 신무기였다.

이순신의 공헌 중에 뛰어난 업적은 거북선 개발이었다.

거북선은 세계 최초 철갑선이었다.

이미 태종 당시 왜구를 퇴치하기 위해 거북선을 모방했다. 배를 거북이 등처럼 빚어 검을 꽂았다. 왜구들이 상대의 배로 뛰어들어 공격하는 전법을 사용하기에 그를 방지하고자 했던 거였다.

그런데다 왜선들이 아군 전함보다 빨라 번번이 놓친 탓에 쾌속선을 만들어 따라잡고자 한 기록을 보고, 이순신이 그에 앞지른 다른 거북선을 만들었다.

외부는 철판과 못으로 둘러싸여 적의 공격을 막는데 빼어난 효과를 발휘했다. 배 위에 설치된 대포는 화력이 강해 왜구 함선을 초토화 시키는 데 공헌했다.

거북선의 머리 부분은 용 모양의 장식으로 왜구들에게 두려움을 안겨주었다. 용 모양의 거북선을 보고 왜구들이 '해룡이 파도에 실려 온다'며 새파랗게 질려 도망쳤다.

전투 중에 거북선은 적진을 뚫고 들어가 혼란을 일으켰다. 거북선의 활약은 한산도 대첩과 명량해전, 노량해전에서 더욱 빛을 발했다.

한산도 대첩에서 거북선을 선두로 내세워 적의 전열을 무너뜨리고, 조선 수군의 결집력으로 승리를 거뒀다. 거북선의 설계와 전략은 빼어난 창의성이었다. 그는 병력을 이끈 지휘관이며 기술과 전술을 조합해 전쟁을 승리로 이끈 전략가였다.

더불어 이순신은 거북선을 중심으로 조선 해군의 전술을 활용해 왜군의 해상 보급로를 차단하는 데 성공했다. 그 성과는 단순히 전투에서의 승리를 넘어, 임진왜란의 전체 전세를 유리하게 이끄는 중요한 역할을 했다. 옥포해전과 사천포해전에서 잇따라 승리한 후, 일본군의 보급로를 차단하기 위해 한산도 근처에 매복 유인했다.

한산도는 거제도와 고성 사이의 바다 가운데 자리 잡은 곳이었다. 군사들이 사방으로 헤엄쳐 해변으로 나갈 수도 없는 거리였다.

이순신은 판옥선 5척을 보내 적의 선봉을 기습할 작정이었다. 그때 적선 수십 척이 나타났다. 아군 전선들은 퇴각하는 체 유인 작전을 펼쳤다. 적은 북을 치고 징을 울리며 아군을 쫓았다. 작전대로 적선들을 끌어낸 아군 함대는 갑자기 멈추곤 반격 태세를 취했다. 이순신은 한산도 앞바다에서 엄포를 놓았다.

"학익진鶴翼陣 전술을 펼쳐라."

학익진은 배들을 학의 날개처럼 배치해 적을 포위한 전술이었다. 적의 움직임을 제한하며 조선 수군의 화력을 높인 전략이었다.

그 전술로 조선 수군을 철저히 훈련시켰고, 병사들에겐 전술의 중요성을 강조해 전투 전 완벽한 준비를 했다. 그러므로 조선 수군은 단결력으로 전투에 임했다.

전투가 시작되자, 그는 왜군을 유인해 학익진 대형으로 몰았다. 그 대형은 왜군의 진형을 무너뜨리고 혼란에 빠뜨렸다. 조선 수군의 배들은 적선들을 포위하며 맹렬히 공격해 거북선은 선두에서 왜군의 진형을 뚫고 나아가 승리를 거뒀다.

그 전투에서 일본군 47척이 침몰하고 나머진 퇴각했다.

한산대첩은 이순신의 가장 위대한 승리였다. 그 해상 전투는 임진왜란 초기, 왜군의 해상 보급로를 차단하기 위해 이루어진

해전이었다. 조선의 해군 역량을 최대한 발휘한 전투였다. 한산 대첩의 승리는 조선 수군이 남해안 제해권을 장악한 계기가 되었다. 더욱이 일본군의 해상 보급로를 차단해 전쟁 초기 왜군의 진격을 막는데 큰 기여를 했다. 그 전투는 이순신의 뛰어난 전략의 통찰력과 지휘 능력을 보여주었다.

한산도 대첩의 승리는 조선 전역에 희망을 안겨주었다. 조선 백성들은 국가의 자주성과 단결의 중요성을 깨달았다. 그는 전술의 천재성을 발휘해 임진왜란의 흐름을 결정짓는 이정표를 세웠다.

명량해전은 임진왜란 당시 조선 수군이 절체절명의 위기 속에서 거둔 승리였다. 칠천량 해전에서 조선 수군이 패배한 뒤 12척의 배로 일본군 330척의 함대를 상대로 좁은 수로와 급류를 이용해 적을 방해하고, 조선의 판옥선을 활용해 왜군의 배를 격파했다. 그 전투에서 일본군은 퇴각 과정에 32척이 침몰되었다. 그리하여 조선은 서해의 재해권을 회복하고 일본군의 추가 상륙을 저지했다.

노량해전은 임진왜란을 종결지은 마지막 전투이며 이순신의 최후 전투였다. 그는 명나라 군과 협력해 남해안 노량에서 일본군의 퇴로를 차단하며 적의 함대를 멸하는데 성공했다.

그 전투로 그는 총탄을 맞았다.

"나의 죽음을 알리지 말라."

마지막 유언을 남기며, 죽음을 무릅쓰고 끝까지 전투를 지휘했다. 그 전투로 일본군 함대는 큰 피해를 입고 패퇴했으며, 조선과 명의 연합군 승리로 마무리 되었다.

한산대첩, 명량해전, 노량해전은 단순히 전쟁 승리의 기록을 넘어, 조선의 국난 극복 의지와 민족의 자긍심을 심어 주었다.

그런 와중에 도요토미는 부하들에게 5만 명의 왜군을 이끌고 부산에서 진주로 진격하도록 명했다.

진주성 대첩

1차 진주성 전투

진주성은 백제 때부터 건설되었다. 동쪽은 남강, 서쪽은 하천이 흐른 절벽 위에 성채가 만들어졌다. 고려 때는 남해안으로 침범한 왜구를 물리친 기지로, 조선 시대엔 경상도와 호남을 연결한 길목이었다. 그러므로 진주성이 무너지면 호남을 잃게 되는 중요한 요충지였다.

임진년 9월로 접어들었다. 이미 추분을 지나 아침저녁으로 날씨가 서늘했다. 진주성 인근 선학산, 비봉산, 망경산 기슭의 수목들도 울긋불긋 물들었다.

조선의 백성들과 관군들을 격파하며 북상하던 왜군도 그들의 격렬한 저항에 부딪혀 기세가 한풀 꺾였다. 남해에선 이순신의 맹활약으로 바닷길을 통해 전라도로 가서 군량과 군비를 조달하려던 계획에 차질을 빚었다.

동인과 서인으로 끊임없이 분쟁을 일삼던 조선 정치인들은 왜란의 풍파를 겪으면서도 망국으로 치닫는 내분을 극복하지 못했다.

사태가 위급하자, 선조는 명나라에 원군을 요청했다.

'일본이 조선을 침략한 이유가 명나라도 빼앗아 영토를 넓히려는 속셈입니다. 그러므로 귀국도 우리 조선 군대와 연합해 일본 군사들을 무찔러야 합니다.'

그런 내용을 명나라 조정에 올려 동의를 받았다.

7월에 조승훈이 기마병 3천 명을 이끌고 왜군이 주둔한 평양성을 공격했다. 하지만 왜군의 공격을 받아 요동으로 달아났다.

8월 말엔 명나라 심유경과 왜군 고니시 유키나가의 강화 협상이 전개되었다.

첫째, 명나라 황녀를 일왕의 후궁으로 줄 것.

둘째, 조선 8도의 절반인 4도를 일본에게 줄 것.

하지만 그 협상은 명나라와 조선의 반대로 뜻을 이루지 못했다.

단시일에 조선을 함락하고 명나라로 진출 하려던 왜군들의 계획은 차질을 빚었다. 그들은 겨울이 오기 전, 전라도의 곡창을 확보해 전쟁의 장기화에 대비할 준비를 서둘렀다.

바닷길은 이순신이 장악해 수군으로 호남을 공격할 길이 요원해졌다. 그러니 육로로 영남에서 호남으로 가기 위해선 진주성을 함락해야만 가능한 일이었다.

진주성은 김시민이 왜군과의 항전에 맞섰다.

그의 본관은 안동으로 1554년 명종 때 충청도에서 태어났다. 그는 8세 때 마을의 가축에게 해를 입힌 큰 뱀을 활로 쏴 죽여 어른들을 놀라게 했다. 몸집도 크고 마음 씀씀이도 후덕한 모범생으로 이웃에게 알려졌다. 그는 1578년 선조 11년, 무과에 급제해 관직에 올랐다. 1583년 여진족 니탕개가 두만강을 넘어 쳐들어오자, 그들을 물리친 공도 세웠다.

그에 따라 김시민은 진주성의 판관으로 부임해 왜적의 침입에 맞서기 위한 준비를 서둘렀다. 흉흉한 민심에 전란이 일어날 것으로 미리 감을 잡았다. 그는 선비들의 협조를 구하고 진주성 성벽과 병기를 수리했다. 그리고 1천여 명의 정예병들을 이끌고 진해의 서쪽 숲에 숨었다.

"고성으로 통한 길에 모래를 뿌려라."

"무슨 긴한 일이기에 허튼 수작을 부립니까?"

정예병의 책임자가 반박했다. 이 환란 중에 모래 타령이라니.

"판관의 명령에 따르는 게 우리들의 임무 아닙니까?"

부관이 당연하다는 투로 맞섰다. 강동수는 치밀한 작전으로 김시민을 돕는 의기남아였다.

"아무래도 그렇지. 모래를 뿌릴 새가 어디 있어."

책임자의 항의를 듣고 판관은 엄명을 내렸다.

"얼른 모래를 뿌려야 하느니라."

군졸들은 밤새 고성의 바닷가로 가서 모래주머니들을 말에 실어 와서 뿌렸다.

이튿날 아침, 군졸들이 살피자, 모래 위에 왜군의 발자취 흔적이 드러났다.

"놈들이 서로 고성과 진해를 오고가는군."

판관의 탄식을 듣고 그제야 정예병 책임자가 수긍했다.

"소인의 좁은 소견이 어찌 판관을 따르리까."

밤이 되자, 김시민은 부하들을 거느리고 왜군이 고성으로부터 쳐들어올 길의 통로를 막았다. 그런 줄도 모르고 달려 온 왜군을 정예병들이 총칼을 휘두르고 화살을 쏘아 승리를 거뒀다.

왜군이 참패당했다는 소문이 함안, 창원, 철원까지 떠돌아 왜군들이 감히 진주성으로 쳐들어오지 못했다.

경상도 방백인 김성일도 그 소문을 들었다. 방백은 그 도를 총괄한 관찰사였다.

김성일은 통신사로 일본에 가서 잘못 정탐해 임금께 아뢴 탓으로 여러 대신들에게 비방을 받았다.

선조도 왜침을 당하자, 분함을 참지 못하고 어명을 내렸다.

"김성일을 파직하라."

좌의정 유성룡이 아뢰었다.

"그의 충절은 변함없사오니 두고 보심이 옳은 줄 아옵니다."

그와 더불어 김성일이 적의 척후병을 처리한 사건이 조정에 알려져 화를 면했다.

김성일은 임금의 은혜를 갚겠다는 의지로 의병들을 모아 점점

세를 확장해 나갔다. 더욱이 왜군을 무찌르는데 앞장서자, 방백
으로 영전되었다.

김성일은 김시민의 공적을 조정에 알렸다.

"경의 탁월한 전술로 승리를 거두니 고맙소. 이제부터 목사직
을 수행하도록 하오."

"소신이 전력을 다해 진주성을 지키겠나이다."

김시민은 진주 목사로 승진되고부터 종전보다 더욱 열성으로
왜군의 방비에 심혈을 기울였다. 관군의 훈련과 인근의 의병들,
창검, 화약 오백여 근과 이순신도 사용했다던 비격진천뢰와 총통
칠십 개도 모았다. 화약을 감싼 갈대 뭉치, 기름 묻힌 솜뭉치도
수만 개 준비했다. 화살과 창검 등 각종 병기의 보충과 기름통들
도 갖췄다. 물을 끓일 수백 개의 무쇠 가마솥과 대형 물독도 우마
차에 실어 날랐다.

"성 안에는 백성들이 몇 명이나 되는가?"

김시민의 물음에 강동수가 답했다.

"삼천여 명이 넘는 줄 아옵니다."

"여인들에게도 모두 남장을 하게 해라."

새벽 무렵, 왜군 3만여 명이 횃불을 들고 사다리를 타며 성안
으로 쳐들어 왔다.

아군은 총알과 화살을 아래로 날렸다. 여인들은 성 위에서 끓
는 물을 쏟아 붓고 기름 솜뭉치에 불을 댕겨 성벽 아래로 던졌다.
사다리를 타고 오르던 왜군은 돌덩이 벼락도 맞았다. 성벽 아래

는 왜군의 시체가 쌓이고 살아남은 자들은 도망쳤다.

때맞춰 김시민은 곽재우 의병장의 방문을 받았다.

"놈들을 물리쳤다니 통쾌하옵니다."

"홍의장군을 뵈오니 천하를 얻은 것 같소."

"제가 마땅히 도와야 할 소명인 줄 아옵니다."

곽재우는 1552년 명종 때 경상도 의령에서 태어났다. 임진왜란이 일어나자 의령에서 의병을 일으켜 홍의장군이란 별칭으로 이름을 떨쳤다. 붉은 옷을 입은 장수로 신출귀몰한 전술에 힘입어서였다.

그는 남명학파에 속했다. 남명은 제자들에게 배운 지식과 능력을 의로운 행동을 통해 반드시 실천해야 한다고 가르쳤다. 예컨대 부모에게 효도하고 국가가 위험에 처했을 때 몸 바쳐 싸워야 한다는 걸 강조했다. 그 가르침에 따라 문무를 두루 연마했던 그의 제자들은 의병장으로 왜군에 맞서 싸웠다. 곽재우는 임진왜란 당시 최초로 의병을 일으켰다. 그는 남명의 외손녀사위이며 선생에게 직접 병법을 배웠다.

남명의 제자로 의병장이 된 장군은 곽재우 외에 정인홍, 조종도, 김면 등 오십여 명이었다.

곽재우는 유격전의 거장이었다.

김시민은 곽재우에게 거듭 찬사를 쏟았다.

"홍의장군이 낙동강 유역에서 왜놈들을 막아 우리 진주성 백성들이 편안하게 지냈지요. 이젠 놈들이 곧 이곳을 점령하기 위

해 안달이니 가까운 비봉산에서 방패막이 되신다면 어떨는지
요?"

"저도 그리 알고 이미 그곳에 병사들을 주둔시켰습니다."

"고맙소. 어찌 제가 홍의장군의 혜안을 따르리까."

김시민은 곽재우의 손목을 굳게 잡았다.

전쟁 중에도 밤과 낮은 갈마들고 산천을 흩뿌린 피비린내에도
꽃은 피고 졌다.

그해 시월, 왜군이 진주성으로 쳐들어왔다. 김시민은 부하들
에게 엄명을 내렸다.

"왜놈들을 토벌 않고 어떻게 국치를 씻겠는가. 놈들이 온갖 악
행을 저질러도 두려워하지 말라. 나와 너희들은 나라의 두터운
은혜를 입고 오늘에 이르렀느니라. 나라가 망하려는데 죽음을 각
오하지 않으면 옳지 못한 짓이다."

김시민은 부하들에게 차례로 진주성을 순찰하게 했다. 왜군들
은 피리를 불며 소란을 피웠다. 민심을 흔들기 위해서였다. 아군
들은 징, 북, 퉁소를 불며 맞섰다.

"조심조심, 각자 방어할 도구를 준비해서 기다리다 놈들이 성
에 이른 후에 화살을 쏘더라도 늦지 않아."

김시민은 병기를 아끼라며 격려했다.

김성일도 김시민에게 명했다.

"섣불리 나아가 공격하지 밀고 방어로 진주성을 굳게 지켜야

하오."

"저도 그런 줄 알고 방비 중입니다."

김시민도 쉽게 응했다.

그에 따라 경상 우변사 유승인이 1천여 명의 군사들을 이끌고 진주성 동문에 이르렀다. 김시민이 성안에서 수성전을 펴기로 했다던 소식에 힘을 보태기 위해서였다. 그는 왜란 초기 함안 군수로 관군과 백성들을 연합해 왜군의 포위에도 성을 굳게 지켰다. 곽재우 의병들에게 진로를 차단당한 왜군을 추격해 목을 베는 등 수차례 전공을 세웠다. 그 공로에 힘입어 경상 우변사로 특전했다.

김시민은 성 밖의 유승인을 향해 외쳤다.

"적의 군사들이 이미 가까이 이르러 성문을 굳게 지킵니다. 만일 지금 성문을 열면 적이 그 틈을 이용할까, 심히 우려되는 바이오. 주장께선 성 밖에서 응원함이 옳은 줄 아옵니다."

"역시 목사님의 판단이 옳습니다."

유승인은 쉽게 수긍하고 되돌아가던 중에 수백의 원군을 이끌고 온 사천 현감 정득열과 마주쳤다.

"저희 군병들과 장군의 군병들이 합해 놈들을 대항하는 게 어떻습니까?"

"옳은 계책이오."

유승인은 정득열의 군병들과 자기 휘하의 군사들을 합해 지휘를 맡았다.

왜장들이 2만여 군병들을 이끌고 진주성을 향해 쳐들어왔다. 성 밖 외곽에서 정득열은 말을 타고 적의 대군 속에 들어가서 창칼을 휘두르며 왜군을 무찔렀다. 정득열은 적의 화살을 맞고도 말에서 떨어지지 않고 용맹하게 싸웠다. 그 장면을 목격한 유승인은 감격해 칼을 휘두르며 반격했다. 적군도 아군도 사상자가 늘어났다. 시체들이 겹겹이 쌓였다. 그 전투에서 유승인과 정득열, 그의 군사들도 숨졌다.

비록 패했지만 진주성 외곽에서 적의 예봉을 꺾은 장렬한 죽음이었다.

전쟁의 소용돌이 중에도 기방을 드나드는 한량들의 발걸음은 멈추지 않았다. 기생들도 전란에 몸을 사려 도망친 예가 잦아 그 수가 줄어들었다. 그래도 교방의 명맥이 유지된 건 남정네들의 욕정이 전란마저 넘보게끔 사라지지 않아서일 게다.

가희아는 소례풍의 부름을 받고 행주기생의 방안으로 들어섰다. 노류장화들의 시선이 일제히 가희아에게 쏠렸다.

"이번에는 한성 양반이다. 오늘 밤에 수청 들어라."

가희아의 표정이 시원찮다. 소례풍의 이마에 심줄이 두드러졌다.

"논 한 마지 값을 선불로 내겠다는데, 그래도 싫어?"

"열 마지 값을 준대도 싫습니더."

가희아의 거절은 위엄마저 풍겼다.

"성님, 얼른 저년을 내쫓지 않고 그냥 오냐 오냐 다독일 겁니꺼?"

달매의 목소리가 짱짱 울렸다.

가희아가 거듭 수청 들기를 거부해도 내쫓지 않은 연유는 의침기녀로 솜씨가 맵짜고 태도와 미모가 빼어나서였다. 그런 기생의 조건은 널리 알려져 교방의 인기를 드높인 묘방이었다.

"네년 밑구멍에 금뎅이가 천금만금 붙었어? 개성양반도 싫다, 평양양반도 싫다, 거절이 몇 번이던가?"

달매의 속사포가 다시 터졌다.

그건 교방의 규칙에도 어긋난 짓이었다. 어르신을 모시기 위해선 행수기생의 권유에 따라야 했다.

"그래, 그 고귀한 걸 바칠 상대는 누구여야 하겠노?"

부들가의 비아냥거림에 초란도 의심쩍은 눈동자를 굴렸다.

"네가 싫다면 내가 대신 모시고 싶지만 한성양반이 동기를 원하니, 내 참."

소례풍도 다그친다.

"이래도 싫고 저래도 싫다니, 네가 원한 님은 누구여야 하나?"

"대장부이옵니다."

가희아가 거침없이 내뱉었다.

"대장부라니?"

"남자다운 남자를 가리킵니더."

"참 내 기막혀. 사내라면 돈 많이 지니고 고추불알이 싱싱해야 하거늘. 예를 들면?"

마침내 가희아의 입에선 옥구슬이 떨어졌다.

"김시민 목사님이옵니다."

소례풍도 다른 기생들도 의아한 눈빛을 던졌다.

"운제 그 귀하신 분을 뵈옵기나 했더냐?"

달매가 가희아의 아래위를 재며 코웃음 쳤다.

"뵈옵긴요? 상대를 뵈옵고 연모하기도 하지만 들린 소문으로도 충분히 그분은 제가 연모하기에 부족함이 없는 분인 줄 아옵니다."

"네년 눈깔이 천당으로 오락가락해도 그분을 뵈옵긴 틀려먹었으니 애당초 꿈 깨는 게 네년 신상에도 좋을 끼네."

부들가의 입술에도 거품이 일었다.

김시민은 갑옷으로 무장한 채 진주성 안의 이곳저곳을 살피며 아군의 대비 상태를 점검했다. 그의 눈빛은 빛을 품었고 입술은 굳게 다물었으며, 내면의 결의를 다졌다. 그는 이미 성벽에 따라 깃발을 나부끼게 했으며 여인들에게도 남복으로 변장시켰다. 관군들의 수가 4천여 명, 백성들은 2만여 명이었다. 불량배들과 걸인들도 똘똘 뭉쳤다.

성안의 장수는 진주 목사 김시민, 곤양 군수 이광악, 진주 판관 성수경, 만호 최덕량, 율포 권관 이찬조 등이 동서남북의 사대문을 중심으로 각 구역을 도맡았다.

그 해 시월 초, 도요토미는 호소카와, 가토, 기무라, 하세가와 등에게 5만 명의 군사들을 이끌고 부산에서 진주로 진격하도록 명했다.

성 밖에는 김성일의 통문을 받고 인근 지역의 관군들과 경상도와 전라도의 의병들이 말을 타고 달려왔다. 곽재우와 그의 선봉장인 심대승, 고성 가장 조용도, 초계 가장 정언충, 합천 가장 김준민, 동래부사 송상헌, 의병장 윤탁, 의병장 최강, 의병장 조헌, 의병장 영규 등이었다.

영규는 승려로 왜란이 일어나자, 승려 수백 명을 모아 의병장이 되었다. 청주성이 왜군에게 포위당하자, 그 성을 수복하는데 공을 세웠다.

조헌은 이이의 학문을 계승한 학자로 문과에 급제했다. 왜란이 일어나자, 충청도 옥천에서 의병을 일으켰다. 영규의 승병과 함께 청주성을 수복했다.

송상헌의 본관은 여산으로 15세 때 문과 소과에 급제했다. 동래부사 재직 시 왜군이 길을 비켜 달라고 요구했지만 거절하고 대항했다. 동래성이 함락되자, 조복으로 갈아입고 단정히 앉은 채 왜병에게 살해 되었다. 그 충절에 감복한 왜장이 송상헌의 시체를 정중히 장사 지내고 제사까지 지내주었다.

이튿날 아침, 1천여 명의 왜군들이 일제히 성안을 향해 총을 쏘았다. 그런 혼란 중에 왜군들 3만여 명이 일시에 성안으로 달려들 기세였다.

김시민은 악공을 시켜 누대 위에 올라가서 피리를 불게 하고 궁시와 탄환은 아꼈다. 백성들에겐 도끼와 낫, 물 끓일 가마솥을 준비시켰다.

새벽 무렵, 왜군들은 위장 전술로 퇴각한 듯하더니 횃불을 끈 채 동문으로 공격을 시작했다. 적은 사다리에 올라 성벽을 타고 오르려는 기세였다. 김시민의 군사들과 백성들은 화살을 쏘고, 불덩이, 끓는 물과 돌멩이를 쏟았다. 적의 시체는 산더미처럼 쌓였다.

그 해 시월, 왜군은 기병 1천 여 명을 진주 동쪽 말티고개 북쪽 봉우리로 보내 성안을 탐색했다. 아군이 검을 차고 왔다 갔다 하는 모습들이 왜군의 눈에도 잡혔다.

김시민의 명령이 이어졌다.

마음을 가다듬고 차분히 적의 동태를 살피라.

말티고개에 주둔했던 왜군은 오후 해질 무렵 퇴각했다. 섣불리 대항했다가는 지리에 밝은 아군에게 참패당하기 마련이란 걸 가늠하곤 기회를 기다렸다.

이튿날 새벽, 어스름을 타고 왜군이 일시에 진주성으로 쳐들어왔다. 어느새 동산에 해가 떠올랐다.

깃발을 세우고 금색 가면과 투구를 쓴 모양새가 해돋이로 뻔쩍거렸다. 뿔 달린 투구를 쓴 자, 얼굴에 가면을 쓴 자, 푸르고 붉은 일산을 받쳐 든 자, 둥근 황금 부채를 흔든 자들로 법석을 떨었다. 모양새들이 기괴한 행군으로 살기를 뿜어대 듯했다.

진주성이 가까워오자, 왜군은 패를 갈라 쳐들어왔다. 진주성 동문, 서문, 남문을 통해서였다. 그들은 천지가 흔들릴 소리를 내지르며 돌격해 왔다. 아군이 조총을 쏘아대자, 백성들이 당황해 하는 걸 지켜보며 김시민이 외쳤다.

"탄환을 피하시오."

민가에선 초가들이 불타올라 매캐한 연기가 바람을 타고 성안까지 퍼졌다. 그 위로 탄환 냄새까지 겹쳐 숨 쉬기도 거북했다. 왜군은 각종 무기를 실어 나르느라 길마다 뽀얀 먼지로 뒤덮였다.

밤이 되자, 곽재우 선봉장 심대승은 부하 2백여 명을 이끌고 성의 동북쪽 뒷산으로 올랐다. 그는 횃불을 흔들며 뿔피리를 불고 북을 울려 왜군들을 불안에 떨게 했다. 그건 곽재우 군대의 교란 전술이었다. 그들은 한 목소리로 외쳤다.

"전라도의 일만여 군사들과 곽재우 홍의장군이 합세해 적을 무찌를 것이다."

성안의 아군도 그에 호응했다.

"알았노라."

왜군들은 홍의장군이라면 몸서리쳤다.

남강 건너 망경산에서는 최강의 군대들이 '지원군이 왔다'를 외쳤다. 왜군들을 교란시키기 위한 전술이었다.

아군들이 쳐들어 온 적들을 맞아 대항하자, 왜군들은 놀라 도망쳤다. 그 틈을 타서 김시민은 거창 전투를 지원하기 위해 정병

1천여 명을 이끌고 출전했다. 그 소문을 듣고 왜군들은 진주성이 비어 있으리라 짐작하고 사천군과 고성군에 모여 진양으로 침입해 왔다.

김성일도 단성으로 달려가 함양과 인근 지방의 군병들을 모았다.

"빨리 진주성 외곽으로 쳐들어가야 하오."

"명령에 따르겠나이다."

아군도 상관의 명령에 따라 진양으로 쳐들어갔다.

김성일은 김시민과 곤양 군수 이광악에게도 명했다.

"좌우로 나누어 왜놈들을 물리치시오."

의령에 주둔한 곽재우 부대원들은 제일 먼저 진주성으로 달려 갔다. 진주성 안의 아군은 상상 외로 기세등등했다. 왜군은 촉석루 건너까지 침입했으나 감히 강물을 건너오지 못했다. 그에 따라 김시민과 이광악 군대와 곽재우 군대, 함양, 단성 등지에서 김성일이 집결한 군대들이 사방에서 연합해 적을 추격했다. 조선군의 연합 작전에 왜병들은 도망쳤다. 사기가 충전한 아군은 용기 백배해 사천현과 진해현, 고성군을 수복했다.

맑은 날씨가 계속된 밤이었다.

김시민은 선학산 막사 안에서 잠을 청했다. 가끔 성안을 지키기 위해선 외곽의 동태를 살피는 것도 목사의 의무였다. 그는 왜침을 막기 위해 며칠을 뜬 눈으로 지내 피로가 겹쳤다.

막사 바깥에서 소동이 일더니 강동수가 여인 둘을 막사 안으로 안내했다.

"어인 일이냐?"

"기생 둘이 장군을 뵈옵기를 간청하옵니다."

"이 무슨 해괴한 짓인고?"

김시민은 딱히 거절 못할 궁지에 휘말렸다. 그런 예는 심심찮게 떠돌았다. 부관이 상관에게 기생을 잠자리 수청 들게 한 건 드문 일이 아니었다.

부관이 안내를 하지 않는데도 기생 둘이 막사 안으로 들어왔다.

"얼른 내쫓지 못할까?"

상관의 서릿발이 막사 바깥까지 울렸다.

"귀하신 분을 다시 뵈옵게 되니 영광이옵나이다."

소례풍이 납작 엎드리자, 곁에 선 기생도 그러했다. 소례풍은 가끔 목사를 뵈 온 까닭에 김시민이 초면은 아니었다. 행수기생이라 기생들이 억울함을 당하면 그걸 해소하기 위해 목사와의 대면이 이루어졌다.

"이 난리 중에 어인 일로 왔는가?"

김시민의 목소리가 가라앉았다. 필시 중대한 일로 방문했을 거란 감을 잡은 터였다.

"소녀 가희아가 목사님께 문안인사 올립니더."

가희아는 조심스레 일어나 목사에게 큰절을 올렸다. 소례풍도 뒤따라 큰절을 올리고선 청을 올렸다.

"앤 동기인데 이 세상에 머리 얹어 주실 분은 애오라지 김시민 목사님이라 하옵니더."

소례풍은 목사의 눈치를 살폈다.

"참으로 기막힌 일이로다. 내가 언제 기생을 탐한 예가 있더냐?"

"전혀 없는 줄 아룁니더."

"지금도 필요치 않으니 되돌아 가렸다."

김시민은 강동수에게 눈짓과 손짓으로 내쫓기를 명했다.

가희아가 재빨리 꿇어 엎드렸다.

"제가 이런 기회가 오기를 삼 년 동안 고대 했나이다. 만일 거두어들이지 못하시면 저를 죽여주옵소서."

가희아가 품속에서 은장도를 꺼냈다. 만일 김시민이 거절하면 자결하겠다는 협박이었다. 은장도의 칼날이 막사 안의 횃불에 뻔쩍였다.

"어느 안전이라고 소란을 피우느냐?"

강동수가 재빨리 가희아의 은장도를 빼앗았다. 얼결에 강동수의 오른손바닥에 피가 새어나왔다. 샛노래진 가희아가 강동수의 오른손을 붙잡고는 품속에서 흰 수건을 꺼내 그 피를 닦았다. 그래도 상처가 깊어 피가 새어나오자, 가희아는 그 수건을 이빨로 반을 잘라 하나를 그 상처에 싸맸다.

"어떻게 품속에 그 수건을 마련했느냐?"

김시민의 낯빛과 물음이 한결 부드러웠다.

가희아가 볼을 붉히자, 소례풍이 밝혔다.

"머리 얹을 때 필요한 개짐이옵니더."

김시민은 강동수와 가희아를 번갈아보고 엄명을 내렸다.

"오늘밤 네게 머리 얹어 줄 남정네는 강동수 부장이니라."

팔월 무더위가 지나고 구월로 접어들었다.

동굴 안은 서늘했다. 두 사람이 누울 공간에 그릇과 수저도 놓였고 쌀과 찬거리도 마련되었다. 임시 아궁이엔 작은 가마솥이 걸려 끼니 걱정도 덜었다. 홑이불도 마련 돼 사흘을 지내기에 알맞았다. 그런 것들은 소례풍과 노류장화들이 마련해 주었다.

"성함은?"

"진주성씨 정가이며 이름은 가희이옵니더."

정가희는 기적에 이름을 올릴 때 동기여서, 소례풍이 본명에 '아'를 붙였다.

"조부와 부친은?"

"조부님은 형조좌랑을 지내신 정대현 어른이시고요. 조부님도 그러려니와 아버님도 진주에 민란이 일어날 때 그 난을 물리친 정용석 대장이옵니더."

"우리 사이에 아이가 태어나면 하하하라 지어야겠네. 그러면 진주성씨 강정하가 될 테고, 우리 집안에 웃음꽃이 떠나지 않을 테니."

무슨 일인지 모르겠다. 강동수는 자신도 모르게 정담이 입안에서 바깥으로 새어나왔다.

처음 상관이 자신과 가희아를 짝 지으라 명령했을 때도 거부감이 일지 않았다. 정가희의 첫 인상이 가늘면서도 당차보였다. 무엇보다도 그 미모에 혹해서였다. 자신은 피부가 검붉은데 정가희는 옥빛이었다. 자신은 키도 크고 땅땅한 몸매인데 정가희는 기생 특유의 호리낭창한 매무새였다. '새첩다' 라는 표현이 어울릴 정도로 꺼안아 주고 싶어 몸이 달아오르고 정도 쏠렸다. 더욱이 관심 끈 건 머리 얹어줄 님을 삼 년 동안이나 기다린 끈기였다. 기적에 몸담았으면 얼마 안 돼 머리 얹기 마련인데. 더욱이 조부가 벼슬아치고 부친이 민란을 물리친 지도자였다는 것이 강동수의 마음에 닿았다.

강동수는 강 씨 문중의 사생아였다. 모친은 첩으로 자신을 낳았다. 부친은 숨겨 유복자로 태어났다. 전처소생의 형들에게 배척당해 머슴살이 못잖게 서러움을 안고 자랐다. 부친의 제삿날에도 제위를 향해 절도 못 올렸다. 열 살이 되자, 김시민의 시종으로 발탁 돼 스무 살에 이르러 호위무사가 되었다. 씨름, 화살, 칼 다루기를 잘했다. 그는 서른에 이른, 아내를 여읜 홀아비였다.

정가희도 강동수를 대하자, 부친을 닮은 모습이 마음에 닿았다. 김시민 목사는 꿈에 그렸던 님이었지만 강동수는 진짜배기 낭군이었다.

선학산 동굴의 그들 신방은 김시민 군대가 진 친 막사와는 반대편에 위치했다. 그들은 동굴 옆에 흐르는 냇가로 가서 몸을 씻고 신방으로 들어가 나란히 누웠다.

강동수는 정가희를 품에 안았다. 새근새근 숨 쉼이 참새의 혈맥처럼 사내의 가슴으로 파고들었다. 정가희는 그의 몸짓에 따라 첫 경험을 치렀다. 이미 그의 손바닥에 흐른 피와 자신의 거웃에서 흐른 피가 연합해 빨갛게 개짐을 적셨다.

"왜놈들이 저 강 건너 대나무 숲을 쑥대밭으로 만듭니더."

강동수의 외침에 따라 양손을 이마에 모으고 먼산바라기 하던 김시민의 눈에도 찍혔다. 둥지에서 몸을 사린 백조들이 화다닥 날아오른 모습도 보였다. 놈들은 날개를 아래로 내리고 목은 하늘을 향한 채 강변을 돌고 돌았다.

"활쏘기 준비를 갖춰라."

김시민의 명령은 서릿발 같았다.

왜군들이 촉석루 건너편에 멈춘 곳이 대나무 숲이었다.

"무엇들 하느냐. 얼른 대나무들을 베어라."

고시니 유키나가의 명령에 따라 막사를 마련하기 위해 왕대들을 베던 신하가 아뢰었다.

"왕대들이 엄청 튼실하니 이걸 무기로 사용함이 어떨는지요?"

"과연 그렇도다."

고시니 부대원들은 그곳 대나무들을 베어 배에 실어 와서 진주성 동북쪽에 높은 다락을 만들었다. 그러고는 대로 엮은 다락

위에 올라가서 화살을 쏘았다. 그에 맞서 아군들은 화약을 재어 큰 활로 쏘니 다락은 부서져 땅에 떨어졌다.

밤이 되자, 김시민은 악공들을 시켜 거문고를 타게 하고 피리를 불게 했다. 성안 군사들과 백성들이 잠시나마 평강과 안정을 되찾고 적들에게 여유를 보이기 위해서였다. 여인들은 손에 손을 잡고 춤추며 찬가를 불렀다.

구름 헤친 달이 천지를 비추네
왜놈들이 온갖 도깨비짓을 해도
진주성은 평안해 낙을 누린다네
강강술래, 강강술래

다음 날 왜군은 수백 개의 대나무 사다리와 밑에 바퀴를 단 삼층 산대를 이용해 성을 제압하려 달려들었다.

김시민은 부하들에게 외쳤다.

"현자총통을 쏘아라."

성안으로 다가든 적의 산대를 관통케 했다. 또 적들이 산더미로 쌓아 올린 소나무 가지 무더기를 향해 불화살을 쏘았다. 화약을 감싼 갈대 뭉치도 던져 그것들을 불태웠다. 이어 김시민은 적들이 대나무 사다리를 앞으로 밀고나와 그걸 타고 성벽에 기어오른 걸 보고 외쳤다.

"비격진천뢰를 발사하라."

궁시들은 그걸 쏘고 남자들은 돌멩이를 던졌다. 여자들은 가마솥에 펄펄 끓는 물을 성벽 아래로 쏟아 부었다. 물벼락 맞은 적군은 비명을 지르며 아래로 나가 뒹굴었다. 더러는 실명해 방향을 분간하지 못한 채 허둥대며 숨졌다. 성벽 아래는 곳곳마다 적들의 시체들이 겹겹이 쌓였다.

다음 날도 여인들은 달이 동산에 떠오르자, 찬가를 불렀다.

우애 깊고 신실한 동방예의지국에
난데없는 피바람이 웬 일인가
왜놈들이 미쳐 날뛰어도
조선 백성들은 평강을 누린다네
강강술래, 강강술래

곽재우는 최경회가 부대를 이끌고 진주성에 당도하자, 친히 부대 안으로 이끌었다.

"전라도에서 진주성을 지키기 위해 먼 길을 달려 오셨다니 부끄럽소."

"만일 전라도 장수가 왜병들에게 침략 받으면 장군께서 그냥 못 본 체 하겠습니까?"

"아닙니다. 나라를 위해 목숨을 바쳐야 한다는 건 우리들에게 안겨진 책무지요."

최경회도 곽재우도 서로 명신들만이 통한 의로움과 용기, 통솔력과 담대함을 지녔다는 걸 헤아렸다.

곽재우는 가재를 털어 의병들을 모으고 더 나아가 아내의 의복도 챙겨 부하의 식구에게 입혔다. 의령과 초계에 위치한 자신의 창고에 쌓인 곡식을 헐어 낙동강의 폐선들을 고치게 하고 군량미로 사용케 했다. 적은 군대를 이끌고 수많은 왜군을 습격해 승리를 거뒀다. 더불어 날쌘 군사 수십 명을 뽑아 각처로 분산시켜 적의 동태를 보고 하자, 머나먼 적의 상황도 꿰뚫었다. 그러므로 싸움마다 승승장구했다.

곽재우는 유격전에도 탁월한 전술로 맞섰다.

산에 진 칠 때도 부하들에게 한 사람이 다섯 가지로 뻗친 횃불을 밤새도록 밝혀 적에게 군사들이 엄청 많음을 상기 시켰다. 더불어 북 치고 호각 불고 고함지르며 횃불을 올리게 하여 그 함성이 사방 멀리 울리게 했다. 그런 다음 횃불을 끄고 깜깜하게 하여 다시금 화살을 쏘아대 적을 죽이고 퇴각하게 했다. 의령, 합천, 거창, 고령, 현풍, 창녕, 함안의 백성들도 곽재우 의병대원들이 들이닥치면 용기를 얻고 자기네 고을을 떠날까 봐 불안에 휩싸였다.

최경회는 들린 소문 못잖게 곽재우를 직접 대면하고 보니, 용기백배한 명장임을 알아차렸다.

"성안은 김시민 목사에게 맡기고 우리는 진주성 외곽에서 왜놈들과 대항하도록 합시다."

곽재우의 뜻에 최경회도 동조했다.

"과연 옳은 제안입니다."

곽재우 부대는 진주성 북쪽 비봉산에서, 최경회 부대는 진주성 동쪽 말티고개에 진을 치고 뿔피리를 불었다. 덩달아 성 안의 군사들도 악기를 불며 왜군들과 맞섰다.

김성일은 현풍에서 피난 못 간 아전들과 천민들이 겁에 질려 갈팡질팡 하는 걸 상쇄하기 위해 현상을 걸었다.

적의 머리를 베면 무과 급제, 둘을 베면 육 품직, 셋을 베면 통정대부, 적장의 머리를 베면 가선대부의 벼슬을 주겠다는 방을 내붙였다.

그러고는 덧붙였다.

의병으로 나가 싸운다면 살아선 열사요, 죽어선 충절이므로 백성들도 기꺼이 참여하길 바라오.

아전들과 천민들은 희소식인 양 달떴다. 감히 꿈꾸지도 못한 벼슬길이 트이다니.

적장 대가리 하나를 뎅겅 자르고 나도 출세를 하렸다.

결심이 굳으면 불가능도 아닌 기라.

더욱이 곽재우가 경상도 의병장으로 봉직하게 됨에 따라 그들은 초긴장 상태에서 벗어났다.

하지만 그들은 단 한 명도 적장을 죽이진 못했다.

전쟁이란 살인을 죽 먹듯 하고 극악무도하고 천지개벽이 일어날 것 같은 간덩이가 부푼 별천지 세상이었다. 그래도 목숨 다한

218

날까지 아전과 천민이란 굴레와 속박에서 벗어나지 못할 팔자에 날개를 달아 희망의 돛대를 향한 자긍심을 심어 주었다. 희망이란 물거품처럼 사라지는 게 아니라 목숨 다한 날까지 가슴에 품은 용기였다. 그들은 저마다 품은 용기로 똘똘 뭉쳐 적군에 대항하고 죽인 담대함을 경험했다.

대낮인데도 하늘은 먹구름이 끼여 어둡고 금세 소낙비가 내릴 듯 태풍이 몰아쳤다.

김시민은 성안의 백성들과 군사들에게 비장한 각오를 다졌다.

"곧 이제껏 보지 못한 가장 격렬한 전투가 시작될 조짐이 보입니다. 왜놈들은 수천 명의 사상자가 나서 분함에 치를 떨며 반드시 이길 거란 앙심을 품었습니다. 거듭 호소하지만 조선의 자존심은 우리 진주성을 지키는 겁니다."

김시민은 곤양 군수 이광악은 성의 남문을 지키고, 만호 최덕량과 군관 윤사복은 북문을 지키라 명했다. 판관 성수경과 자신은 동문, 다른 장군들에게도 주요 구역의 책임을 맡겼다.

왜군 1만 명은 동문, 1만 명은 북문을 동시에 쳐들어왔다. 말들과 군사들과 백성들은 비명을 지르며 살기 등등으로 굉음이 요동쳤다.

동문으로 돌격해 온 왜군은 긴 사다리를 들고 방패가 될 것들을 머리에 쓰고 조총을 쏘아댔다. 적장은 칼을 빼어들고 백성들과 아군을 무참히 살해했다.

김시민은 동문에서 아군을 총 지휘했다. 궁수들은 연달아 화살을 쏘아댔고 아군도 빈틈없이 창칼로 적들의 목을 베었다. 백성들도 돌을 던지거나 불에 달군 쇠막대기로 적들의 가슴팍을 지져댔다. 성수경은 몰려든 왜군을 향해 비격진천뢰를 터뜨렸다. 적군 수십 명이 쓰러졌다. 아군도 화살을 쏘아대자 적군들에게 명중 돼 꼬꾸라졌다. 여기저기 돌들이 던져지고 펄펄 끓는 물이 쏟아졌다. 적군의 시체 위에 아군의 시체가 겹쳐 쌓였다. 대포에 팔다리가 찢겨져 나뒹굴었다. 칼에 머리도 댕강 잘려졌다. 격렬한 전투는 아수라장이 되어 겹겹이 시체가 쌓이고 비명이 터졌다. 아군도 백성들도 동요하지 않고 왜군을 향해 화살과 총을 쏘거나 돌덩이들을 집어던졌다.

북문에서도 격렬한 전투가 벌어졌다. 최덕령과 윤사복이 창검으로 적장의 목을 베고 활로 쏘았다. 장수가 비명횡사 하자, 왜병들이 성벽으로 기어오르지 못하고 도망쳤다.

진주성 밖에는 왜병 2백여 명이 단성현으로 나가 관청 건물과 민가를 약탈했다. 그와 때를 같이하여 합천 가장 김준민이 80명의 결사대를 모아 단성현에 이르러 만행을 부린 적들을 격퇴했다.

최경회는 지원병 2천 명을 이끌고 진주성안의 장병들과 호응하며 왜병들을 견제했다. 진주성 주변에 주둔한 왜병들은 흙을 날라 토산을 쌓고 총루를 만드는 일을 황급히 진행했다. 그들이 만든 삼층 산대와 대나무 사다리들을 아군이 현자총통과 장전을 쏘아 관통시켰다. 그들은 조총과 활을 쏠 높은 누대를 다시 만들 수밖에 없었다.

그날 저녁 이경쯤, 고성 가장 조응도가 군사 2백 명을 이끌고 각자 횃불을 든 채 남강 건너 진현 고개에 나타났다. 그들은 목숨을 걸고 진주성을 지키기 위해 성안의 아군들을 위해 뿔피리를 불며 응원해 기세를 드높였다. 성안에서도 구원병이 온 걸 반기며 경종을 울리고 호각을 불며 응했다. 적들은 놀라 군막마다 불을 밝히고 군사들을 진현으로 군병들을 보내 아군 원병의 진로를 차단하며 소동을 벌였다.

복병장 정유경은 진현에서 사천으로 이동해 적을 견제하며 정병 20명을 뽑아 남강 위쪽에서 방화와 약탈 중인 적병들과 대나무와 거목을 벌채한 적들을 격멸시켰다. 그러자 적의 본전에선 2백여 명을 급히 남강 위쪽으로 보내 정유경의 정병들을 추격토록 했다. 그들은 추격해 온 적군들을 외곽까지 멀리 유인하며 격전을 벌렸다. 마침내 적군은 수십 구의 시체만 남긴 채 본대로 돌아갔다.

진주성 안에선 김시민이 북문을 향해 말을 몰며 창칼로 왜병들을 살해하고 달려든 왜장의 목도 베었다. 왜병들은 그들 지휘자의 목이 나둥그러지자, 성벽 아래로 치달렸다. 그 순간 왜병이 쏜 총탄이 김시민의 이마를 명중했다. 시체 더미에 쓰러진 왜병이 정신을 가다듬고 김시민을 향해 총알을 날렸다. 곤양 군수 이광악과 강동수가 급히 김시민을 안전한 곳으로 대피시켰다. 진주성 동문에 위치한 동굴이었다.

그 전투는 곽재우가 진주성 북쪽 비봉산에서 진을 쳤고 최경회와 다른 군대들은 진주성 동쪽 말티고개에서 적의 후방 지원을 차단시켰다. 조응도, 김준민, 정유경 등의 외곽 공세에도 힘입어 아군의 승리로 막을 내렸다.

그로부터 달포 지난 뒤였다. 김시민은 임종을 맞았다.

"진주성을 내 몸처럼 아끼고 지켜야 하오."

이광악과 강동수가 임종을 지켜보았다.

"전쟁이 끝나면 저는 진주성을 복구하고 남강의 뱃사공이 되겠다고 아내에게 약속했습니다."

"옳도다. 남강을 지키는 게 진주성을 지킨 것과 진배없거늘. 내가 중매쟁이 역할을 잘 한 것 같네."

1592년 10월, 김시민은 불혹에 일생을 마쳤다.

2차 진주성 전투

진주성은 천혜의 요새였다. 만일 외곽에서 응원군들이 지원하면 어떤 공격에도 방패막이 되는 요지의 성이었다.

곽재우와 최경회가 진주성 외곽에서 주둔해 돕는 것도 그런 연유였다. 하지만 외곽지대와 연락이 끊어지고 응원과 보급이 두절되면 마치 바다 가운데 외로이 떠있는 배의 신세와 다름 아니었다.

제1차 진주성 전투가 아군의 승리로 마무리된 건 성안의 군사들과 백성들의 단결력, 성 밖 지원병들의 협조가 연합한 전략상의 쾌거였다.

제2차 진주성 전투는 상황이 매우 달랐다.

왜군들이 총력전을 펼치며 압박해 오는데도 그에 대항할 관군과 의병들은 제 목숨을 지키기 위해 안전한 곳으로 도망쳤다. 왜군이 정예병 10만여 명으로 총공격을 펼치는데 아군은 겨우 3천여 명이 맞섰다. 김천일은 3백여 명, 최경회는 5백여 명, 황진은 7백여 명 등이었다. 그것마저 민간인들이 1천여 명에 이르렀다. 그런 데다 나머지 수만 명은 피난민들이었다.

임진왜란이 시작된 이후, 왜군들의 약탈과 방화로 양식은 바닥났다. 전쟁으로 농사마저 지을 수 없어 성안 백성들은 굶어죽기 마련이란 유언비어도 나돌았다. 왜군은 진주성을 지원할 군대를 막기 위해 진주성을 중심으로 인근 마을 곳곳에 군대를 중첩으로 주둔 시킨 친밀한 작전까지 세웠다.

1593년 여름, 왜군은 지난 번 전장에서 진 걸 분히 여기고 진주성을 향해 다시 공격했다.

수많은 장군들이 무서워 도망쳤지만 김천일은 결의를 다졌다.

그는 외가인 나주에서 태어났다. 일찍 부모를 여의고 외조모

슬하에서 자랐다. 그가 수원부사를 지내고 외가에 머물 때 임진 왜란이 일어났다. 그도 전쟁이 일어날 것을 예감하고 의병들을 모았다.

"임금님이 평안도로 피난 하셨다고 하니, 우리 함께 도우도록 합시다."

의병대장의 건의에 부하들이 일제히 소리쳤다.

"옳소. 임금님과 나라를 지킵시다."

김천일은 선조가 피난 간 평안도로 진군하며, 왜군에게 점령 된 한성에 결사대를 잠입시켜 싸웠다. 행주산성에도 의병들을 보 내 전투를 벌였다. 그 공으로 선조의 명에 의해 판결사가 되고 창 의사倡義使란 호를 제수 받았다.

다음해 정월, 이여송의 군대가 평양성을 수복하고 개성으로 남진할 때였다. 이여송은 조선 정부의 원정 요청에 의해 파견된 명나라 장수였다. 명나라 입장에서도 왜군들을 무찔러야만 자국 의 안녕을 위한 최선책이었다.

마침 개성에 머물던 김천일은 이여송이 이끈 부대를 방문했다.

"제독께서 친히 왕림 하셔서 우리 조선을 위해 싸워 주시니 고 맙기 이를 데 없습니다."

김천일의 칭송에 이여송은 우쭐해지며 그간의 어려움을 말 했다.

"도로와 지리에 어둡고 적의 동태도 알 수 없어 군사 작전에 애를 태웠는데 마침 잘 만났습니다."

김천일은 군사 기밀을 이여송에게 알려주었다. 그러고는 수하 의병들과 함께 몰려든 왜군을 물리쳤다.

"조선에 그대 같은 명장이 있다니 감격했다오. 우리 명나라 군사들이 위기에 몰렸는데 그대의 도움으로 승리했소이다."

"뭘요. 과찬의 말씀을. 우리 부대 병사들이 당연히 치러야 할 의무인 줄 아옵니다."

"그대가 위기에 몰리면 나도 필히 도울 테니, 우리 서로 행방을 알려 군사 작전에 만전을 기하도록 합시다."

"듣고 보니 고소원이옵니다. 이렇듯 제독께서 우리 조선을 도우시는데 그러다마다요."

김천일은 이여송과 약조했다.

왜군들은 조선의 남부 지역을 점령해 유리한 입장을 확보하고자 했다. 그 전략의 첫 목적지가 진주성이었다. 왜군들의 의도를 꿴 조선군과 명나라 원군은 경상도 의령으로 모여들었다.

명나라 원군은 대구, 도원수 권율은 남원, 의병장 곽재우는 합천에 머물며 적의 동태를 살피기로 했다.

권율은 1537년 강화도에서 태어났다. 본관은 안동이었다. 부친은 명종 때 우의정, 선조 초에 영의정을 지낸 권철이었다. 권철은 임진왜란 때 병조판서를 지내고 후에 영의정에 오른 이항복의 장인이었다. 권철은 성균관에서 공부하는 이항복을 보고 아들 권율을 깨우치기 위해 집으로 데려왔다. 그런 사연으로 이항복은 권철의 사위가 되었다. 권율은 불혹을 넘겨, 문과에 급제해 승문원 정자로 관직에 올랐다. 여러 관직을 거쳐, 임진왜란 때는 광주 목사에 임명 되었다. 이어 전라좌도절제사가 되어 군사를 모으며 왜군을 물리칠 기회를 기다렸다. 마침내 1592년 7월, 금산 이치에서 왜군과 다시 맞붙어 승리했다.

"진주성은 누가 지키겠습니까?"

권율의 질문에 김천일이 화답했다.

"진주성은 호남과 가까워 입술과 이빨과 같아요. 진주성이 없으면 호남도 없습니다. 왜놈들이 노린 건 호남평야에서 수확된 알곡을 빼앗고자 혈안이거든요. 어느 장수는 진주성을 비우고 적을 피하고자 하나 좋은 계책이 아닙니다."

기회를 노리던 최경회도 동조했다.

"목숨을 바쳐 진주성을 지켜야 하네."

그들 장군들은 죽음으로 진주성을 지킬 것을 명세했다.

서예원은 김시민의 뒤를 이은 진주성 목사였다. 군사작전이 미숙하고 겁도 많았다.

"아군의 수가 적은데 어떻게 수많은 놈들과 대항하겠소이까?"

지레 겁먹은 서예원을 향해 김천일이 결단을 내렸다.

"진주성을 지키는 건 우리 조선의 한성 못지않은 심장이나 다름 아닌데 어찌 그리 경홀히 여기십니까."

그래도 서예원은 벌벌 떨었다. 목사가 겁에 질리니 덩달아 백성들도 떨었다.

김천일은 평소에 뼈마디가 저린 병에 시달렸다. 그래도 '오늘

내가 칼을 차고 말을 타니 새처럼 날 것 같다'며 의병들의 용기를 북돋웠다. 창의사는 몸을 제대로 움직일 수 없어 장남의 부축을 받으며 말을 타기도 하고 쩔뚝쩔뚝 걸으며 군사 작전을 지시했다.

제1차 진주성 전투 이후, 최경회는 조정으로부터 두터운 신임을 받았다.

'최경회가 의병장으로 정예병을 이끌고 지례, 거창 두 지역의 요충지대를 차단하였고요. 호남의 장수와 영남 우도가 여태껏 보존된 것도 그의 지도력입니다.'

조정에선 그 권유를 받아들여 최경회를 경상우도 병마절도사 직에 임명했다. 더욱이 그 직이 호남 출신이라는 게 전략의 중요성에 속했다. 그 직은 당연히 경상도 출신 정인홍과 곽재우가 선임 되는 게 순리라고 여길 만 했다.

곽재우는 홍의장군이란 별칭답게 가는 곳마다 승리를 거둬 백성들의 환호를 받았다. 정인홍은 합천 출신이었다. 그가 그 직에서 제외된 건 의병을 사유화 하여 향촌에서 이익과 권리를 행사한다는 여론이 분분해서였다. 그는 지나친 원칙론을 내세워 상대세력을 전혀 인정하지 않고 맡은 일도 성실히 행하지 못한다는 여론이 분분했다.

논개는 부군이 의병장으로 왜군과의 전투에 참여한 뒤엔 자신도 의병 활동에 동참하고픈 강렬한 충동에 휩싸였다. 부군은 예순을 넘겼는데도 청년들과 더불어 밤낮 가리지 않고 전쟁터를 누비며 의병들을 지휘했다. 그들 의병들은 나라를 위해서 의에 살고 의에 죽기로 각오를 다진 용사들이었다. 그들의 의로움을 키워주는 건 지휘관의 책임임을 부군도 되뇌었다.

그런 와중에 논개는 놀라운 소식을 들었다.

1593년 초봄에 벌어진 행주산성 전투였다. 권율의 지휘 하에 부녀자들이 입은 긴 치맛자락을 잘라 앞폭으로 돌멩이를 날라 전쟁터의 무기로 사용했다던 내용이었다. 고춧가루를 모아 적군을 향해 뿌린 사연도 알게 되었다. 논개는 그게 승리의 원동력이 되었다던 승전보를 듣고 아녀자도 몸 사리지 않고 전투에 참여해야 한다는 각오를 다졌다.

최경회는 경상우병영이 있는 창원으로 가기 위해 준비를 서둘렀다.

"언제 뵈옵지요?"

논개는 불안에 떨었다.

"언제라니?"

"하도 세상이 험악해 마음 놓을 수가 없거든요."

"걱정하지 말고 몸 성히 잘 지내시게."

"어떻게 그런 말씀을."

논개는 억한 심정으로 말문이 막혔다.

"나는 밤이면 잠자리에 누울 수 있어 감사하고 아침이면 일어나 적진에 나아가는 것에 감사할 따름이네."

최경회는 그 말을 남기곤 떠났다.

논개는 장수에서 마냥 기다릴 순 없었다. 더구나 왜군들이 부산으로 총 집결해 진주성을 칠거란 소문으로 가슴을 옥죄일 게 아니었다. 무엇 하나라도 부군을 돕고 싶었다.

그런 어느 날, 최경회는 창원 막사에서 장수를 맞이했다. 초면이었다.

"충청병사 황진이옵니다."

황진은 1550년 전라도 남원에서 태어났다. 별시무과에 급제해 선전관으로 임명됐다. 그는 황희 정승의 오대손으로, 불혹을 갓 넘긴 건장한 체력의 소유자였다. 이미 통신사로 왜국을 다녀 온 경력도 지녔다.

"무엇 하나 이룬 게 없이 나이만 먹어 부끄럽소."

그들이 수인사를 나누는데, 논개가 병영 입구에서 멈칫거렸다.

"어떻게 귀하신 분이 집사람과 동행하셨소."

의아한 낯빛인 최경회에게 논개가 먼저 사실을 밝혔다.

제가 마냥 장수에서 기다리기엔 왜놈들의 총공격전이 일어나리란 소문이 파다해서 참고 견딜 수 없었습니다. 그리하여 말을 타고 육십령을 겨우 넘어 산청군 오부면을 지나치다 왜놈들에게 붙잡혔습니다. 왜놈들의 포로가 되어 함안군 양곡 부근을 지날 때였습니다. 마침 황진 장군께서 지나치다 저를 발견하고 왜놈들을 물리치셔서 예까지 오게 되었습니다.

"참 다행한 일이었군요. 만일 장군이 아니었다면."

부군이 말끝을 맺지 못하자, 논개가 뒤를 이었다.

"제가 이 자리에 서지 못했을 겁니다."

"어떻게 여기에 오시게 되었소?"

최경회의 물음에 황진이 답했다.

"마침 진주성에서 치러야 할 작전을 세우기 위해 장군을 뵙고자 예까지 왔습니다."

"그건 창의사 김천일 장군과 더불어 의논해야 합니다."

"그럼 진주성에서 뵙겠습니다."

황진은 병영을 떠났다.

최경회는 논개를 반기지도 나무라지도 않았다. 남장을 한 논개의 눈빛에서 비장한 각오를 읽었다. 전시 중인데도 위험을 무릅쓰고 먼 길을 달려 온 내연녀가 안쓰러웠다.

"곧장 진주성으로 가려는데 동행 하겠는가?"

"고소원이옵니다."

논개는 울컥해 그의 가슴에 안겼다.

그들의 보금자리는 진주성 동문 외곽의 초가였다. 논개가 그곳에 둥지 튼 건 팔괘 부부의 권유에 의해서였다.

"소인이 태자리에 살고 보니 좋긴 하지만 왜놈들 때문에 머리가 뒤숭숭해 불면증에 시달린다오."

팔괘의 넉살에 점례가 퉁을 주었다.

"세상이 발칵 뒤집혔는데 어찌 잠자리가 편안하길 바라십니

230

까."

점례는 왜구라면 치를 떨었다. 억보의 죽음에 대한 상처가 되살아났다. 그러면서도 팔괘가 의병이 되려는 걸 한사코 반대했다. 우리 슬하에 남매를 두었잖소. 농사짓고 밭갈이 하는 이상의 복은 없다며 말렸다. 억보와는 혼례를 올리지 않아 청상과부를 면했다. 그래도 까막과부란 돼먹지 못한 고통을 감수했던 노릇은 참담함이었다. 팔괘도 선한 농부가 되어 아내랑 남매랑 오순도순 사는 이상의 노릇을 원치 않았다. 그런데다 자신의 초가 아래채에서 도백선사가 환자들을 치료하므로 돕는 손길도 예사로이 넘길 일이 아니었다.

도백선사는 결연히 부르짖었다.

내 어찌 그동안 갈고 닦은 의술을 잠재우리. 지리산에서 약초를 캐서 연구하고 환자들을 돌보았던 게 이때를 위함이 아닌가.

도백선사의 의술은 널리 퍼져 군사들과 주민들도 몰려들었다. 여전히 약초 공급원은 뽈다귀, 왕방울, 돼지코였다. 그들은 진주로 드나들며 도백선사에게 약재들을 가져왔다.

"사부님, 저희들도 왜놈들과 맞서 싸우고 싶습니다."

뽈다귀가 화살을 들고 쏘는 시늉을 했다.

"무슨 허튼 소릴 하느냐? 사람들은 저마다 장기를 지닌 거거늘."

"한갓 약초꾼으로 지내기엔 좀이 쑤셔서인뎁쇼."

왕방울도 허리에 찬 검을 만지작거렸다.

"저의 목도 간지러워 몸살 날 정도입니더."

돼지코도 코를 큼큼거리며 목을 들이박는 시늉을 했다.

"아서라. 전시 중인 데도 약초를 캐 와서 환자들 치료에 도움 주는 것도 국익에 기여하는 거라네."

도백선사는 꾸중을 하면서도 여운을 남겼다.

"때가 이르면 너희들의 장기도 쓰임새가 있을 거니라."

논개 부부가 사는 초가는 방 두 칸에 부엌이 딸린 허술한 곳이었다. 방 한 칸은 부군의 호위병인 보원이 사용했다.

초가 뒤란은 꽤나 넓어 창고와 마구간도 마련되었다. 창고는 무기를 보관한 곳이고 마구간은 부군의 천리마와 자신의 애마의 보금자리였다. 부군의 귀가는 보름이나 달포이므로 그 마구간은 애마의 보금자리나 진배없었다. 천리마와 애마는 서로 마주치면 아비와 자식처럼 정다이 서로 몸통을 부대끼며 살갑게 굴었다. 햇빛도 다사로이 놈들의 검붉은 털을 비췄다.

부엌의 도우미는 옆 초가에 사는 섭냄이었다. 섭냄은 재혼해 두 아들 어미가 되었다. 서방 덕배도 부군의 부하였다.

논개는 부군이 나라 사랑의 열정과 정직하고 청빈한 삶의 태도, 부인 김 씨에 대한 자상한 예의, 형제간의 남다른 우애를 볼 때마다 경외감에 젖어 그게 행복의 통로란 걸 새삼 가슴에 아로새겼다. 그리하여 부군의 건강을 챙기고 보원에게 부군의 행방을 알아내 그를 돕기 위해 변장하곤 몰래 뒤따랐다. 그런 사이 적의 가슴에 화살을 당겨 숨지게도 했다. 처음 상대는 사십 줄의 건장한 남정네였다. 그가 칼을 내리쳐 아군병사를 죽이고 웃음을 호탕하게 터뜨리자, 논개의 의협심은 극에 달해 왜병의 가슴팍을 향해 화살을 겨누었다. 그 사건으로 논개는 그 왜병의 환영이 되살아나 며칠을 잠 못 이루었다. 그래도 적을 숨지게 한 게 열손가락을 채울 정도였다. 아무리 강심장이어도 칼로 적의 목을 치는 행위는 할 수 없었다.

그런지 두어 달 지났을까. 보원과 덕배의 부축을 받은 부군이 왼쪽 팔뚝에 적의 화살을 맞아 귀가했다.

논개는 부군을 껴안았다.

도백선사가 까무러친 부군을 치료한 후 덧붙였다.

"워낙 건강해 위험에서 벗어났지만 독화살을 맞으셔서 마음 놓을 상황은 아니므로 안정을 꾀해야 합니더."

"선사님이 계셔서 한숨 돌렸습니다."

논개는 도백선사의 치료에 감사했다.

"지리산의 약재는 만병통치의 보고라오. 이 늙은이가 나라를 위해 도우미가 되었으니 그저 산신령의 은택에 감사합네다."

도백선사의 치료법은 화살나무 잎을 말린 걸 가루로 내어 상처에 붙였다. 그 나무의 줄기에 화살처럼 날개가 달렸다고 그 명칭이 붙었다. 여린 순은 나물로 무쳐먹거나 국에 넣어 먹는 별미였다. 염증 치료에도 사용되었다.

꾸지뽕은 가시가 많아 다루기가 힘들었다. 그래도 열매는 밤톨만한 게 당뇨와 고혈압 환자에게 알맞은 약재였다. 노란 뿌리도 달여 마시면 몸에 이로웠다. 질경이도 초가 둘레에 많이 자라 논개는 그걸 찧어 부군의 상처에 붙였다.

이튿날 깨어난 최경회는 사흘 밤을 지낸 뒤, 왼쪽 팔뚝의 붕대를 풀고는 떠날 채비를 서둘렀다. 논개는 꾸지뽕 뿌리를 달인 약사발을 부군에게 건넸다.

"달포의 요양이 필요하다던데, 쉬셔야지요."

"내 어찌 나라가 몹시 위태로운데 몸을 사리겠는가."

부군이 떠나기 전, 논개는 보원에게 물었다.

"장군에게 불화살을 쏜 왜놈은 누구인가?"

"게야무로 로구스케 장군인데, 맹장이면서도 성격이 포악해 왜놈들도 벌벌 떤답디다."

신검으로 검술 사범을 거쳐, 왜국 전역의 스모 대회에 나가 특상을 받았다. 그 대회를 통해 가토 기요마사의 부장으로 발탁 돼 조선 징벌에 나섰다는 것이었다.

게야무로 로구스케. 게야무로 로구스케, 다시금 논개는 왜놈 장군의 이름을 되뇌었다. 게야무로 로구스케. 그러자 보복심이 불타올랐다.

논개는 진주성에 모인 피난 온 여자들을 모아 의지를 다졌다.

"우리가 아녀자라고 몸을 사려선 아니 되옵니다."

"그러다마다요. 우리들의 서방님들과 금쪽같은 아들들이 피

흘리며 나라를 지키기 위해 목숨까지 바치는데 가만히 손잴 순 없습니더."

논개는 젊은 여자들에게 행주산성 전투에서처럼 각자 역할을 분담해 참여 하자는 결의를 다졌다. 가마솥에 물을 끓인다든지 그 물을 성벽 아래로 쏟아 부을 사람, 돌멩이를 주워 모을 사람들이었다.

최강은 1559년 경상남도 고성에서 태어났다. 그는 무과에 급제해도 벼슬길에 나가지 않았다. 임진왜란이 일어나자, 형에게 독촉했다.

"우리 집은 대대로 충효를 이어왔잖습니까. 나라가 쑥대밭이 되었는데, 숲속으로 도망가 옹졸하게 사는 것보다 마땅히 의병을 일으켜 적을 무찌르는 것이 도리 아니겠습니까."

최균도 동조했다.

"장하도다. 그러고 말고."

그들 형제는 고향 백성들을 노략질하던 왜군을 무찌르고 조종도와 곽재우와 함께 경상도 일대를 누비며 왜군을 물리쳤다. 진주성 싸움에서도 김시민을 도와 공을 세웠다.

1593년 김해에 침입하려던 적을 격퇴했다. 이듬해엔 김덕령과 더불어 고성에서 왜군과 싸우는 등 의병장으로 활약했다. 그 사실이 널리 알려져 경상좌수사가 되었다.

최균도 동생과 함께 고성과 사천 등지에 진격해 적들을 물리쳤다. 그 뒤 사천에서 배를 타고 침입한 적들을 형제가 힘을 합해 격퇴했다.

최강은 그 공으로 통정대부에 올랐다. 하지만 그는 대신들의 권력 다툼에 비감을 느끼고 그 직에서 물러나 고향에 돌아와 형과 지냈다. 이웃들은 그 집을 효우려孝友廬라고 불렀다.

김덕령은 1567년 12월, 전라도 광주목 성안에서 태어났다. 본관은 광산 김 씨였다. 어릴 때부터 총명해 당대의 석학인 성혼의 문하에서 수학했다. 임진왜란이 일어나자, 고경명의 의병에 참여했다. 모친상을 당해 삼 년 동안 시묘사리도 했다.

그는 고향에서 명성을 얻어, 많은 의병들이 따랐다. 조정에서도 병기와 군량을 지원했다. 1593년 11월, 담양에서 거병할 당시 거느린 병사가 5천 명이 넘었다.

이듬해 2월, 선조가 어명을 내렸다.

그대에게 충용군이란 군호를 내리노리. 왜군의 전라도 침입에 대비해 경상도로 가서 진해와 고성을 방어하라.

그해 달포 뒤, 그의 휘하 별장 최강이 고성에서 40여 명을 이끌고 왜군과 교전을 벌여 왜병 90여 명을 사살하고 다시 창원에서 왜병들을 참했다. 그는 군율을 엄격하게 집행하며 명장으로서의 품격을 지켰다.

1596년 2월, 선조를 알현한 권율이 아뢰었다.

김덕령은 용력이 뛰어나지만 지나치게 군율을 엄격히 적용해 곤장을 치거나 귀를 잘랐기에 군병들이 도망쳤습니다.

뒤이어 그런 사례가 많아, 그는 주위 장군들에게 모함을 받았다. 아무리 전시 중이라도 군사들의 목숨을 경히 여김은 살인죄에 해당한다고 목소리를 높였다.

군율에 따라 장졸들을 다스린 김덕령에게 살인죄를 적용함은 지나칩니다.

진주 출신 학자 성여신도 그에 대한 탄원서를 올렸다.

찬반 여론이 분분하자, 사헌부는 김덕령을 탄핵했다. 그 소식을 듣고 선조는 다시 어명을 내렸다.

왜군들이 떼거리로 몰려드는데, 용맹스런 장군이 필요하다. 그러고는 전마까지 내렸다.

김덕령은 감읍해 왜군을 무찌르는데 열성을 쏟았다.

1596년 8월, 김덕령이 옥에서 고문 받아 숨졌다. 그러므로 남도의 군민들이 원통히 여겼다는 소문이 퍼졌다.

그에 따른 호사가들의 평도 널리 알려졌다.

혼란스러운 정치 상황에 성급하고 밝지 못한 처신으로 여론에 휘말린 희생양이었다.

전란이 계속되어도 봄은 어김없이 다가왔다.

꽃향기가 분분하던 사월 중순, 논개는 옛 지기들을 맞았다.

"소식 몰라 애태웠는데 가까이 이사 왔으니 반갑지 뭐냐?"

달매가 먼저 선수 쳤다.

"우야꼬예. 마님을 뵈오니 진짜르 꿈만 같습니더."

초란이 진주 사투리로 반겼다.

"엄시게. 진주에 산다고 벌써부터 혓바닥이 나불대는데 머잖아 아예 이곳 본토박이 행세 하겠네."

논개가 넘겨짚었다.

"여기 오고 싶어 애를 태웠는데, 너의 얼굴을 보니 먹먹한 가슴이 후련하군."

부들가의 목소리도 맑게 울렸다.

"명창으로 이름을 드날린다더니 목소리마저 가락에 젖었구나."

달매와 초란, 부들가도 두상에 타래머리를 얹지 않아도 기생임이 드러났다. 짙은 화장을 지워도 버들눈썹과 기름 바른 반듯하게 쪽진 모양새와 교태어린 자태가 그리 보였다.

달매 남매는 팔괘가 영해 동헌 수문장직을 그만 두고 진주 본가로 왔을 때 동행했다. 달매는 오라비가 최경회 의병으로 가담해 왜병 칼에 목숨을 잃자, 진주 교방 기적에 이름을 올렸다. 초란도 달매의 이끌림에 따랐으며, 부들가도 진주 교방의 소리꾼으로 영입돼 기생이 되었다.

달매가 눈을 내리떴다 치떴다.

"옥봉에서 오는 곳곳마다 왜놈들이 진을 쳐 그들의 눈길을 피하느라 애를 태웠어. 고종오빠 부부에게도 들키지 않아야 했거든."

팔괘는 달매가 기생 된 소식을 아내에게 듣고는 교방으로 향했다. 그는 옥봉 교방 앞을 지나 선학산 자락에서 창을 연습하던 외사촌 여동생과 마주쳤다. 팔괘는 옆 돌아볼 겨를 없이 달매의 머리채를 휘어잡고 폭력을 가했다.

"네, 이년, 오데 할 짓이 없어 사내새끼들의 피 빨아 먹는 백야시로 둔갑했노."

팔괘의 고함이 소나무 가지를 흔들 정도로 우렁찼다.

"왜 오라버니가 야단이야 야단이긴."

달매도 지지 않고 맞섰다.

"니 꼴이 뭐꼬? 조상 앞에 빛감도 못 하니 우짤래."

"양반 후손도 못 되고 중인 신세에 조상이 당키나 해?"

"내, 니 주리를 틀고야 말겠다."

팔괘는 외사촌 여동생의 얼굴을 향해 주먹질을 했다. 달매의 얼굴이 피투성이 돼도 이미 기생 된 걸 바로잡을 순 없었다.

"앞으로 내 앞에 얼쩡거리지도 말그래이. 내 니를 죽사발로 맨들 테니."

달매는 팔괘가 올까 봐 몸을 사렸다.

아군들과 왜군들과의 총격전과 아우성이 바람을 타고 들렸다.

"에나 언제까지 콩닥콩닥 가슴 조여야 할지 모리겠습니더."

초란은 '에나'를 들먹이며 양손으로 가슴을 싸안았다.

에나는 정말 참말이란 뜻의 진주 지방 토속어였다. 에나? 에납니껴? 그 토속어는 진주 사투리에 기름처럼 배여 그 사투리가 투박하지 않고 부드럽게 이끌었다. 처녀가 에나예? 하면 총각이 한없이 보호해 주고 싶은 정감이 일었다. 기생들도 그 사투리를 즐겨 사용했다. 감질나게 곡진하게도 하는 그 사투리로 남정네들의 가슴을 파고들면 그들의 성욕을 자극한 촉진제가 되었다.

"에나 그런 기라. 소리기생으로 평양까지 가서 이름을 드날렸으니 살판 났은께."

달매도 수긍하며 부들가에게 시선을 돌렸다.

"부벽루에서 창을 부르니 대동강물이 출렁이고 잉어가 춤을 추니 그만한 출세도 없은께."

부들가가 그 장면을 흉내 냈다.

"너네들 모두 통통하게 살쪄 몰라보겠는 걸."

달매와 초란, 부들가도 깡마른 체격이었는데 얼굴에 살이 붙어 기름기가 흐르고 몸매도 피둥피둥했다.

"그것도 몰라? 진주 교방 요리가 얼마나 진국인지. 삼천리 방방곡곡의 한량들과 양반님들도 몰려든 곳이란 걸."

뒤이은 항변은 달매가 침을 삼킴으로 목울대로 넘어갔다. 물론 궁뎅이 짓이 뱅글뱅글 돌아야 하는 거지만.

교방 상에 차린 요리는 황백지단, 잣, 배, 숙주, 오이, 실고추 등, 참기름과 씨간장으로 맛을 돋우고 육회를 곁들이므로 장수 요리라고도 칭송받았다. 육회는 갓 잡은 소고기라 신선한 맛이 입맛을 돋우었다.

"제게 머리 얹어 준 강 씨 도령이 진주 사투리를 못 하몬 박대하것다 캄스르 꼬시더니 요샌 아예 발길을 끊었습디더."

초란의 얼룩진 표정에 달매가 재를 뿌렸다.

"진주성씨 강정하라고 떵떵거리더니, 네년 밑구멍에 곰팡이 피게끔 얼씬도 안하니 우짤꼬."

달매도 진주 사투리에 물들었다.

"기妓가 비婢보다 낫다?"

논개는 달매에게 예전에 묻던 질문을 다시금 되뇌었다.

"기생 팔자가 노상 정나미 떨어진 게 아니란 감이 든 건 사실이야."

달매가 운을 떼고는 육자배기 가락을 늘어놓았다.

내게 머리 얹어 준 대감은 고추가 말라비틀어진 허깨비지만

시시때때로 돈냥을 안겨준 양반이라

그걸로 장수에 논마지기를 마련했은께

대감이 운신을 못하더니 피를 토하고 저승객이 되었어

이래저래 팔자타령에 눈물이 마를 즈음, 열다섯 애숭이가 나를 죽자고나 따르니 살판 났은께

애숭이는 부친 등살에 못 견뎌 장가가서 교방에 발길 끊으니 내가 얌전뺄 위인이 아니잖아

비수 들고 애숭이 신방으로 들이닥쳐 죽이겠다 캄스르 야살 떠니

애숭이가 줌치에서 내 준 게 논 한 마지기 값이라

이래저래 호강한 기생 팔자를 손 부르트고 천대 받는 악발이 여종 신세에 견주리까

겉으론 가락을 뽑는 게 기세등등해 보여도 달매의 눈가에 진 잔주름이 그동안의 신산스러움을 대변해 주었다. 중인이지만 기생이 되었으니, 밥 굶지 않을 논을 마련한 게 최상의 복일 것이다.
"그래, 몸 조신하고. 잊지 말아야 할 건 왜놈들이 들이닥치면 얼락녹을락 할 게 아니고 당당히 맞서야 한다는 걸."
논개는 초가 삽짝에서 옛 지기들을 배웅했다.

왜군들과 조선군들의 양쪽 전쟁이 치열하게 계속되었다.
동래에 주둔한 왜군 20여만 명이 김해와 창원을 거쳐 함안의 진영을 공격했다. 김해에선 육로로 창녕에선 낙동강을 거슬러 올라와 수륙으로 병진해 함안, 의령, 반성을 점령했다.
왜군이 함안 일대를 노략질하자, 순변사 이빈은 의령에서 다른 도의 장수들에게 간곡히 권했다.
놈들의 계획은 진주를 함락하기 위함입니다. 지금 진주성에 주둔한 군사로는 성을 지키기 어렵습니다. 여러분들은 진주성으로 가서 도움을 주어야 합니다.
우리들이 그러면 자살 행위와 다를 바 없습니다.
각 도의 장수들은 지원 요청을 거부했다.
권율도 그에 맞섰다.

외곽에서 왜구를 공격해야 합니다.

그리하여 진주성을 지켜야 한다는 수성론과 진주성을 비우고 외곽에서 적의 기세를 꺾자는 공성론이 대립했다.

진주성을 포기하면 적은 성내에 쳐들어가 그 환난이 클 것이므로 당장 진주성으로 들어가서 적을 막는 게 최선입니다.

수성론자의 주장에 공성론자들도 강하게 맞섰다.

왜군들의 세력이 창대하고 아군은 싸울 만한 장수가 적고 군량미도 적으니 경솔하게 전진하지 못합니다.

권율도 담대한 포부를 펼쳤다.

오직 용병만이 제대로 군사들을 부리고 지혜로운 자만이 적의 동태를 헤아립니다. 지금 놈들의 수가 많으므로 그 기세를 꺾을 순 없지요. 이 몸이 죽는 건 아깝지 않으나 군졸들을 버릴 순 없소이다.

곽재우도 동조했다.

진주성을 사수하기보다도 외곽 지역에서 적을 공격하는 게 더 나은 계책입니다.

권율은 전라병사 선거의에게 전령을 보내 성에서 나오라고 명령했다. 그러자 여러 장수들이 성안에서 나와 산청 방면으로 물러났다.

이젠 우리들은 죽기를 기다릴 뿐입니다.

죽음을 각오한다면 왜병을 하나라도 죽여야지요.

성안 백성들의 원성도 드높았다.

이러시면 안 됩니다. 정신을 똑바로 차려 놈들과 맞서야 합니다.

최경회가 앞장서서 호령하자, 김천일은 장남의 부축을 받으며 외쳤다.

오직 우리들에게는 놈들을 죽이느냐, 우리들이 죽느냐, 양 갈래 선택을 해야 합니다.

고종후는 동요하는 군사들을 진정 시키며, 3만여 명의 민간인들에게 질서를 호소했다.

그는 장흥 출신의 학자이며 의병장 고경명의 장남이었다. 부친은 작년 진주성 전투 때 왜병의 화살에 맞아 숨졌다. 그는 부친의 시신을 부여잡고 통곡하며 결의를 다졌다.

아버님이 못다 하신 의병장 직무에 심혈을 바치겠나이다.

그는 문과에 급제해 현령에 이르렀지만, 부친과 함께 의병을 일으켜 왜군을 무찌르는데 앞장섰다.

최경회는 고경명과는 서로 너나들이 하는 벗이었다. 벗이 숨지자, 고종후를 친아들 못지않게 보살피며 군사 작전을 세웠다.

최경회가 초가로 귀가했다. 호위병인 보원과 덕배와 함께였다.

달포 만에 맞이한 부군의 모습이 생각보다도 기가 엿보여 논개는 한숨 돌렸지만 안심할 상황은 아니었다.

"독화살 흉터는 어떻습니꺼?"

"흉터는 겉모습은 보기 흉할 정도는 아니지만 가끔 그 독이 내 몸 안에서 요술을 부려 온몸이 저려온다네."

논개의 얼굴이 하얗게 질렸다.

"그러시면 집에서 쉬셔야지예."

연세도 육순을 넘겼는데 어떻게 그 독기를 감당하시겠습니까. 그 항변은 입안에서 맴돌았다.

"별 탈 없을 거니 염려 놓으시게."

저녁상은 섭매가 마련했다. 보리밥에 된장국, 상추 절임과 파전의 조촐한 상인데도 그들은 맛있게 먹었다. 논개는 벽장 안에 넣어둔 매실주도 곁들여 그들을 접대했다.

논개는 부군의 건강을 위해 평소엔 석청항아리에 든 꿀을 떠내 미지근한 물에 타서 드렸다.

거안제미라니?

소안을 눈높이에 올려 바침을 보고 부군이 허허허 웃었다.

저는 님이 웃으시는 걸 뵙는 게 보약 이상의 효과를 발휘하거든요.

정초엔 도소주를 반주로 올렸다.

섣달그믐에 약재를 베보자기에 싸서 우물에 넣었다 꺼내 청주와 함께 끓이면 도소주가 되었다. 때때로 원인 모를 돌림병이 나돌아 백성들이 숨진 예가 잦았다. 그러므로 정초에 도소주를 마시면 사악한 기운을 떨쳐버린다는 민간요법에 의해서였다.

추석엔 햅쌀로 신도주를 빚었다. 단오에는 창포주, 봄엔 청명주를 빚어 부군에게 올렸다. 부군은 술을 즐기진 않아도 반주로 마시기에 논개는 술을 빚는 데도 정성을 들였다. 밤이 되자, 논개는 부군 옆에 누웠다. 부군의 품에 안기자, 따스함이 자신의 몸을 녹인 듯했다. 부군의 온기는 바로 자신이 생을 이어갈 활력소였다. 육순을 넘겼는데도 부군의 정력은 강했다. 논개는 쾌감에 젖어 새벽녘에 단잠에서 깨어났다. 호롱불 아래 드러난 부군의 모습은 평온하기 그지없었다. 영원토록 저 모습을 봬야 할 텐데. 문득 논개는 부군이 달아날까 봐 그의 품속으로 파고들었다.

"잠이 오지 않는구나?"

"단잠에 빠져 꿈도 못 꾸었는걸요."

부군이 허허허 웃었다.

"오늘 당장 군사 작전을 어떻게 해야 할지 가름이 서질 않아."

자나 깨나 부군은 그 명제에 몰두했다.

논개는 독화살 맞은 부군의 왼쪽 어깨 상처에 입술을 들이대 입김을 불었다.

"따뜻하고도 시원하구나."

"전 마냥 입김을 불고 싶거든요."

부군은 다른 데로 방향을 돌렸다.

"만일 내가 없으면 장수로 돌아가려느냐?"

낭군이 이 세상에 존재하지 않다니요.

"전 어디까지나 여기서 님과 살고파요. 전쟁이 끝나면 남강에 배 띄우고 잉어도 잡고 뱃놀이하며 창도 부르고요. 진주가 바로 저의 고향인걸요."

초가 둘레의 텃밭엔 채소도 기르고, 논도 두어 마지기라 나락도 수확해야죠.

"그렇다면 오죽 좋으리."

부군은 식은땀을 흘렸다. 독화살 맞은 상처가 덜 아문 탓이라던 도백선사의 귀띔이었다. 그 독은 시시때때로 부군을 괴롭힐 거란 것도.

논개는 새삼 되뇌었다. 게야무로 로구스케, 게야무로 로구스케. 내 네 놈을 기필코 죽여야 하리라. 게야무로 로구스케, 네 이 놈. 논개는 복수심이 타올라 치밀어 오른 분노를 삼켰다.

논개는 나라를 위해 목숨을 바쳐야 할 경우엔 가토 기야마사 같은 맹장을 죽이고 숨을 거두어야 한다던 결심을 다져 온 터였다. 그리하여 적군의 간담을 서늘하게 할 의로운 죽음이야말로 나라 사랑의 초석이 아니겠는가를 곱씹곤 했다. 하지만 사랑하는 님이 계시는데 자신이 희생양이 되는 것보다도 님을 잘 모셔야 하는 게 중책임을 깨닫곤 했다.

논개는 학을 수놓은 수건으로 부군의 땀을 훔쳤다. 그러고는 그런 수건 두 개를 부군의 군복 상위 주머니에 넣었다.

날이 밝자, 부군은 천리마를 타고 보원은 말고삐를 쥐고 떠났다. 덕배에게 식구를 잘 돌보란 격려를 하고, 논개에게 섣불리 바깥출입을 하지 말란 경고로 주위를 상기시켰다.

이른 새벽, 논개는 남장을 하고 진주성 남쪽으로 향했다. 어둑

했지만 애마는 눈 익은 길을 잘도 달렸다. 석벽에 둘러싸인 강변에 닿자, 논개는 휘파람을 불었다. 그 휘파람 따라 애마가 훌쩍 뛰며 목청을 틔우자, 여기저기서 민초들이 하나씩 둘씩 모여들었다.

"99명 출석."

그들의 우두머리가 논개에게 거수경례를 올렸다. 일백 명에서 한 명 모자람을 칠성거사가 일깨웠다.

"나라가 태풍 앞에 깜빡이는데 마누라랑 단잠에 빠져든 꼬락서니라니."

"출석 않고도 암암리에 도우니 그 명단에서 빼 주셔야죠."

논개가 칠성거사에게 귀엣말로 속삭였다.

의병에는 몸담지 않겠다던 팔괘였지만, 논개가 의병들을 모으자, 의협심이 솟구치는 건 어쩔 수 없었다. 혈기를 바깥으로 내뿜지 못함은 가족 사랑을 저버릴 수 없어서였다. 그래도 지리산 약초꾼들과 심마니들, 씨름판의 장사들을 논개에게 안내했다. 부군이 적에게 어깨에 독화살을 맞아 피를 많이 흘리고 화살에 묻은 독을 치료할 때도, 도백선사를 모셔와 치료케 했던 것도 그였다.

칠성거사를 논개에게 소개한 것도 팔괘였다.

진주 교방을 거들먹거리며 하릴없이 놈팡이 짓을 일삼던 칠성거사는 팔괘를 보자마자 대뜸 눈총을 겨눴다.

마침 잘 만났군. 요새 몸이 근질근질 하던 참이었는데 씨름판에서 또 겨눠보자고. 니는 호랑이고 난 사자 아닌갑네.

팔괘는 잘도 받아넘겼다.

요새 왜놈들이 호시탐탐 노리는데 너랑 나랑 엉겨 붙어 으르렁해 봤자야. 어느 누가 나팔 불며 쌍수 들고 환영하겠는가. 자네의 찰떡궁합은 따로 있은께.

그 천상요절은 누고?

그리하여 칠성거사는 논개의 심복이 되었다.

참 귀신이 곡하고도 남제. 대장을 보는 순간 이제껏 산 게 허수애비 노릇인께.

칠성거사는 논개에게 굽실거리며 아부를 떨었다.

나라를 위해 착한 일을 하니 하늘도 도와서 그런 게 아닙니까.

논개가 의병을 모집하는데 팔괘와 칠성거사가 도우므로 걱정을 덜었다. 진주성 주위에는 거지들도 많았다. 가난뱅이와 문둥이 외에 백파白波도 그에 속했다. 백파는 도둑의 이명이었다. 백파들은 촉석루 주위를 맴돌며 저명인사들의 주머니를 털기도 안산 터줏대감들에게 강짜 놓아 먹거리를 얻기도 했다. 안산 터줏대감들이 방귀만 뀌어도 평거의 소작농들이 이마빼기를 땅에 붙인다는, 텃세가 대단한 양반들이었다. 거지들과 백파들도 위협심이 강해 나라가 위태롭자, 자진해 논개의 의병 모집에 참여했다. 더구나 팔괘와 칠성거사의 입질과 완력엔 당할 자 없어 의병의 수는 늘어갔다.

팔괘의 권유로 뿔다귀, 왕방울, 돼지코도 논개의 호위병사가 되었다. 도백선사를 돕는 약초의 보급원은 조갑영과 신천댁 부부였다. 동해는 백마의 몰이꾼으로 도백선사가 지리산에서 진주로 왕래할 때, 진주에선 한방 보조원으로 도백선사를 도왔다.

논개는 그들 앞에서 외쳤다.

"왜놈들이 떼거리로 몰려 온다하니 우리도 합심해 적을 물리쳐야 합니다."

"그럼요. 우리들이 사람 구실하기 위해선 이때를 놓칠 순 없습니다."

칠성거사가 답했다.

논개는 마련해 온 무명 보자기들을 그들에게 나눠 주었다. 그들은 저마다 격전을 치르기 위해 그걸 앞치마로 허리에 차고는 돌멩이와 흙을 모았다.

논개가 이끈 의병들 위로 '남가람 구국결사대'라 쓴 하얀 깃발이 바람에 나부꼈다. 남강에 모인 구국결사대란 뜻이었다. 붓글씨는 도백선사가 쓰고 하얀 옥당목 천은 백의민족을 가리켰다. 그 천 값도 도백선사가 마련해 주었다. 도백선사는 환자들을 치료함으로 주머니 사정이 넉넉해 논개의 자금줄이었다.

구국결사대를 조직하고 싶은데 그 명칭을 뭐라 하면 좋겠습니까?

논개가 의지를 다지자, 도백선사가 흔쾌히 수락했다.

강을 옛말로 '가람'이라 하지요. 참 좋은 우리 말 아니오. 남강이니 '남가람'이 단연 돋보이지 않소이까.

논개도 도백선사의 뜻을 중히 여겨 '남가람 구국결사대'가 탄생됐다.

논개는 그 회원들에게 할 일을 분담 시켰다. 가마솥에 밥을 짓는 여인들, 펄펄 끓는 물을 성 밖으로 쏟아 부어 적을 숨지게 하는 여인들, 우물물을 길어 오는 남정네들, 돌덩이를 성 밖으로 굴러 떨어뜨리는 남정네들, 화살과 창칼로 적을 쓰러뜨릴 남정네들로 법석댔다.

논개의 주 임무는 화살 쏘기였다. 적군을 보면 화살을 쏘아대어 숨지게 했다. 가슴에 화살을 맞은 적군은 두어 번 쏘아야 숨을 거뒀지만 적군의 이마를 관통하면 즉사였다.

그 장면을 목격한 황진이 논개를 치하했다.

"고맙소. 하늘을 울린 부인이야말로 진정 조선의 애국자입니다."

황진은 논개가 최경회 장군의 부실이란 사실도 더욱 경외하기에 이르렀다. 논개 수하 의병들에게 무기와 양식도 부하들을 시켜 전달했다.

진주성 안의 양식은 군량미도 있지만 안산 터줏대감들이 뜻을 펼쳐 도왔다. 그들의 보금자리인 청청한 기와집들도 아군의 군사 기지로 사용하게끔 배려했다.

"제가 마땅히 할 일인 줄 아옵니다."

논개도 황진의 청빈한 자세, 백성들을 위한 보살핌, 나라 사랑을 실천한 관리로서의 책임감 등이 최경회와 닮아, 님을 대하듯 황진을 모셨다.

아낙네들은 논개의 지혜롭고 용맹스런 모습을 보고 감탄했다.

어느 누가 저 남장한 대장을 여인이라 하겠는가.

민첩하긴 날쌘 독수리요 부하들을 거느린 매운 눈빛은 어느 장사가 따르겠는가.

칠성거사도 논개 대장 앞에선 옴죽 못한다더라.

다 타고난 복대로 사는 거지. 우리 아낙네들이야 알고도 모른 척 아파도 모른 척 사는 게 아니겠나.

근데 황진 장군 말이야. 논개 대장을 은애하는 것 같아.

무슨 당치도 않은 허깨비 놀음이냐? 그래 황진 장군이 바람피울 미인들이 천지 삐까리일 텐데 여장부에게 침 흘리겠노?

은애는 보통 짝짓기랑 다르다니까. 은근히 논개 대장을 돕기도 하고 멀리서 바라본 눈빛이 그리움 아닌가 싶어.

연모를 가슴에 품었다? 그건 아닐 거야. 당신이 해야 할 일들을 명쾌하게 행한 논개 대장을 우러러 보시는 게 아닐까.

피비린내 나는 전쟁터에서 은애의 감성은 여유와 힘을 더욱 실어 줄 게 아닌가.

아낙들은 황진 장군과 논개 대장을 저울에 올렸다 내렸다 했다.

사나흘 지났을까. 조선군과 왜군의 전투가 다시 시작 되었다. 부슬비를 맞고도 그들은 뒤로 물러서지 않고 서로 대항했다. 부슬비는 폭우로 변했다.

최경회와 김천일은 성루에 올라 사방을 둘러보았다. 천혜의 요새 못잖게 소나무 숲과 갈참나무와 떡갈나무들이 푸르게 치솟은 진주성 아래로 강은 유유히 흘러 절경의 경치라 정감을 불러일으켰다.

"형님, 이런 아름다운 곳에서 창칼을 겨누고 화살을 쏘는 전쟁이라니요?"

김천일은 최경회보다 네 살 아래인데, 서로 호형호제하며 친애를 다져 온 사이였다.

"우리 모두 목숨을 바쳐 이 성을 지켜야 하네."

최경회가 결심을 굳히자, 김천일의 화답이 뒤따랐다.

"그렇고말고요."

전투는 격렬하게 계속되었다. 병기와 군량도 부족해 두 장수의 심리를 꿰뚫기라도 하듯 성 아래에 이상한 형상이 벌어졌다. 여태껏 보지 못한 왜군들이 끄는 신무기였다.

귀갑차龜甲車의 출현이로군.

최경회의 탄식에 김천일의 대구가 뒤따랐다.

언제 놈들이 저런 신무기를 만들었을까요.

귀갑차는 나무궤짝을 바퀴가 네 개 달린 마차 위에 올려놓고 군사가 안에 들어가서 작동하는 거였다.

전투가 계속 될수록 아군의 수는 줄어들고 왜군의 수는 줄어들수록 그 빈자리를 메웠다. 양군의 격차가 벌어질수록 왜군의 귀갑차는 집중 공격을 퍼부었다. 왜군은 성의 동쪽에 토성을 쌓아 그 위에 올라가서 아래를 내려다보며 총포를 쏘아댔다.

성안의 수성군은 황진과 고종후가 책임지고 이끌었다. 그들의 부하들도 성안에 토산을 쌓아올리기 위해 흙과 돌을 져 날랐다.

"먼동이 트기도 전인데 오셔서 도와주니 고맙기 그지없네."

황진이 말문을 트자, 고종후도 뒤를 이었다.

"황 장군을 뵈니 아버님을 뵌 것 같아 가슴이 저려듭니다. 왜놈들을 격파 않고선 어찌 조선 백성이라 하겠습니까."

논개가 이끈 '남가람 구국결사대' 회원들도 그러했다.

강동수와 정가희도 팔괘의 소개로 그 결사대의 회원이 되었다. 정가희는 부군이 등에 멘 화살통을 바로 세우며 용기를 북돋웠다.

"서방님의 화살이 시퍼렇게 살아 얼른 나를 선택해 달라고 아우성치는군요."

"그대의 눈썰미에 현혹된 화살이 살아 움직이니 내 어찌 명궁이 아니 되겠는가."

정가희도 앞치마에 두른 무명보자기에 돌멩이를 주워 모았다.

칠성거사는 불에 달군 쇠막대기를 적군에게 휘두르며 고함쳤다.

"작살 맞아 뒈질 놈들아, 내가 왕년에 남강 씨름판에서 깃발 날린 칠성거사이니라."

그 장면을 목격한 수만 명의 피난민들도 황진과 고종후를 따랐다. 새벽녘이 될 무렵 산봉우리가 우뚝 솟았다.

조선군들은 사력을 다해 돌을 굴러내려 왜군들이 쌓아올린 토성을 무너뜨렸다. 귀갑차도 여러 대 박살났다.

마침 기회다 싶어 김천일이 명나라군에게 구원 특사를 보냈지만 끝내 오지 않았다.

"어쩌겠습니까. 우리가 사력을 다할 수밖에요."

김천일의 각오를 듣고 최경회가 응했다.

"그럼. 끝까지 대항해야지."

그날 밤, 김천일은 서예원에게 물었다.

"서 목사가 이끈 군대는 몇 명이나 되오?"

"도망 간 군사들이 많아 겨우 이백 명에 못 미칩니다."

진주성 목사인데 1천 명은 넘어야 하거늘. 김천일은 겁 많고 나약한 서예원을 나무라지 못하고 감쌌다.

"우리 부대가 앞장 설 테니 뒤따르며 놈들을 물리쳐야 하지 않겠소?"

"몸도 불편하신 창의사님의 은덕에 감격하옵니다."

서예원은 김천일 부대 뒤를 따르며 왜군을 무찌른 전공을 세웠다.

그날 새벽, 왜군이 물러나자, 고종후가 황진에게 물었다.

"왜놈들이 우리 조선 백성들을 노예로 팔아넘긴다는 풍문이 떠도는데 진짜인지요?"

"그렇다고 하더군."

황진도 두 주먹을 불끈 쥐었다.

왜군들은 조선 백성들을 본국으로 끌고 가서 노예로 팔아넘긴 사례가 자주 일어났다.

그들이 선택한 조선 백성들은 거의 서른 살 안팎의 건장한 남정네들과 여인들이었다. 그런 사례는 도요토미가 명을 내려서였다.

세공 기술자들과 바느질 잘하는 여인들을 본국으로 보내라.

조선 백성들은 손재주가 뛰어났다. 바느질 운운은 군복을 짓기 위해서, 손재주의 으뜸은 도자기 만든 기술이었다. 조선은 14세기 원나라 다음으로 도자기를 만든 나라였다. 일본인들은 조선을 침략하고부터 그들이 귀중히 여긴 막사발이 조선 곳곳 민가에 널려진 걸 보곤 눈이 뒤집혔다. 차의 예법인 다도를 중히 여긴 일본인들은 그걸 자기네 나라에서 기술을 익히고자 혈안이었다.

그런 데다 일본으로 끌려간 수많은 조선인들은 포르투갈, 이탈리아, 인도, 마닐라, 마카오 등 국제 노예로 팔려, 인신매매의 주역이 되었다. 그런 연유는 일본이 당시 세계 노예시장을 장악한 포르투갈 상인들과 활발한 교역을 해서였다.

조선 백성들이 아프리카 흑인 노예 한 명 값의 열 배도 못 미치게 거래 되었으니, 조선 백성들이 얼마나 헐값에 팔렸는지, 얼마나 학대 받았는지를 짐작하고도 남았다.

"어디 그것뿐인가. 놈들이 우리 귀한 목숨을 삶아 허기를 면한다고 하니, 천지가 진동할 악행들이 아니겠나."

황진이 부르르 떨었다.

전쟁이 일어나면 부족한 게 양식이었다. 그걸 메우기 위해 산사람을 삶아 먹는 악행을 듣고 고종후의 팔뚝에도 소름이 돋았다.

"인간 백정놈들을 단칼에 베지 않으면 하늘도 노하겠지요."

1593년 6월 중순, 왜군들은 진주성을 빙 둘러 에워쌌다. 그들은 치밀한 작전 계획으로 군대를 여섯 개 부대로 나누었다.

성의 북쪽은 가토 기요마사의 지휘 아래 2만여 명이 포진했다. 거의 용맹을 떨친 병사들이었다. 선봉장은 괴력으로 알려진 게야무로 로구스케였다.

성의 서쪽은 고시니 유키나가의 지휘를 받은 2만여 명, 성의 동쪽은 우키타의 부대 1만 8천여 명이었다. 모리가 책임자인 2만여 명은 예비대로 대기 시켰다. 고바야키와가 지휘한 부대는 가토의 지원병들이었다. 더욱이 왜군들은 진주성을 지원하기 위해 몰려들 조선 병사들을 차단하기 위해 진주성 인근 마을에 군대를 중첩으로 주둔시켰다.

적군들이 총력전을 펼치려는데, 관군들과 의병들은 대항하지 못하고 거의 도망쳤다.

명나라 지원병들은 대구, 남원, 상주에 머물렀다.

우리가 무엇 때문에 천만리 머나먼 타국에서 추위와 더위를 견디며 생고생할까 보냐.

그러게 말이네. 왜놈들이야 조선을 삼켜 저네들 야욕을 챙기겠지만 우린 무언가. 먹는 것도 제대로 배불리 먹지 못하고 죽음마저 코앞이라 노상 불안에 떨어야 하나.

사람 팔자란 계집 껴안고 배불리 먹고 자식들이랑 오순도순

사는 이상의 복은 없으니까.

명나라 군사들도 타향살이에 지쳐 원성이 잦았다.

그들 지휘자들도 조선 정부의 거듭된 지원 요청에도 원병을 파견하지 않고 방관했다.

성 안의 조선군들은 겨우 3천여 명이었다. 수만 여 명은 피난 민들이었다. 그래도 피난민들은 의기충천해 사력을 다해 왜군과 맞설 기세였다. 이왕 죽을 바엔 왜놈 한 놈이라도 죽이겠다는 의 분으로 똘똘 뭉쳤다.

논개도 남가람 구국결사대 회원들과 함께 왜군과 맞설 결심을 굳혔다. 그런 와중에 보원이 황급히 다가왔다.

"장군은 어디 계시는데?"

논개의 석연찮은 물음이었다. 이 위기에 부군 곁을 지켜야지 무슨 일로 왔느냐는 책망이었다.

"북문입니다."

논개가 이끈 결사대원들이 진 친 곳은 남문이었다.

"가토 무리가 진 친 곳인데 얼른 가서 장군을 도와야지."

"제가 급히 달려 온 건 게야무로 로구스케가 가토 부대 선봉장 이라 그걸 알리기 위해서입니다."

"얼른 북문으로 가게나."

논개는 보원을 따돌리고 미리 준비해 둔 왜군복을 갈아입었 다. 적의 동태를 살피기 위해선 위장 전술이 필요해 그 옷을 준 비해 두었다. 논개는 어렵사리 왜군들의 포위망을 뚫고 들어가서 가토의 군대 건너편에 섰다. 더 이상 나아가지 못한 건 왜병들이 기립 자세로 서서 그 속에 끼일 수가 없었다.

멀리서도 그 부대의 선봉장을 보자, 과연 기개가 돋보이고 용맹이 출중한 장수임이 엿보였다.

게야무로 로구스케. 어디 두고 보자. 네 놈을 반드시 죽이고야 말겠다.

처음 논개가 남가람 구국결사대를 조직할 때 화살을 쏘아야 할 상대는 왜병들이 아닌, 가토 기요마사나 고시니 유키나가 같은 대장군들이었다. 하지만 부군에게 독화살 쏜 상대가 게야무로 로구스케인 걸 알고는 그들 못지않은 상대임으로 그런 단안을 내렸다.

부군이 이끈 군대도 북문이긴 했지만 왜군이 앞을 가려 어디인지 알 수 없었다.

부디 몸조심 하소서.

논개는 두 손 모아 합장하고 남문으로 뒤돌아 왔다.

여기저기서 함성이 터졌다.

진주성이 무너지기 직전입니다.

논개도 결연히 외쳤다.

우리들이 할 일은 죽음을 무릅쓰고 성을 지켜야 합니다.

도백선사도 논개에게 뜻을 밝혔다.

소인도 숨지기 전, 기예를 발휘하고 싶소.

아니 됩니다. 환자들을 치료하신 것도 버거운데 이 난리에 몸을 사려야 하옵니다.

내 명이 얼마 안 남았소. 골골해 천덕꾸러기 되기 전에 의로운 죽음을 맞아야지요.

복뎅이 삼총사도 한 목소리로 다졌다.

놈들에게 멧돼지 사냥으로 맞설 겝니다.

곳곳에는 조선군과 왜군이 총과 화살에 맞아 쓰러졌다. 조선군 시체 위엔 왜군, 왜군 시체 위엔 조선군의 시체가 겹쳐 드러누운 기현상도 벌어졌다.

양쪽 군사들은 서로 팽팽히 맞서며 낮엔 삼진삼퇴, 밤엔 사진사퇴의 치열한 공방전을 펼쳤다.

왜군들은 성을 세 겹으로 에워싸고 대나무를 얽어 울타리로 만들어 덮고 그 안에서 총을 쏘자, 탄환이 빗발쳤다. 조선군은 불화살을 쏘아 대나무 울타리가 불타올랐다. 연기가 매캐해 왜군도 조선군도 숨이 막혀 헉헉거렸다.

마침내 왜군은 흙을 높이 쌓아 올려 성에 이르렀다. 조선군들이 불화살로 맞섰지만 진주 성벽은 허물어져 왜군들에게 포위당했다.

그 순간, 백마를 탄 도백선사가 적진 속을 달리며 화살을 겨누었다. 뿔다귀, 왕방울, 돼지코도 도백선사를 빙 둘러섰다. 백발을 휘날리며 백마를 탄 백수노인은 마치 선계에 나타난 도인처럼 보였다. 도백선사가 쏜 화살이 정확하게 왜장의 앞가슴에 꽂혔다.

네 이놈들, 오데 할 짓이 없어 사람 백정으로 둔갑했노. 이 늙은이 고기도 지리산 약초로 칠갑돼 맛이 괜찮을 테니 맛 좀 보게나.

도백선사의 목소리가 우렁우렁 울리자, 어느 왜군이 외쳤다.

귀신이 화해 생사람으로 둔갑했어.

아냐. 도깨비야.

지휘자가 쓰러지자, 왜병들은 당황하며 도망쳤다.

덩달아 뽈다귀와 남가람 구국결사대원들도 함성을 지르며 왜군들을 향해 화살을 겨누었다. 왕방울은 칼로 왜장의 목을 내리쳤다. 돼지코도 쓰러졌다 일어선 왜장의 앞가슴을 들이박았다.

논개도 적군을 향해 화살을 쏘았다. 적들이 하나 둘씩 쓰러졌다. 여인들도 횃불을 들고 적들의 가슴을 지져댔다. 칠성거사가 쏜 화살들도 하나 둘씩 왜병들의 가슴을 파고들었다. 다른 여인들은 성벽을 기어오른 적들의 머리 위로 뜨거운 물을 쏟아부었다. 정가희는 돌멩이를 적들의 머리 위로 던졌다.

강동수도 쏘는 화살마다 적의 가슴팍에 꽂혔다.

"서방님의 화살이 요술을 부려 춤추며 놈들의 가슴팍을 꿰뚫는군요."

강동수는 아내가 자신을 명궁이라 칭송하자 더욱 용기가 팽배해졌다. 쏘는 화살마다 왜병들의 가슴에 꽂혔다.

도백선사는 논개 등 뒤에서 칼을 휘두르던 왜군을 향해 활을 쏘아 쓰러뜨리곤 낮은 목소리로 주의를 주었다.

얼른 피하시오. 대장은 아직도 할 일이 많소이다.

그제야 논개는 정신을 차렸다.

그럼요. 제가 할 일이 많지요.

논개는 계속 화살을 쏘아대며 남문 곁 동굴로 몸을 피했다. 강동수와 정가희도 그 동굴로 들어섰다.

"저도 도백선사처럼 의로운 죽음을 택하고 싶지만 아직 할 일이 많거든요."

강동수의 고백이 가슴팍을 파고든 정가희의 흐느낌에 잦아들었다.

이놈들아, 지리산 산신령이 여기 계시노라.

도백선사는 계속 활을 당기며 고함쳤다. 화살을 쏠 때마다 왜병들이 숨졌다. 뿔따귀도 계속 화살을 당겨 왜병들을 죽였다. 왕방울은 칼로 내리쳐 왜병들의 피가 치솟았다. 돼지코도 비틀거리며 일어선 왜병들을 향해 목을 들이밀었다.

해질녘, 왜병들이 도백선사와 삼총사 주위를 빙 둘러섰다. 그들은 왜병들이 쏜 화살에 맞아 쓰러졌다. 도백선사는 쓰러지면서도 입술에 뽑은 독기를 내뱉었다. 핏덩이가 왜병의 얼굴에 확 끼쳤다.

핏빛 노을이 더욱 빨갛게 피투성이로 쓰러진 왜군들과 아군들의 시체를 물들였다.

"네 이놈들, 네놈들을 몰살 시키지 않고선 어찌 내가 눈을 감으리."

황진도 부하들과 함께 장렬한 죽음을 맞았다.

왜군의 화살과 총탄이 빗발치자, 보원이 눈물 흘리며 최경회
에게 애소했다.

"장군께선 어찌 하실 겁니까?"

"나의 죽음은 의병을 일으킨 날 결정 되었느니라. 너희들이 나
를 따라 고생했으니 고맙다."

최경회는 남은 부하들에게 손을 흔들었다. 어서 빨리 피신해
목숨을 부지하라는 상관의 명을 받아도 부하들은 고함을 지르며
적진 속으로 뛰어들었다.

"놈들에게 붙잡혀 억울한 죽음을 당하느니, 저 강물에 뛰어드
는 게 의로운 죽음 아니겠나."

최경회도 뒤따른 고종후를 돌아보았다.

상건도 부친을 등에 업었다.

"아버님, 촉석루에 올라 이별의 술을 마셔야지요."

"그래, 그러마."

그들은 촉석루 앞에 당도했다.

"이 누각이 불타기 전, 우리들이 촉석루가 맞이한 마지막 길손
이 되겠군요. 그나마 다행인 건 마지막 순간, 이 누각에 오를 특
혜를 누리므로 우리 일행은 행운아 아닙니까."

고종후가 허탄하게 내뱉었다.

보원은 그들의 말고삐를 촉석루 기둥에 맸다. 천리마도 다른 말들도 총격 소리에 놀라 목을 솟구치며 허엉허엉 울음을 토했다.

상건은 부친을 촉석루 난간에 앉히고 품속에 든 술병을 꺼냈다. 술은 부친의 치료제였다. 부친이 힘에 겨워 걷지 못하면 그 술을 목장에 따라 올렸다. 그러면 부친은 까무러치면서도 겨우 일어나 장남의 등에 업혀 군사 전략을 지시했다.

상건은 그 술을 술잔에 부었다. 그 술잔을 김천일이 먼저 최경회에게 건넸다. 최경회가 남강을 내려다보며 고수레하고 마셨다. 김천일이 뒤이어 고종후도 뒤따라 마셨다.

"창의사는 자제를 잘 두어 참 보기 좋군."

최경회의 칭찬에 김천일이 화답했다.

"저는 두 아들을 두었는데 상근도 효자지요. 차남은 집안을 돌봐야 하기에 의병에서 제외 되었지요."

"나는 무자라 그게 부모님께 내내 빚이 되었다네."

최경회는 논개를 떠올렸다.

부디 잘 살아다오. 아직 이십 세도 되기 전인데.

그의 탄식은 여기저기 폭탄 터진 소리와 총칼 부딪친 함성에 잦아들었다.

최경회는 마음을 가다듬고 비장한 각오로 시를 읊조렸다.

촉석루에 삼장사 모여

강물 가리키며 한잔 술에 씁쓸한 웃음

강물은 도도히 흐르나니

그 물결처럼 불사의 혼은 마르지 않으리

그 투강시投江詩는 삼장사의 기개를 읊조린, 이생의 마지막 통보였다.

최경회는 한 음절 한 음절 시를 읊조릴 때마다 목에선 피멍이 쏟아졌다. 나라를 위한 충정, 임금을 향한 순종, 그리고 논개와 못다 피운 연모의 애절함이 전신을 적셔 강물 위로 떠내려갔다.

저만치서 논개가 웃으며 다가온다.

부디 살아서 내가 못 누린 삶을 누려 다오.

그의 애절한 부르짖음이 강물에 무르녹아 흘렀다.

그들은 촉석루 앞 너럭바위를 지나 물가에 이르렀다. 사방에서 총격전이 벌어지고 함성이 귀를 쟁쟁거렸다. 황토물로 얼룩진 강물 위엔 시체들이 겹쳐 연이어 떠내려갔다. 백조들도 무리지어 끼우룩 울음을 토하며 강물 위에서 낮게 날았다.

그들은 임금이 계신 북쪽을 향해 읍을 했다.

먼저 최경회가 강물 속으로 뛰어들었다. 다음은 김천일이 장남의 목을 끌어안고, 고종후도 뒤따랐다.

보원은 상관이 시를 적은 쪽지를 천리마 갈기에 매달고는 호령했다.

어서 빨리 달려가서 정렬부인에게 전해다오.

그러고선 화살이 빗발치는 적진 속으로 뛰어들었다.

삼장사의 순절은 진주 성안의 병사들과 백성들에게 심한 타격을 주었다.

그들 아니고도 경주, 울산, 마산, 거제, 함안, 고성, 충무, 사천, 하동 등의 주민들은 왜군들에게 참혹하게 짓밟혔다. 젊은 남자들은 의병과 전쟁터에 참여하고 집을 지킨 노인들과 아녀자들, 아이들이 겪은 수난은 지옥이었다. 그들 중에 목숨을 부지하기 위해 악바리 근성으로 살 길을 찾아 모여든 게 진주성이었다.

7년 동안 계속된 임진왜란은 조선과 명나라, 일본에 지대한 영향을 끼쳤다.

전쟁터가 된 조선은 수많은 인력과 재정의 손실을 입었다. 농토가 황폐하고 노동력도 부족해 재정이 바닥을 헤맸다. 백성 백만여 명이 숨졌다. 경복궁과 창덕궁, 불국사, 촉석루 등이 불탔으며, 문화재의 손실과 귀중한 서적들도 왜군이 빼앗아 본국으로 가져갔다. 봉건왕조의 위기가 초래돼 천민이 양민이 되고 서얼이 관직을 얻는 등, 신분제도 흔들렸다.

진주성을 안전 장악한 일본군들의 광란은 극에 이르렀다. 죽은 조선인 시체들을 연거푸 찌르고, 나무들은 베어버리고 가축들도 예외는 아니었다. 우물마다 독을 풀었다. 단성, 산청, 구례, 곡성 등도 초토화 시켰다.

명나라는 조선에 수많은 원병을 파견함으로 국력의 약화를 초래했다. 그 틈을 이용해 만주의 여진족은 후금을 세워 세력을 확

대해 명나라를 위협했다.

 일본은 도요토미의 망상으로 내란이 치열해 도쿠가와 이에야스가 정권을 잡아 에도 막부 시대를 여는 계기가 됐다. 왜군이 약탈해 간 수많은 조선 서적들은 일본의 인쇄 발전에 크게 기여했다. 더욱이 일본으로 끌려간 도자기 기술자들에 의해 도자기 산업이 번성했다.

일본 장군의 조선 귀화

박진은 1560년, 명종 때 밀양에서 태어났다. 그는 무과에 급제, 비변사에서 근무하다 밀양부사로 승진했다.

그해 4월, 왜군이 침입해 부산, 동래가 함락되기 전이었다. 왜군이 들이닥쳐 적들과 맞섰다. 박진은 적을 물리친 공로를 인정받아 경상좌도병마절도사에 임명됐다.

그즈음 왜장 사야가沙也可가 군사 3천여 명을 이끌고 부산에 상륙했다.

사야가는 1592년 4월, 조선 백성들에게 효유서曉諭書를 돌렸다. 그 서신은 곧 박진에게 전달되었다.

"병마절도사님, 무슨 날벼락인지, 이 서신이 백성들과 우리 군사들에게 전달돼 소동이 일어났습니다."

"이 난리에 서신이라니?"

"묘하게도 그게 우리 조선 장군이 아닌 왜장이라 심히 우려 되옵니다."

"거 참, 요상한 짓이군."

박진은 효유서를 받아들었다.

'조선 백성들은 전과 다름없이 마음 편히 생업에 종사하시고 절대 동요하지 마시오. 나는 왜장으로 왔지만 당신 나라를 공격할 뜻이 없고 당신들을 괴롭힐 뜻도 없소이다. 나는 본디 동토東土가 예의지국이란 말을 들은 바여서 한번 와 보기를 원했습니다.'

그 내용은 일본어가 아닌 조선말로 쓰였다.

박진은 명을 내렸다.

"소란을 피우거나 왜장에 맞서도 안 돼. 그들 동태를 잘 살피도록 하렸다."

박진과 부하들은 왜장들이 하도 잔인해 거짓 술수로 여겼다. 그런 지 닷새 지난 뒤였다. 박진에게 그 왜장이 보낸 강화서講和書가 전달되었다.

'소인과 저의 부하들도 조선 백성으로 귀화 하겠습니다.'

전혀 뜻밖의 희소식이었지만 박진은 그 내용을 선히 받아들일 순 없었다. 그렇다고 아니라고 부정하지도 못했다. 임진왜란 중에 조선인으로 귀화한 왜병들이 1만여 명에 이르러서였다. 그들이 그런 연유는 일본의 피의 축제 정책에 환멸을 느끼기도 하였으며, 조선 여인들과의 애정 행각에 의해서였다.

박진은 그 왜장이 보낸 서신도 받았다.

'제가 사나이로 태어난 건 다행한 일이지만 불행하게도 문화의 땅이 아닌 오랑캐 나라에 태어났습니다. 끝내 오랑캐로 죽게 된다면 인간으로 한 많은 일생 아니겠습니까. 때로는 눈물짓기도 하고 때로는 침식을 잊고 번민 했습니다. 그러므로 조선의 예의 문물과 의관 풍속을 아름답게 여겨 예의의 나라에서 성인의 백성이 되고자 합니다.'

서신을 통해 '우리는 싸움을 원치 않습니다. 더불어 뜻을 같이한 부하 5백 명과 조선에 투항하겠다'는 내용이었다. 박진은 그 왜장을 만나 봐야겠다는 결심을 굳혔다.

부하의 안내로 막사를 방문한 사야가를 보고 박진은 깜짝 놀랐다.

"연세는?"

먼저 나이부터 물은 건 새파란 젊은이라 놀람을 금치 못해서였다. 눈동자는 참하면서도 총총하고 온화한 기품이 흐른, 거칠고도 사나운 왜장의 인상이 아니었다.

"이십 세입니다."

"지금은 전시 중이오. 잠꼬대 할 새가 없다니까."

박진은 반말이 튀어나왔다. 자신도 삼십 세라 조선 장수 중에서 젊은이에 속했다.

"조선인으로 귀화 하겠다고?"

"그렇습니다. 저는 가토 기요마사의 좌선봉장입니다. 하지만 명분 없는 전쟁에 저의 아까운 청춘을 불태울 순 없습니다. 과연 와서 보니 저의 예상대로 조선은 예의 문물의 아름다움과 외관 풍속의 번성함을 우러르니, 저는 예의지국 백성이 되기를 소망하옵니다. 저는 지혜가 부족하거나 힘이 모자라서도 아닙니다. 재능이 모자라거나 용기가 없어서도 아닙니다. 저의 군대가 정예병이 아니거나 무기가 더더욱 부족해서도 아닙니다."

"그렇다면 조선은 물론 대국까지도 징벌해 대일본을 세우는데 동참해야지."

"전연 그렇지 않습니다. 전 사무라이들이나 도요토미 장군이 부르짖는 '피의 축제'에 넌더리 난 군인일 뿐입니다."

사야가는 어려서부터 유학 공부에 매달렸다. 조선과 중국의 문화를 흠모했다. 더불어 살인과 약탈, 배신을 일삼던 일본의 비속한 풍속에 수치심을 느꼈다.

그리하여 부산에 상륙하자, 부하들에게 노략질을 금하는 군령을 내렸다. 이틀 후 침략의 뜻이 없음을 알린 효유서를 조선 백성들에게 돌렸다. 그러고선 3천 명의 군인들에게 자신의 뜻을 밝혔다.

나는 조선 백성으로 귀화하려는데, 나의 뜻에 동참 하겠는가?

우리는 가토 장군의 명령을 따르겠습니다.

아니오. 나는 사야가 장군의 명령에 따르겠습니다.

여기저기서 반대파와 순종파가 분란을 야기 시켰다. 사야가는 그들 부하들 중에서 반대파를 제하고, 자신을 따른 오백 명의 명단을 작성했다.

박진은 사야가와 대화를 나누고 보니 젊은이의 단순한 혈기가 아니었다. 조선말을 잘할뿐더러 진심인 걸 가늠했다.

"그렇다면 조선인이 되어 아군으로 왜군을 쳐부수겠는가?"

"물론이지요. 명령만 내리신다면 기꺼이 응하겠습니다."

1592년 9월, 사야가는 박진과 더불어 동래와 양산 전투에서 공을 세웠다.

참 희한타.

정말 귀신 곡할 노릇이군.

조선 병사들은 사야가가 앞장서서 무참히도 왜군을 무찌르는 걸 보고 경외하기에 이르렀다.

"이제야 저의 심중을 이해하시겠습니까?"

"고맙고도 기특하오. 듣자하니 무기도 잘 만든다던데, 이번에도 나를 돕겠는가?"

박진은 경주성을 공략할 계획을 세우고 신무기를 개발하려던 참이었다. 이미 경주성은 왜군이 진을 쳐서 그곳 백성들의 원성이 잦았다.

"알겠사옵니다."

"비격진천뢰를 만들려던 참이오."

박진은 사야가의 도움으로 그걸 만들었다. 이어 경주성을 공략해 왜군을 무찌르고 성을 탈환했다.

박진은 사야가의 조선 귀국 건을 의논하기 위해 권율에게 장문의 서찰을 올렸다. 예사로운 일이 아닌 중대사라 원로장군의 동의를 얻어야 했다. 박진은 맹장으로 이름을 떨친 권율을 부친처럼 경애했다. 권율은 명나라 원군과 함께 도성을 수복하기 위해 한성 근교 행주산성에서 그 서찰을 받았다.

권율은 강화도에 피신 중인 선조를 알현했다. 행주대첩을 실현하기 위해서도 왕에게 알리고 승낙을 받아야 할 중대사였다. 박진이 전한 서찰 내용도 마음대로 다룰 순 없었다.

"전하, 왜장 사야가가 조선으로 귀화해 아군 장수가 되겠다고 하옵니다."

"그 참 희소식이로군. 근데 사야가 장수는 처음 듣는 이름이로다."

도요토미 히데요시, 가토 기요마사, 고시니 유키나가 등은 선조가 익히 알던 왜장 이름들이었다.

"그렇습니다. 나이도 이십 세라 새파란 청년이옵니다."

"왜국엔 침략자들만 득실거린 줄 알았는데."

"그러하오니 전하께서 친히 조선 이름으로 개명을 허락하심이 옳은 줄로 아뢰옵니다."

"허 참, 살고 보니 별난 호재로 나를 기쁘게 하는구나. 왜장이 스스로 투항했다니. 그래도 그를 만나 봐야 하겠노라. 이런 경사를 단순히 이름만 명명하는 건 도리에도 어긋난 짓이거늘."

권율은 직속 부장을 시켜 사야가를 모셔 오라 명했다.

며칠 지나 사야가는 선조 앞에 꿇어 엎드렸다.

"정말 조선인이 되고 싶은가?"

"진정 그러하옵니다."

선조가 봐도 사야가가 예사 인물이 아님을 알아차렸다.

"이제까지 일들을 권율 장군에게 소상히 들었노라. 내가 그 무술 실력을 봐야겠으니 동참하겠느냐?"

"그렇게 하겠사옵니다."

사야가의 응답을 듣고 선조는 권율과 창칼 겨누기도, 활쏘기도 관람했다. 더욱이 화약 제조에도 탁월한 기술을 지녔다는 보고를 받고 흔쾌히 수락했다.

"왜장 사야가를 우리 조선 이름으로 김충선金忠善이라 명명하노라."

그러고도 선조는 특명을 내렸다.

"무신 내관으로 임명하노라."

김충선은 왜장으로 어명에 의해 조선 신민이요, 벼슬까지 받고 보니 그에 상응할 전공을 세우고 싶었다.

사야가는 서양으로부터 조총을 도입한 기이 지방 출신이었다. 집안 대대로 각종 무기를 만들어 그에 대한 제조에 조예가 깊었다. 그의 가문도 손꼽힌 조총 부대 지휘관들을 배출했다. 왜국의 조총 개발에 인연이 깊은 집안 출신이라 당연히 제조 기술도 밝았다. 사야가는 조총을 제작하는 데 그치지 않고, 화약 제조에도 관여했다. 조선 병사들에게 조총을 이용한 고급 전술도 가르쳤다. 검술도 빼어나 그에 대한 기예도 가르쳤다.

이순신과 김성일도 그 소문을 듣고 부하들을 통해 서찰을 보내왔다. 조총과 화포 제조를 어떻게 하느냐는 내용이었다. 김충선은 그들 부하들에게 그것들을 제조한 기술도 가르쳤다.

그의 도움으로 조선은 조총을 양산하게 되었다. 그런 예는 궁시를 넘어 조선의 국방을 책임진 가장 중요한 무기가 됐다.

그런 조총 전문가의 귀순과 협조는 조총을 잘 운용하던 일본 병사들에 비해 대인화력이 부족했던 조선 입장에선 매우 중요한 사건이었다. 김충선은 그 공로로 종2품 가선대부의 벼슬에 올랐다.

사야가는 박진의 추천으로 곽재우도 만났다.

곽재우는 경상좌도 방어사로 제수 돼 화왕산성에서 왜군의 공격을 막기 위한 준비를 하던 참이었다. 화왕산성은 경상도 창녕에 위치한, 삼국시대부터 이어 온 성채였다.

"만나 봬서 영광이오."

아들 또래인 김충선을 보고 곽재우는 감격해 악수를 나눴다.

김충선도 화답했다.

"존함을 듣고 뵈옵기를 소망했습니다."

수인사를 나눈 뒤 곽재우는 근황을 밝혔다.

"가토 일행이 쳐들어온다 하니 우리 부대를 도와주시오."

잠시 머뭇거린 김충선은 연장자에게 에의를 갖췄다.

"소신껏 돕겠습니다."

김충선은 자신이 몸담았던 곳이어서 그 부대의 장단점을 꿰고도 남았다. 그는 곽재우를 도와 가토 부대를 물리치는데 혁혁한 공을 세웠다. 그 사실을 부하에게 들은 가토는 분함을 참지 못해 헉헉거렸다.

살다 보니 별 요상한 짓도 보게 되는군. 내 당장 사야가 놈의 목을 댕강 자르지 못한다면 그 치욕을 어찌 견디리.

가토의 목에선 가래침과 더불어 피멍이 방울방울 쏟아졌다.

사야가는 도요토미의 조선 침략에 불만을 품던 반대파 세력의 주요 인물이었다. 비록 도요토미의 뜻을 꺾진 못했지만 출병하는 척하며 귀순했다. 당시 일본에서도 임진왜란을 명분도 실속도 없는 도요토미의 가장 큰 실책으로 여길 정도였다. 도요토미의 최측근인 고시니 유키나가도 전쟁 반대파였다.

'그건 명분도 없고 실속도 못 챙긴 멍청한 짓이다.'

전쟁으로 진저리치던 전국시대가 끝나고 겨우 평화가 오는가 했는데 뜬금없던 조선과의 전쟁 선언이 황당했다. 당시 조선 침략을 반대했던 다이묘는 일본 내에도 꽤 많았다. 도요토미가 임진왜란을 일으킨 원인 중 하나가 일본통일 이후 부하들에게 영지를 나눠줘야 하는데 일본의 땅만으론 부족해서였다. 도요토미의 야망대로 명나라까지 점령하지 못하더라도 조선 반도의 절반만이라도 점령한다면 부하들에게 나눠줄 영지는 충분했다. 다이묘 중에서도 조선을 침략했지만 적극 전투에 참가하진 않았다. 일본에서 보물로 여긴 조선의 서적, 도자기 같은 재물을 약탈하거나 조선의 도공들과 장인들을 납치한 다이묘도 적잖았다.

사야가의 투항에는 그의 정치 배경도 크게 작용했다. 그는 자신과 파벌이 다른 도요토미에게 강제 징병 되어, 전장에서 죽임 당하거나 임진왜란에서 살아남더라도 어차피 숙청은 피할 수 없던 상황이었다. 살기 위해서 조선에 투항했을 가능성을 배제할 순 없었다. 그는 살벌한 분위기에 등 탄 게 아니라 그걸 마침맞은 호재로 삼아 그의 이상향을 실현하기 위한 방패막으로 삼았다.

사야가는 그 나이에 두 아내를 거느렸다. 당시 일본에선 조혼 풍속과 남성 우월주의가 팽배해 아내를 여럿 두는 게 상례였다. 피바람이 부는데 자손을 많이 두는 게 전통으로 이어졌다. 그는 칠형제와 누이를 둔 막내였다. 친척들을 뒤로 하고 부모 묘소에 하직인사를 올린 뒤 부대의 선봉장을 맡았다.

그는 조선에 상륙해 귀화를 청할 때 두 가지를 꼭 이루고자 스스로에게 명세했다. 예의 나라 조선의 백성이 되는 것과, 조선 백성으로 자손을 남겨 수준 높은 가문을 이루는 것이었다.

그는 서른에 진주목사 장춘점의 딸과 혼인을 맺었다. 그 이듬해 대구도호부 우록동에 집을 지어 정착했다. 그는 우록 김 씨 시조가 되었다. 혼인 후에도 북방의 여진족들을 쳐부수는 데 공을 세웠다.

그는 칠순까지 장수도 누렸다.

인동 장 씨와의 사이에 오 남 일녀를 두었다. 생전에 자손 삼십 명을 둔 대가족의 장으로 그들을 훈도할 가훈도 지었다.

효제충신을 업으로 삼고 예의염치를 가풍으로 하여 자자손손 화목하게 지내라.

부귀영달을 탐하지 말고 스스로를 지속으로 갈고 닦으라.

재물로 가족 관계가 훼손되는 게 없도록 하라.

그는 가족 관계뿐만 아니라 우록동 주민들에게도 그 화합과 상부상조의 조약을 제시하며 모범을 보였다.

김충신은 임종 무렵엔 부모와 형제들을 애타게 그렸다. 따지고 보면 자신의 이상향은 실천했지만 그런 내력이야말로 기막힌 모순이었다.

남풍이 불면 고국이 생각나고 형제들은 무사한가. 국가에 불충하고 사문에 불효되니 나 같은 팔자가 천지에 또 없을 것이다. 세상의 흉한 팔자는 나뿐이라며 개탄도 했다.

청운의 꿈을 안고 떠나온 고국이지만 부모 형제에 대한 그리움은 의지로 극복 될 게 아니었다.

불멸의 꽃

　논개는 남장을 한 채 초가를 나섰다. 진주성 외곽 초가에서 옥봉 교방까지는 두 시진이면 당도할 거리였다. 세 시진이 넘게 걸렸다. 아침참에 집을 나섰는데 정오쯤에야 교방에 당도했다. 왜군들이 곳곳에 배치 돼 행동을 방해해서였다. 동행한 덕배가 상전을 모신 아전 흉내를 잘도 내 어렵사리 관문을 통과했다.

　미리 덕배에게 귀띔 받은 달매가 교방 입구에서 서성였다.

　"어쩌겠나. 저 세상으로 간 사람은 간 거고 산사람은 살아야지."

　부군의 소식을 들은 달매의 목소리와 얼굴도 밝지 못했다.

　논개는 달매의 어깨에 머리를 기댔다.

　"매사에 사는 게 맥이 없어."

　"맥이 없으면 저 강물이라도 퍼다 마셔. 그러면 용기가 치솟을 테니."

그러고는 달매의 목소리가 짱짱 울렸다.

"초란의 시신도 저 강물에 흘려보냈어."

기생 주제에 일편단심이 당키나 해. 아무리 몸 사려도 강 씨 그 놈은 빚감도 안 하는데. 왜놈 자식이 배를 내밀며 엉덩방아 찧자고 해도 완강하게 거부하는 꼴이라니. 제 년이 명이 짧아 골로 간 건 간 거지만, 그 처참한 꼴을 엿봐야만 했던 내 꼴은 또 뭐꼬. 왜놈 장도에 맞아 피를 토하며 쓰러진 꼴이라니.

달매는 분통을 쏟으며 헉헉거렸다.

"부들가는?"

"평양 갑부가 부들가의 가락에 취해 애첩으로 모시고 갔다니까. 기생 팔자 상팔자가 된 기제. 그렇다면 오죽 좋으리."

그 평양 갑부가 왜장에게 아부한 꼴이라니. 웬걸. 천안 삼거리에서 뒤쫓던 그 왜장의 칼에 맞아 숨졌대나. 왜장 그 놈은 평양 갑부가 지닌 엽전꾸러미를 챙기고는 기고만장이었으니. 부들가에게 먼저 골로 간 갑부 시신 곁에서 애송곡을 부르라고 호령했대. 부들가가 애간장 녹게 창을 부르자, 왜장 그 놈이 단칼에 부들가의 목도 쳤다지 뭐냐. 싸가지 없는 그놈이. 육시럴 할 왜놈이.

달매는 그 장면을 엿보기나 한 듯 입술의 독을 내뿜었다.

그 독이 자신에게 전염 되었는지, 논개는 교방에 온 걸 잊은 양 침묵했다.

달매의 재촉이 뒤따랐다.

"어떻게 예까지 왕림하셨을까."

논개는 입술에 힘을 실었다.

"긴한 일이야. 도와 줘."

"무얼?"

"내 이름을 관기에 올려."

달매의 버들눈썹이 떨렸다. 근자에 진주성 안으로 들어간 조선 사람은 관기들뿐이었다. 왜장들이 촉석루에서 전승 축하연을 자주 열어서였다.

다시금 침묵이 흘렀다.

"그건 아무나 하는 게 아니야."

"아무나 못한 짓이기에 너를 찾아 왔잖아."

"참 기막히네. 해주 최 씨와 신안 주 씨 가문에 먹칠할 참이냐?"

어렵사리 정렬부인이 됐으면 얌전히 지낼 일이지. 무슨 뚱딴지에 휩싸여 관기 운운이라니. 허파가 웃는다, 웃어.

"제발 부탁이다. 도와 줘."

"차라리 들보에 명주수건 걸고 목을 매라."

정절을 지키기 위해 자결하면 임금님이 술과 포목에 잔칫상을 내리고 열녀라며 누각에다 비석까지 세워 주잖아. 해주 최 씨와 신안 주 씨들도 가문의 영광이라고 칭송할 게다.

"제발, 시간이 없어."

달매는 한참이나 논개의 눈과 마주쳤다. 비장한 각오를 품은 소꿉동무의 눈동자에 어린 뜻을 읽었다.

알겠다. 달매의 입에서 그 말이 새어나오자, 얼어붙은 논개의 가슴이 훈훈해졌다.

"또 하나, 부채춤을 익혀야 하니 그 일행에 나를 끼워 줘."

"부채춤은 우리가 어릴 때 배운 게 도망가진 않았겠지."

"그럼, 부들가에게도 배웠거든. 근자엔 혼자서 많이 연습했어."

"그래도 일행과 보조를 맞춰야 하는데."

논개는 달매의 손에 이끌려 기생들의 방을 지나쳤다.

"이곳이 부들가와 초란, 나의 방이야."

방안엔 괴목 반닫이 위에 색동이불과 요가 얹혔고 괴목 경대 위엔 화장품들이 놓였다. 그 옆엔 괴목에 옻칠한 옷장도 놓였다. 달매가 그 옷장 문을 열자, 비단 옷들이 걸렸다. 논개는 노랑저고리에 남색치마, 속옷들을 골라, 괴나리봇짐 안에 넣었다. 그러고는 괴목장 옆의 가야금을 품에 안았다.

"부들가의 애장품이야."

달매의 목소리가 매끄럽지 못하고 컬컬하다. 논개는 가야금 줄을 튕겼다. 그 현의 가락이 부들가의 흐느낌인 양 울려 퍼졌다.

"이건 초란의 머리채다."

달매가 반닫이 안에 든 하얀 한지에 싸인 걸 펼치곤 그걸 손으로 어루만졌다. 논개도 그걸 어루만졌다.

"머잖아 장수로 가서 살 거다. 내가 영해까지 가야 하는 건 초란의 유언 때문이야. 지 오메 묘 앞에 이걸 묻어 달랬어."

“진짜 장수로 가서 영해까지 갈 거야?”

“에나 그렇다니까.”

“그럼 나의 오메 묘 앞에 가서 이걸 묻어다오.”

논개는 괴나리봇짐 안에 든 빨강제비부리 댕기를 달매에게 건넸다.

그리고 또 하나.

잠시 침묵이 흘렀다.

“이걸 장수 최 씨 가문 종손 홍재에게 전해 주렴.”

논개는 자신의 왼손 약지에 낀 금지환을 빼어 달매에게 건넸다.

“이걸 내 손가락에 낀다면 장수 해주 최 씨 종가의 안방 문풍지가 울겠지.”

달매는 그 금지환을 자신의 치맛말에 매달린 귀주머니 안에 넣었다.

뒤이어 그들은 옆방을 지나쳤다. 달매는 부들가와 초란의 죽음에 대한 분함을 참을 수 없는지 양손으로 거듭 가슴을 두드렸다.

달매는 다른 방보다 큰방으로 논개를 안내했다.

“우리들의 대모를 소개할 게.”

소례풍은 전란으로 위풍당당한 자태는 간 곳 없지만 행주기생의 위엄은 갖춘 양 근엄한 표정을 지었다.

“나이가 뭣인고?”

달매에게 미리 귀띔 받아 방문객의 의도를 알아차린 본새였다.

“열아홉입니다.”

"안 돼. 이 바닥에 마감할 나이인데 입문이라니?"

소례풍의 껄끄러운 목소리가 엄청 컸다.

"성님도 참, 우리 나이가 우째 고리도 겉늙었다고 야단이유? 성님도 귀남 오라비랑 짝짜꿍이잖우?"

달매는 다시금 목에 힘을 실었다.

"지금 노류장화나 동기들이 몰래 도망치고 몇몇이 남았슈? 제 발로 들어 온 나의 소꿉동무를 환영은 못할지언정 지지리도 박대해서야."

사나흘 후면 전쟁 승리 축하연을 촉석루에서 연다. 만일 한 명이라도 빠지면 교방기생들을 몰살 시키겠다던 가토의 으름장이었다.

"알겠다. 기적에 이름 하나 못 올린다면 너그들의 대모를 반납해야지."

소례풍의 허락이 뒤따랐다.

여전히 강물은 흐르고 흐른다.

나의 손아귀에서 게야무로 로쿠스케는 버둥거렸지만 곧 잠잠해졌다. 물살이 휘몰아치자, 왜장의 몸채가 스르륵 아래로 쳐지더니 물결 따라 떠내려갔다.

강물의 흐름에 따라 삶은 돌고 돈다. 더러는 깃발로 나부낀 만만치 않은 생이라면, 더러는 삶에 바래진 질곡의 틈바구니에 돌

돌 말려 사라진다.

거슬러 보면 나의 삶이란 나약함에 길든, 부서지며 드러난 감성의 씨앗이었다. 그 씨앗이 싹을 틔우고 꽃을 피우고 열매를 맺는, 인고의 과정이었다.

삶이란 뜨거움과 차가움이 공존한 수레바퀴다.

나는 수레바퀴에 돌고 돌아 나를 녹여 마침내 생존의 버팀목인 님에 의해 새로이 탄생했다.

얼마나 지났을까. 감을 잡을 수 없다.

영원은 순간이고 순간은 영원이다. 시린 가슴 토닥이며 사랑에 목매일 때도 순간이고 아픔에 절인 나날을 물레질할 때도 영원이었다. 순간은 영원을 향한 걸음마고 영원은 순간순간 마디로 이어진 안식이다. 안식은 다시 되돌아 순간순간으로 이어진다. 기쁨과 슬픔도 한 둥지에 잉태한 동아리다. 그 동아리에서 님과 공존의 삶이 순간이고 영원으로 이어진다.

님과 나는 순간과 영원으로 오고 가는 길손이다. 순간과 영원, 어디에고 길손을 반긴다. 그 반김이 꽃으로 피어난다. 그 꽃은 날마다 새로이 태어난다.

님과 나는 모두의 가슴에 화라락 핀 불멸의 꽃이다.

님아,
조금만 기다리세요. 저의 맥박처럼 님에게 달려갈 테니까요.

참고문헌

『진주향토인문학』 2022년. 김길수, 진주문화원.

『경남문화 연구』 1995년. 경상대학교.

『논개사적연구』 1996년. 경상대학교 한국문화연구소.

『진주의암별제지』 1987년. 성계옥.

『의암 주논개 발자취』 2011년. 신봉수 (사)의암주논개정신선양회.

『논개 전2권』 2007년. 김별아, 문이당.

『벌거벗은 한국사』 2022년. 벌거벗은 한국사 제작팀 (주) 프런트 페이지.

『교방 꽃상』 2024년. 박미영. 한국음식문화재단.

논개

초판 1쇄 인쇄일 • 2025년 5월 20일
초판 1쇄 발행일 • 2025년 5월 26일

지은이 • 성지혜
펴낸이 • 임성규
펴낸곳 • 문이당

등록 • 1988. 11. 5. 제 1−832호
주소 • 서울특별시 강북구 미아동 126−1
전화 • 928−8741~3(영) 927−4990~2(편)
팩스 • 925−5406

ⓒ 성지혜, 2025

전자우편 munidang88@naver.com

ISBN 978−89−7456−594−7 03810